KB262406

FANTASTIC ORIENTAL HEROES

목용단 新무협 판타지 소설

快路莫强

괘로막강

쾌로박강 3

목용단 新무협 판타지 소설

초판 1쇄 찍은 날 § 2008년 1월 21일
초판 1쇄 펴낸 날 § 2008년 1월 31일

지은이 § 목용단
펴낸이 § 서경석

편집장 § 문혜영
편집책임 § 이재권
편집 § 조수희

펴낸곳 § 도서출판 청어람
등록번호 § 제1081-1-89호
등록일자 § 1999. 5. 31
어람번호 § 제2-1403호

주소 § 경기도 부천시 원미구 심곡1동 350-1 남성B/D 3F (우) 420-011
전화 § 032-656-4452 팩스 § 032-656-4453
http://www.chungeoram.com
E-mail § eoram99@chollian143.net

ISBN 978-89-251-1143-8 04810
ISBN 978-89-251-1050-9 (세트)

목용단 新무협 판타지 소설
FANTASTIC ORIENTAL HEROES

쾌로막강
快路莫强

3 - 사람을 얻다

도서출판 청어람

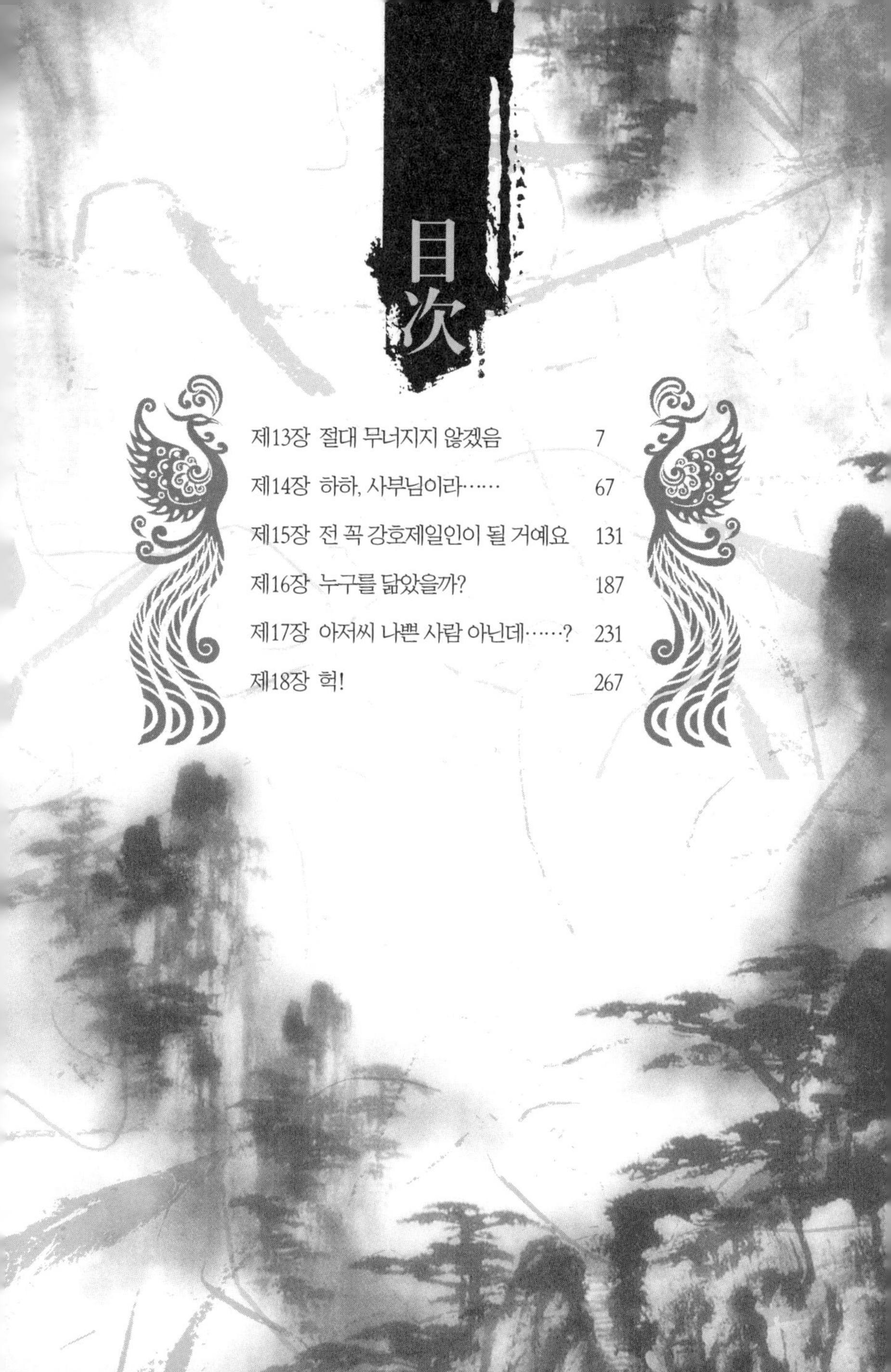

目次

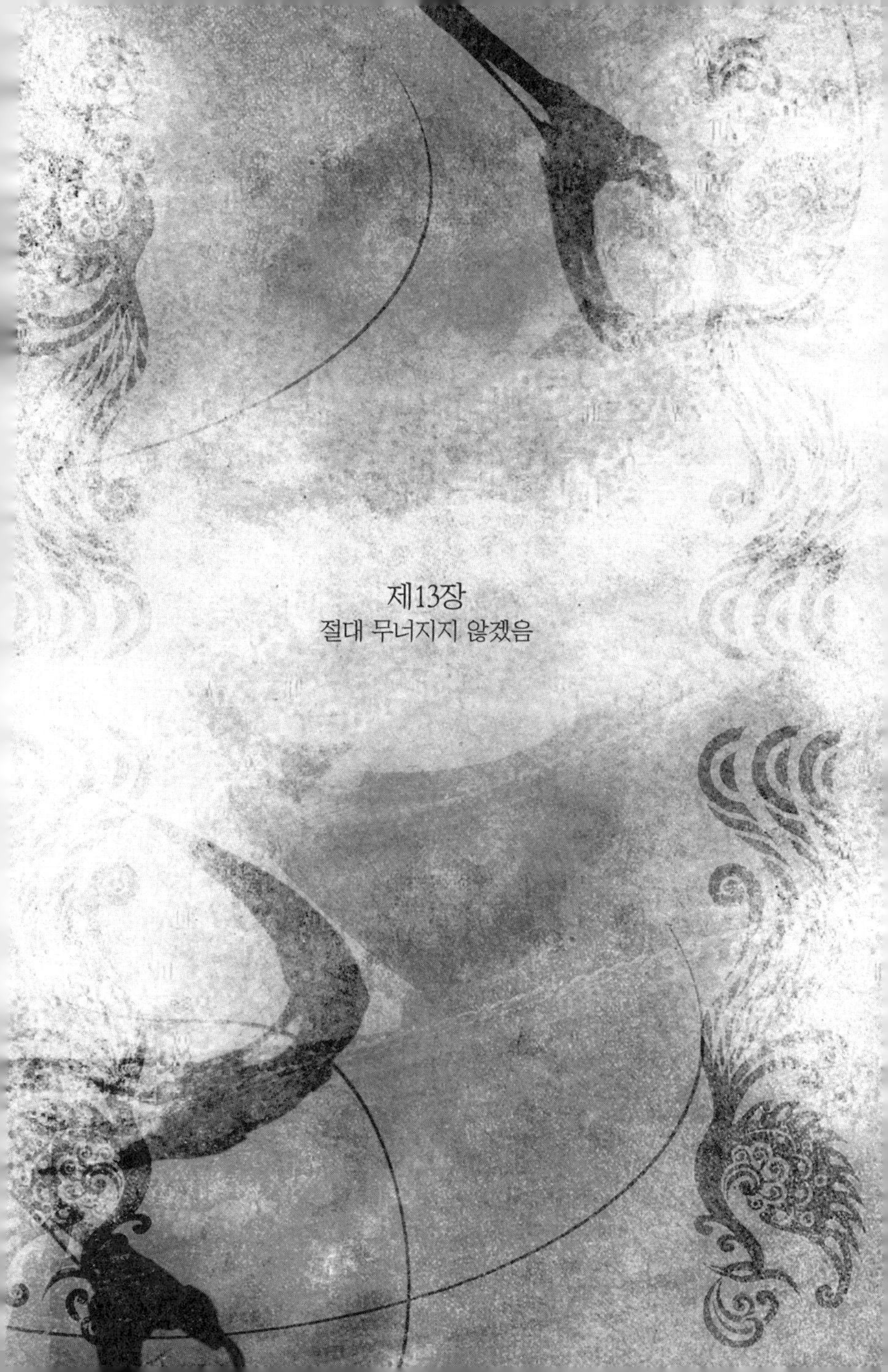

제13장
절대 무너지지 않겠음

快
路莫强

귀주성 검령산(黔靈山).

희미한 달빛 아래, 멀리 홍복사(弘福寺)를 밝힌 등불이 보인다.

타닥타닥.

효운비는 나뭇가지에 꿴 토끼 한 마리를 모닥불에 굽느라 열심이다.

오랜만에 하는 야숙이라 나름 재미를 느끼고 있는 그였다.

그때 그의 귀에 작은 인기척이 들려왔다.

"어서 오게."

상대가 누구인지 쳐다보지도 않은 채 효운비가 입을 열었다.

그리고 곧 그의 앞에 붉은 수실이 달린 검은 방모를 쓴 흑포인이 나타났다.

"교주님을 뵙습니다."

한쪽 무릎을 바닥에 대며 예를 올리는 흑포인.

효운비는 그런 흑포인을 향해 자연스럽게 하대를 한다.

"마침 잘 왔군. 혼자 먹으려니 심심했는데."

그 말에 슬쩍 고개를 드는 흑포인.

불빛에 슬쩍 드러난 그의 얼굴은 놀랍게도 마후 등과 함께 있었던 색혈대주 구옥환이 것이었다.

"마후께서 뵙고 싶어하십니다. 이제 그만 돌아가시는 것이……."

구옥환이 진중한 음성으로 말하자 효운비가 슬며시 미소를 그린다.

"가야지, 할머님께서 찾으신다는데. 안 그래도 도화강에 들러 마지막으로 낚시나 한 번 하고 돌아갈 생각이었어."

도화강은 계림(桂林)에 있는 강이다.

이곳에서 광서성에 있는 계림까지는 족히 닷새 길은 된다.

"벌써 넉 달이나 자리를 비우셨습니다. 마군들과 교도들의 염려하는 마음을 헤아려 주셨으면 합니다."

구옥환은 완곡한 어조로 다시 한 번 효운비에게 말하며 고개를 숙여 보였다.

이에 효운비는 짐짓 과장된 어투로 대꾸했다.

"이거, 지금 당장 돌아가자는 말보다 더 무섭군 그래. 하하."

"죄송합니다, 교주."

"구 대주가 죄송할 게 뭐 있나? 별난 교주 때문에 오히려 고생이지. 자 이거 들게."

효운비는 다 구워진 고기 중에서 뒷다리 하나를 찢어 구옥환에게 건넸다.

"저는 괜찮습니다."

"혼자 먹으면 맛을 절반밖에 느낄 수가 없는 법이야. 사양하지 말고 들어."

효운비가 거듭 건네자 어쩔 수 없이 뒷다리를 받아드는 구옥환.

"그럼."

그 모습에 히죽 웃은 효운비는 자신도 남은 뒷다리를 뜯어 입으로 가져갔다.

"쩝, 잘 익었군. 그래, 악양에서의 일은 어떻게 됐지?"

"계획대로 잘 진행이 되었습니다만, 소소한 일이 하나 있긴 했습니다."

"소소한 일?"

고기 한 점을 삼킨 효운비가 흥미로운 눈빛을 띠며 물었다.

“철궁마단과 함께 보냈던 철강시 하나가 팔이 잘린 채 돌아왔습니다.”

“호오! 철강시가 잘렸다? 누가 그런 것이지?”

“그놈입니다. 삼절검협의…….”

“허!”

“철궁마단주의 보고로는 놈이 일으킨 검강에 이호(二號)의 한쪽 팔이 그대로 베어졌다고 합니다.”

“후… 검강이라, 생각 이상이었군?”

효운비는 막강을 처음 보았을 때를 떠올리며 미소 지었다.

숙이고 있던 고개를 살짝 든 구옥환은 효운비의 미소에 담긴 의미를 알지 못한 채 다시 입을 열었다.

“검강을 손쉽게 다룰 정도의 실력을 가진 자는 당금 강호에서도 열 명 내외입니다. 섣부른 판단일 수도 있으나, 놈은 이미 그 또래에 도달할 수 있는 경지를 넘어선 듯합니다.”

“역시 그런 것 같지?”

“…….”

오히려 즐거운 표정을 짓는 효운비를 보며 구옥환은 잠시 말문을 닫았다.

무엇이 즐거운 것일까?

어릴 적부터 지켜봐 온 교주이지만, 가끔 효운비가 진정 마공을 익힌 자일까 하는 의심이 들 때가 있다.

저 유순한 웃음은 결코 마도인과는 어울리지 않는 것이기 때문이다.

하지만 구옥환은 알고 있었다. 지금의 모습과는 전혀 다른 효운비의 모습을.

그는 오 년 전 대막에서 그것을 확실히 목도한 바가 있었다.

하지만 효운비가 일부러 그러한 모습을 감추고 있는 것은 아니다. 단지 그것은 그의 또 다른 면모일 뿐이었다.

'만일 오 년이 지난 지금 교주께서 이미 대공을 이루신 상태라면……?'

구옥환은 상상만 해도 몸서리가 쳐지는 듯, 미미하게 눈꺼풀을 떨었다.

효운비는 구옥환이 한동안 자신을 가만히 쳐다보고 있자 의아한 표정을 지으며 물었다.

"맛이 별론가 보지?"

"아… 닙니다."

움찔하며 정신을 차린 구옥환이 곧 넌지시 효운비를 향해 물었다.

"놈을 어떻게 하실 생각이십니까?"

"무엇을 말인가?"

"놈의 실력이 예상외임을 알게 된 이상 다른 조치를 취하는 것이 좋지 않을까 싶습니다만……?"

"다른 조치라… 녀석을 없애자는 말이군?"

“명만 내리시면…….”

“굳이 그럴 필요가 있을까?”

“……?”

구옥환은 고개를 들어 슬쩍 효운비를 쳐다보았다.

어느새 다리 하나를 다 뜯은 효운비는 토끼의 몸통으로 손을 가져가고 있었다.

“그러하시면?”

“좀 더 지켜보고 싶어서 말이야.”

효운비의 말뜻을 알아차린 구옥환은 곧 힘주어 말했다.

“하오나 놈이 지니고 있는 것은 형산파의 무공입니다. 불씨를 남겨두고자 하십니까?”

그 말에 효운비의 입가에 살짝 미소가 그려졌다.

“불안한가?”

“그런 것은 아니지만, 귀찮은 일을 미연에 막기 위해서라도 지금 놈을 제거하는 것이 좋다고 생각합니다.”

구옥환은 조심스럽게 자신의 의견을 고했고, 이에 효운비는 고개를 끄덕였다.

“그것이 확실한 방법이긴 하지. 그런데 어쩌지?”

“……?”

“내가 그 녀석하고 이미 친구가 됐거든. 거기다 벌써 밥까지 한번 얻어먹었지.”

“예?”

뜬금없는 말에 구옥환은 의아한 표정이 되었다. 언제 효운비가 놈을 만났다는 말인가?

"근데 그게 지금껏 내가 먹어본 중에 가장 맛있는 밥이었단 말이지."

그때의 맛을 떠올리는 듯, 효운비의 표정이 밝아진다.

"그래서 지금 녀석을 그냥 죽이는 건 그 밥에 대한 도리가 아닌 것 같아서 말이야."

"……!"

어떻게 효운비가 막강을 만나 친구가 되었는지는 지금 확인할 길이 없다.

하지만 효운비가 일부러 거짓을 말하고 있다는 생각은 전혀 들지 않았다.

구옥환은 효운비가 하는 말이 무슨 뜻인지는 알았다.

하지만 그 뜻에는 쉽게 동의할 수 없었다. 밥 한 끼에 무슨 도리를 따진단 말인가? 게다가 친구라니, 그로서는 납득할 수 없는 일인 것이다.

그러나 한편으론 효운비이기에 이해는 간다. 효운비의 엉뚱함은 멸천교 내에서도 모르는 사람이 없을 정도였으니까.

생각을 정리하고 뭔가를 더 말하려던 구옥환.

그러나 그보다 먼저 들려온 효운비의 음성이 그의 입을 막았다.

"녀석에 대한 일은 내가 맡도록 하지."

“…….”

이렇게 나오면 더 이상 할 말이 없다.

더 이상 이야기하다간 효운비의 감정을 상하게 할 뿐이란 것을 구옥환은 잘 알고 있었다.

상대는 다름 아닌 효운비, 그의 교주였다.

“알겠습니다.”

이에 흡족한 표정이 된 효운비가 입을 열어 물었다.

“그럼 다음 계획은 어찌 되는 것이지?”

“중원의 전 문파를 상대로 본교의 부활을 선포하고 경고를 보냈으니, 일단 수일간 놈들의 움직임을 지켜볼 것입니다. 다만 중소문파를 압박하기 위해서는 본교의 무서움을 조금 더 맛보여 줄 필요가 있다는 것이 지옥마군의 생각입니다.”

“좋은 생각이군. 일단 중소문파를 떠나게 하여 의천맹을 와해시키는 것이 목적이니까. 음… 이번에도 철강시를 이용하는 것인가?”

“이번에는 마군들과 제가 직접 나설 예정입니다.”

“마군들과 구 대주가 직접? 오! 이거 곧 엄청난 피 바람이 불겠군. 그래, 목표는?”

“사천입니다.”

효운비는 작게 고개를 끄덕였다.

“음, 조금은 고생을 하겠는걸. 하나, 가능한한 직접적인 관련이 없는 자들에겐 손을 쓰지 않았으면 좋겠군.”

"교주님의 뜻은 이미 모두가 주지하고 있습니다."

"고맙네."

"더 물을 것이 없으시면 저는 이만 돌아가 보도록 하겠습니다."

"지금 가려고? 도화강에 가서 잠깐 낚시하고 같이 돌아가면 될 것을."

"저도 그러고 싶지만, 사천으로 떠날 준비를 하려면 먼저 돌아가야 할 것 같습니다."

그 말에 효운비는 아쉬운 표정이 되었다.

"뭐, 그렇다면야 어쩔 수 없지. 할머님께는 며칠 안으로 찾아뵙겠다고 전해주게."

"존명!"

대답과 함께 구옥환의 신형이 사라졌다.

다시 혼자가 된 효운비는 그동안 구옥환과 대화하느라 손대지 못한 몸통을 천천히 씹기 시작했다.

그러던 그가 다시 입을 연 것은 통통하던 몸통이 뼈만 남게 된 후였다.

"먹을 때 누가 빤히 쳐다보고 있으면 목으로 잘 넘어가지 않는 법입니다."

누구에게 던진 말인가?

분명 혼잣말은 아니었다.

그것을 증명이라도 하듯, 곧 어두운 공간 속에서 사람의 음성이 들려왔다.

"하하, 그래도 잘만 먹지 않았나?"

그와 동시에 칠흑 같은 어둠 속에서 천천히 걸어나온 한 인영.

평범하면서도 뭔가 특이한 느낌을 주는 장년인이었다.

평범하다 함은 그의 용모가 그렇다는 것이고.

특이하다 함은 그의 차림새를 두고 한 말이다.

장년인은 온통 새하얀 옷을 입고 있는데, 그 옷은 중원에선 도무지 찾아볼 수 없는 모양을 하고 있었다.

마치 길고 넓은 천 한가운데에 구멍을 뚫어 그것을 뒤집어 쓴 듯한 모양이었던 것이디. 덕분에 그의 양팔은 천에 덮여 있어 밖에선 보이지가 않았다.

그런 장년인의 모습을 본 효운비가 흥미로운 눈빛을 띠며 입을 열었다.

"그런 옷은 어디 가면 살 수 있습니까?"

그 말에 장년인의 눈가에 살짝 미소가 번졌다.

"왜, 이 옷이 마음에 드는가?"

"그런 건 아니지만, 그냥 왠지 입으면 매우 편할 것 같군요."

"하하, 확실히 뒷일을 볼 때 이 옷만큼 편한 옷이 없긴 하지."

"그렇군요. 근데 제가 궁금한 건 그 옷을 어디 가면 살 수 있느냐 입니다."

잠시 효운비의 말끔한 얼굴을 응시하는 장년인.

"하늘에서만 살 수 있네."

"하늘에서 오셨군요."

"그렇다고 볼 수 있지."

"설마 어린 저를 잡아가려고 상제(上帝)께서 보내신 것은 아니겠지요?"

효운비의 넉살에 장년인이 소리 내어 웃었다.

"하하하, 특이한 친구로군. 마도 세력을 일으킨 많은 자들에 대한 이야기를 들어봤지만, 자네와 같이 상대를 웃게 만드는 자가 있었다는 말은 듣지 못했네."

의미심장한 장년인의 말에 효운비도 마주 웃어 보였다.

"하하, 그렇습니까? 그래서 제가 본교에서 엉뚱한 교주로 낙인찍힐 수밖에 없는 거군요."

이제야 알겠다는 듯 고개를 끄덕이는 그를 보며 장년인도 고개를 끄덕인다.

"확실히 자네는 순수 마도인이라 하기엔 조금은 기이한 면이 있는 듯하군. 그런 의미에서 묻겠네. 자네가 원하는 것은 무엇인가?"

의미심장한 장년인의 질문에 효운비는 망설임 없이 가볍게 대답을 했다.

"제가 꿈꾸는 세상을 만들고 싶습니다."

장년인의 눈빛이 더욱 또렷해졌다.

"그게 어떤 세상인지 말해주겠나?"

"으음… 그냥 진정한 마도천하라고 해두겠습니다."

장년인은 다시 한 번 웃었다.

"하하, 진정한 마도천하라……. 그렇게 말하니 더욱 궁금하군. 어디 진정한 마도천하란 어떤 것인지 들어볼 수 있겠는가?"

효운비는 처음으로 즉각 대답을 하지 않고 잠시 말문을 닫았다.

그러더니 곧 장년인을 향해 되묻는다.

"그것을 말씀드려야 할 이유가 있는 것입니까?"

"있지."

"……?!"

"우리가 허락하지 않으면 자네는 그 세상을 만들 수 없기 때문이네."

장년인의 표정엔 아무런 요동이 없다. 하지만 효운비의 얼굴엔 처음으로 작은 떨림이 있었다.

처음부터 효운비는 장년인의 정체가 무엇인지 알지 못했다.

단지 짐작한 것은, 장년인은 자신이 지금껏 만난 사람 중 가장 무서운 자라는 것과 이미 자신의 정체를 속속들이 알고 접근했을 거라는 것 정도였다.

그런데 장년인이 방금 내뱉은 말을 듣는 순간, 효운비는 장년인의 등장이 주는 무게가 자신이 처음 예상한 것보다 훨씬 무겁다는 것을 직감했다.

'우리라고?'

효운비는 다시 묻는다.

"우리라면, 하늘의 허락을 말씀하시는 겁니까?"

장년인의 고개가 끄덕여진다.

"천문(天門)의 허락이지."

"천문……."

나직이 중얼거린 효운비.

하지만 전혀 들어본 적이 없는 이름이었다.

"대단한 곳이겠군요. 천문이란 곳은."

"기회가 된다면 한번 보여주겠네."

그 말에 효운비의 표정이 밝아졌다. 장년인의 말에 거짓이 없어보였기 때문이다.

"기대하겠습니다. 그런데 그곳은 무슨 일을 하는 곳입니까?"

"사실 평소엔 특별히 하고 있는 일은 없네. 자네와 같은 자가 나타나기 전에는 말이지."

"할 일이 없다니, 좋은 곳이군요."

"좋은 곳이지."

잠시 서로를 마주보며 미소를 짓는 두 사람.

이윽고 장년인의 입이 다시 열렸다.

"어떤가? 이제 자네가 꿈꾸는 진정한 마도천하에 대하여 이야기해 주겠는가?"

효운비는 고개를 저었다.

"싫습니다."

하지만 장년인은 조금도 당황하지 않고 재차 물었다.

"이유는?"

"꿈이란 것은 함께 꿀 수 있는 사람이라야 나눌 맛이 나는 겁니다. 하지만 선배님께 제 꿈을 말씀드리면, 별로 맛이 나지 않을 것 같군요."

"나눌 맛이라? 하하!"

소리 내어 웃은 장년인은 곧 안타까운 표정을 지으며 말했다.

"아쉽군. 전대 멸천교주와는 달리 자네는 어쩌면 본문의 뜻을 헤아릴 수 있겠다 기대했는데, 이번에도 역시 결론은 동일해지는군."

전대 멸천교주라는 말에 다시 한 번 표정이 굳는 효운비.

"제 할아버님도 만나보셨던 거군요."

"내가 직접 찾아갔었지."

"할아버님께도 제게 했던 것과 동일한 질문을 하셨습니까?"

"그렇다네."

"할아버님께서는 뭐라고 대답하셨습니까?"

장년인의 미소에 쓸쓸함이 묻어난다.

"허락 따윈 필요없다며, 막을 테면 막아보라고 했었지."

"……."

"그것은 저 옛날 천마대제부터 지금껏 본문과 접촉한 수많은 마도의 수괴들이 하나같이 내뱉었던 말이었네."

"……!"

장년인에게선 계속해서 놀라운 말들이 흘러나왔다.

"하지만 그들 모두는 결국 본문의 경고를 무시한 대가를 치르고야 말았네."

"……."

쉽게 믿기지 않는 말들의 연속.

하지만 효운비는 장년인의 이야기가 결코 허황된 것이 아님을 알 수 있었다.

잠시 효운비의 눈을 지그시 바라보던 장년인의 입이 재차 열린다.

"자네가 꿈꾸는 진정한 마도천하가 정확히 무엇인지는 모르겠으나, 한 가지는 명심하게. 천문이 존재하는 한 그 꿈은 절대 이뤄질 수 없다는 것을."

그 시선을 묵묵히 받아내던 효운비가 대꾸했다.

"놀라운 사실이군요."

"그런가? 한데 별로 놀란 얼굴은 아닌 듯하군."

"왜 마도천하를 막는 것입니까? 살육 때문입니까?"

묻는 효운비의 얼굴은 어느새 평소의 여유로움을 되찾은 상태였다.

그 모습을 보며 내심 감탄한 장년인이 곧 대답했다.

"본디 살육이란 것은 강호의 속성상 언제든지 벌어질 수가 있는 것이지. 비록 손속이 잔혹하긴 하나, 특별히 마도라고 그것을 달리 보아야 할 필요는 없네."

"그렇다면……?"

"조금씩은 달랐지만, 마도가 추구해 온 것은 단 한 가지였지."

"……?"

"그것은 군림이었네."

"군림이라… 그렇군요. 하지만 힘이 있는 자가 약한 자 위에 군림하는 것은 당연한 이치가 아닙니까?"

장년인의 입가에 주름이 접힌다.

"군림은 황제에게나 어울리는 것, 강호에는 어울리지 않는 것이네."

"그렇다면 천문은 나라를 지키고자 만들어진 것입니까?"

"오해를 했군. 본문은 오로지 강호를 지키고자 만들어진 것이네. 월등한 힘을 가진 곳은 강호가 생긴 이래 수없이 등장했지만, 그들이 모두 약자 위에 군림하려 들지는 않았지. 자네는 천년마교가 왜 무너졌는지 알고 있는가?"

"천문 때문이겠군요."

장년인은 고개를 끄덕였다.

"수라혈교도 그러했지."

효운비는 더 이상 놀라지 않았다.

이제 중요한 것은 천문이 어떤 곳이냐가 아니라, 앞으로 자신이 어떻게 대처할 것이냐였던 것이다.

잠시 침묵한 그는 의문스럽다는 투로 장년인에게 물었다.

"한데 한 가지 재미있는 점이 있군요. 마도천하를 막는 것이 천문의 사명이라 하셨는데, 천년마교와 수라혈교는 분명 마도천하를 이루었지요. 비록 짧긴 했지만."

"후후, 맞네. 확실히 그들 두 곳은 특별한 곳이었지. 실제로 본문이 손을 쓰게 만든 곳이었으니 말이네."

장년인의 말에 효운비가 확인하듯 묻는다.

"그 말은… 실제로 천문이 나섰던 것은 단 두 번뿐이라는 뜻입니까?"

이에 고개를 끄덕이는 장년인.

"본문이 직접 움직이는 것은 강호 스스로 마도를 물리치지 못하였을 때네."

"그렇다면 굳이 지금 저를 찾아오신 이유가 무엇입니까? 이제 겨우 강호를 상대로 싸움을 시작한 저를 말입니다."

"지금껏 밝혔듯이, 내가 자네를 찾은 것은 천문의 존재를 알려주기 위함이네."

"단순한 경고일 뿐입니까?"

“그건 받아들이는 자가 어떻게 받아들이는가에 따라 달라지겠지.”

“그렇군요.”

“……”

“……”

“천문을 만나고 싶나?”

효운비는 망설임 없이 고개를 끄덕였다.

“궁금합니다. 얼마나 대단한 곳인지.”

“그렇군. 하지만 쉽진 않을 걸세. 강호는 그리 만만한 곳이 아니거든.”

“지금 그 궁금증을 조금 풀어봐도 되겠습니까?”

“……?”

효운비의 말을 들은 장년인이 두 눈에 이채를 띤다.

“나를 상대로 말인가?”

대답은 없다. 다만…….

파앗!

순간적으로 효운비의 주변 대기가 일그러지더니, 거대한 기류가 물결치듯 사방으로 뻗어나갔다.

슈슈슈!

효운비를 중심으로 반경 십오 장 안에 있는 모든 것들이 충격을 이기지 못하고 요동치는 가운데, 삼 장 앞에 서 있던 장년인은 흰 옷자락을 휘날리며 입술을 뗐다.

"과연 자부심을 가질 만한 실력이군. 과거 천마대제도 자네 나이에 그와 같은 성취를 이루진 못하였을 것이네."

장년인은 효운비가 보인 실력에 놀라움을 감추지 않았다. 하지만 정작 장년인보다 더욱 놀란 것은 효운비였다.

'구성의 천마뇌격신공을 정면에서 받아내고도 미동조차 없다니……'

그때 다시 장년인의 음성이 들려왔다.

"계속할 텐가? 전력을 다한다면 나를 제압할 수도 있을 걸세."

이에 효운비가 물었다.

"천문에서 선배님의 지위는 어느 정도인지 여쭤봐도 되겠습니까?"

장년인은 웃었다.

"하하, 나 말인가? 보다시피 시키는 대로 움직이는 심부름꾼에 불과하지."

이에 효운비는 금세 뿜어낸 기류를 거두며 자세를 고쳐 선다.

"왜, 그만두려는가?"

"선배님을 쓰러뜨려 봐야 별로 의미가 없을 것 같군요."

"후후, 자넨 매우 침착하기까지 한 친구로군. 그래, 궁금증은 풀렸나?"

"어느 정도는……."

"여전히 꿈을 접을 생각은 없는 거겠지?"

고개를 끄덕이는 효운비.

"아쉽군. 하면 나는 이만 가보겠네."

"선배님의 대명은 어찌 되십니까?"

신형을 돌리려던 장년인은 미소를 그리며 말했다.

"나는 송문(宋汶)이라 하네."

그러자 효운비는 즉각 그를 향해 포권을 취해 보였다.

"그럼 또 뵙겠습니다. 송 선배님."

그 말에 송문의 미소가 한결 짙어졌다. 효운비의 말뜻이 무엇인지 아는 까닭이다.

"기대하도록 하지."

그 말과 동시에 그의 신형은 어둠 속으로 사라지고, 곧 효운비의 나직한 음성이 흘러나온다.

"천문이라… 적어도 마지막까지 지루해질 일은 없겠군."

그의 눈에 들어온 멀리 홍복사를 밝힌 등불들이 더욱 붉게 타오르는 듯했다.

*　　　*　　　*

악양에서 밤낮을 달려 사흘 만에 다시 형산에 도착한 막강.

남악촌으로 가지 않고, 먼저 두문충을 만나기 위해 형산 모옥으로 찾아갔다.

하지만 공교롭게도 거기엔 다른 세 사람이 먼저 와 있었는데, 그들은 다름 아닌 구공산과 단고립, 그리고 소유길이었다.

구공산과 단고립은 태어난 조카들을 보러가겠다고 모개에게 떼를 써서 이곳으로 온 것이고, 소유길은 형산을 내려가 호남성을 채 벗어나기 전 불현듯 기발한 독 제조법이 떠올라 황급히 발길을 돌린 것이다.

소유길을 제외한 세 사람이 모옥 안에 둘러앉아 진지하게 막강의 이야기를 듣고 있었다.

소유길은 오자마자 자신이 쓰던 옆 건물에 틀어박혀 나올 줄을 몰랐던 것.

"예에……? 형산파의 무공이 본래 마교놈들이 만든 거라고요?"

막강의 이야기를 가만히 듣고 있던 구공산이 눈을 크게 뜨며 반문했다.

"뭐… 그렇다고 마공은 아니지만, 일단 만든 사람은 수라혈존이니까."

막강이 입맛을 다시며 말하자 두문충도 심각한 표정으로 입을 연다.

"분명 놀라운 사실이구나. 너는 혹시 이 사실을 다른 사람에게도 이야기하였느냐?"

"아니요. 추 단주님이 당분간 아무한테도 말하지 말라고

해서… 작은할아버지한테도 지금에서야 말씀드리는 거예
요.”

“으음, 잘했다. 비록 마공이 아니라고 해도 수라혈존이 창
안한 무공이 곧 형산파의 무공이 되었다는 사실이 알려지게
되면, 자세한 내막을 모르는 이들이 너를 크게 경계했을 것이
다.”

“그럴까요?”

전혀 생각해 보지 못한 일을 두문충이 말하자 고개를 갸웃
거리는 막강. 이에 두문충은 진지한 음성으로 거듭 말했다.

“마교에 대한 정파인들의 인식은 ‘반드시 제거해야 할 적’
일뿐, 다른 타협의 여지가 없다. 그만큼 뿌리 깊은 앙금이 둘
사이엔 존재하는 것이지. 마교의 ‘魔’ 자만 들어도 눈빛이 달
라지는 그들이 이 사실을 알게 될 땐, 결코 형산파를 바라보
는 눈이 곱지만은 않을 게다.”

“으음…….”

그 말에 막강의 표정도 딱딱하게 굳어버린다. 그렇게 되면
상당히 마음이 불편해질 것 같았기 때문이다.

나를 싫어하는 사람이 많아진다는 것은 그 이유가 뭐든 매
우 슬픈 일이었다.

‘끝까지 다른 사람들이 모르게 할 수 있을까?’

막강은 잠시 곰곰이 생각해 보지만, 꼭 그럴 수 있다는 보
장은 없는 것 같았다.

일단 멸천교에서도 이 사실을 알고 있을 것이 분명하기 때문이다.

"작은할아버지, 그럼 어떻게 해야 할까요? 의천맹주님 말대로 저도 의천맹에 가입을 해야 할까요?"

머리를 긁적이며 묻는 막강.

이에 구공산이 목청을 높이며 끼어든다.

"생각할 게 뭐 있어요! 당장 가입해서 멸천교 놈들을 혼내 줘야지!"

쿵!

"윽!"

"조용히 못하겠느냐, 이놈!"

구공산의 머리를 한 대 쥐어박은 두문충은 곧 막강을 향해 말했다.

"강이 너는 내가 멸천교를 어찌 생각하고 있는지 잘 알고 있을 게다."

막강은 고개를 끄덕였다.

두문충에게 멸천교는 막패를 해코지한 원수라는 것을 잘 알고 있는 것이다.

"그동안 너에 대한 어르신의 뜻을 헤아려 가만히 지켜보고 있었다만, 수라혈존과의 얽힌 이야기를 듣고 나니 이젠 더는 잠자코 있을 수는 없을 것 같구나."

"그럼… 제가 의천맹에 가입하는 게 좋다는 말씀이신가요?"

두문충은 고개를 젓는다.

"그것은 일단 나중으로 미루고, 일단 서둘러 형산파를 다시 세워야겠다."

"그치만 아직 계약 기간이 두 달 남았는데요."

"그 정도는 모 총관에게 사정을 이야기한다면 충분히 양해를 해주지 않겠느냐."

"총관 어른이 그렇게 해주실까요?"

이에 두문충에게 한 방 먹고 슬슬 눈치를 보던 구공산이 조심스럽게 한마디를 내뱉는다.

"겨우 두 달인데요 뭘. 그리고 이미 금가장 위사들은 형님이나 우리들 없어도 끄떡없을 정도라구… 요."

말꼬리를 살짝 흐리는 구공산.

옆에 앉은 두문충의 찌릿한 시선을 느꼈기 때문이다.

하지만 두문충도 이번엔 거기서 그치고 야단을 치지 않았다. 구공산의 심정이 어느 정도는 이해되었기 때문이다.

이 년이 넘도록 적성에도 안 맞는 상단 호위무사 노릇이나 했으니, 오죽이나 답답했을까?

구공산과 단고립의 성정은 자신과 별반 다르지 않아서, 단순하게 무공이나 수련하며 사는 것이 적성에 맞았다.

그럼에도 그동안 별다른 말썽 없이 지내준 것을 생각하면 기특할 따름이었다.

"음, 그런가……?"

막강은 구공산까지도 옆에서 거들자 고개를 끄덕이게 되었다.

'하긴 이제 광칠 형님의 실력도 상당하니까, 나 없이도 위사들을 잘 가르칠 수 있을 거야.'

그동안 자신의 도움 아래 실력이 일취월장한 고광칠을 떠올린 막강은 이내 두문충을 바라보며 묻는다.

"근데 건물은 대충 다 지어졌는데, 그럼 거기 들어가 살기만 하면 될까요?"

막강의 질분에 두문충은 미소를 지으며 대답했다.

"문파를 세운다는 말은 건물을 세운다는 것이 아니다. 가장 중요한 것은 사람이다. 건물이 없더라도 사람만 모였다면 얼마든지 문파를 세웠다고 말할 수 있는 것이지. 그렇게 본다면 형산파는 네 말대로 이미 지어진 건물로 우리가 들어가기만 하면 일단은 세워졌다고 말할 수도 있겠구나. 하지만 형산파를 재건한다는 것에 초점을 맞추기 위해서는 반드시 해야만 할 일이 있다."

"그게 뭔데요?"

"사람들에게 알리는 것이지. 형산파가 재건되었다고. 일종의 개파식(開派式)이라고 보면 될 게다."

"아아!"

알겠다는 듯 입을 벌리는 막강.

"그러니까 형산파가 다시 세워졌다고 사람들한테 소문을

내라 이 말씀이죠?"

"그렇지."

하지만 곧 막강은 눈알을 굴리며 다시 묻는다.

"근데 어떻게 소문을 내죠?"

"흐음… 대개 문파를 새로 세우면 여러 문파에 배첩을 보내 초청을 하곤 하지만, 아직 문파로서 모양새도 갖춰지지 않은 데다가 멸천교로 인해 강호가 뒤숭숭하니, 그것보다는 형산파의 재건을 알리는 선에서 단출하게 하는 것이 좋을 것 같구나."

"단출하게라……."

여전히 좋은 방법이 떠오르지 않는다는 듯 뒷머리를 긁적이는 막강.

"이렇게 하면 어떻겠느냐? 가까운 곳에 방(榜)을 몇 개 붙이고, 배첩은 대표로 의천맹주 앞으로만 보내는 것이."

이에 막강은 별말없이 수긍하며 고개를 끄덕였다.

"하하, 작은할아버지 말씀대로 하는 게 좋겠네요. 그런데 방에는 뭐라고 쓰실 거예요?"

"그건 장문인인 네가 알아서 하거라."

"예? 제가요? 저는 그런 거 잘 못쓰는데……."

머리를 긁으며 난감한 표정을 짓는 막강이었다.

이를 본 두문충은 입가에 옅은 주름을 지어 보인다.

"크게 어렵지 않다. 먼저 형산파가 재건되었음을 선언한

다음, 그 아래 네가 사람들에게 하고 싶은 말을 적으면 된다."

그러나 막강은 여전히 어렵다는 표정을 짓는다.

"선언하는 것은 알겠는데요, 사람들에게 하고 싶은 말은… 뭘 써야 하는 건지 모르겠어요."

이에 두문충은 잠시 생각하더니 곧 입을 연다.

"네 꿈을 써보는 건 어떻겠느냐?"

"제 꿈이요?"

고개를 끄덕이는 두문충.

"형산파를 다시 세우며 네가 가진 꿈 말이다. 어떠한 문파가 되겠다는……."

"흐음… 꿈이라……."

"아직 생각해 보지 않은 게로구나. 이 기회에 한번 진지하게 생각해 보는 것도 좋겠지. 아직 시간이 있으니 천천히 해보거라."

"음… 그래야겠어요. 그럼 형산파를 다시 세운 다음에는요? 그땐 의천맹에 가입해서 멸천교랑 싸워야 할까요?"

두문충은 대답대신 막강에게 되묻는다.

"너는 어찌하고 싶으냐?"

"저는… 사실 별로 싸우고 싶진 않은데, 수라혈존이랑 관계된 일도 그렇고, 자꾸 멸천교랑 얽히는 것이 어쩔 수 없이 싸워야만 되는 것이 아닌가 싶기도 해요."

"네 말대로 어쩔 수 없이 싸워야만 할 상황이라면, 어떤 방법으로 싸우고 싶으냐?"

"음, 모르겠어요. 그냥 간단하게 멸천교주 하고 한판 붙어서 결판을 내고 싶기는 한데… 그러면 죽고 다치는 사람도 적어질 테니까요. 하지만 멸천교주가 어디 있는지를 모르니…… 쩝."

두문충은 내심 고개를 끄덕였다. 막강다운 생각이었던 것이다.

"멸천교주랑 싸워서 이길 자신은 있고요?"

조금 전 두문충에게서 별다른 제지가 없자 조금 더 과감해진 구공산이 다시 끼어들며 물었다.

"흐음… 글쎄. 얼마나 강한지는 모르겠지만, 지지 않을 자신은 있어!"

"쳇! 지지 않을 자신은 또 뭐예요? 이기는 거 아니면 지는 거지."

구공산이 말도 안 된다는 듯 심드렁하게 말했다.

하지만 막강은 씩 웃었다.

"왜 없어? 비기는 것도 있잖아. 흐흐."

"마, 맞아."

드디어 입술을 떼며 막강의 말에 장단을 맞춰주는 단고립.

"크으! 이 자식, 조용히 못 해!"

구공산은 인상을 쓰며 자신이 두문충에게서 들었던 말을

단고립에게 고스란히 전달했다.

그런데 그들 세 사람을 지켜보던 두문충의 입에선 의외로 담담한 음성이 흘러나왔다.

"그럼 그렇게 하면 되겠구나."

"네?"

"네가 하고 싶은 대로 멸천교주와 일대일로 싸우라는 말이다."

"정말 그렇게 해도 될까요?"

"네가 그렇게 하겠다는데 막을 사람은 없을 것이다. 다만 그렇게 하기 위해서는 먼저 한 가지 조건을 갖춰야 한다."

"……?"

막강을 비롯하여 구공산과 단고립도 모두 두문충의 다음 말을 기다렸다.

"강호제일인이 되거라."

"강호제일인이요?"

두 눈을 끔뻑이며 되묻는 막강.

두문충은 고개를 끄덕이며 말을 이었다.

"당금 강호에서 가장 강한 자가 되라는 말이다. 그렇지 않으면 네가 멸천교주와 건곤일척의 승부를 보더라도, 그것은 헛된 일이 되어버릴 게다."

"음, 헛된 일이 된다는 건……?"

막강이 여전히 이해가 안 된 듯한 표정을 짓자 두문충은 지체없이 설명을 해주었다.

"강이 네가 멸천교주와 일대일의 대결을 원하는 것은 단순히 개인적인 복수가 아니라, 의천맹이든 멸천교든 많은 사람이 다치고 죽는 일이 없기를 바라기 때문이다. 하지만 지금 네가 당장 멸천교주를 찾아가 승부를 본다면 네가 이기든 지든 그 결과와 상관없이 강호는 결국 피로 물들 수밖에 없을 게다."

"그건 왜 그렇죠?"

"생각해 보거라. 네가 멸천교주를 이겼다고 해보자꾸나. 그렇다고 다른 강호인들이 순순히 멸천교와의 싸움을 그치고 그들을 고이 돌려보낼 거라고 생각하느냐? 절대 그렇지 않다. 멸천교주도 죽었으니, 때는 이때다 하고 나머지 멸천교 졸개들의 씨를 말리려고 오히려 혈안이 되겠지."

"으음……."

"반대로 네가 멸천교주에게 패하게 된다면, 의천맹과 멸천교는 너와는 상관없이 생사를 건 싸움을 하게 될 게다. 즉, 네 행동은 아무런 의미조차 없는 헛된 일이 될 것이라는 뜻이다."

"정말 그렇게 될까요? 의천맹주님한테 잘 이야기하면 더 이상 멸천교하고 싸움을 하지 않을 수도 있지 않을까요?"

혹시나 하고 묻는 막강을 향해 두문충은 즉각 고개를 저어 보였다.

“그것은 강이 네가 아직 정파인들의 속성을 잘 모르기 때문에 하는 말이다. 정파인들이 의와 협보다 더욱 중요시하는 게 있는데, 그것이 바로 명분이다. 그들은 명분에 따라 움직인다. 명분만 있으면 수백, 수천의 목숨도 서슴없이 죽일 수 있고, 그보다 더한 일도 망설이지 않고 행하는 것이 정파인들이다. 마교의 잔당인 멸천교를 소탕하는 일은 그 어떠한 것보다 대의명분에 충실한 일이 될 터인데, 그런 일을 그들이 스스로 마다할 리는 없을 게다.”

“그럼… 작은할아버지 말씀은 제가 강호제일인이 되면 그런 일이 다 해결된다는 건가요?”

“당연하지. 네가 강호제일인이 되기만 한다면 앞서 내가 이야기한 일들은 일어나지 않을 게다. 제아무리 의와 협을 외친다고 해도, 강호는 기본적으로 힘에 의해 움직일 수밖에 없는 곳이지. 강이 네가 강호제일인으로서 멸천교주와 승부를 펼친다면, 그 승부의 결과에 모든 무림인들은 승복을 하게 되겠지.”

“아…….”

막강은 그제야 이해가 된다는 듯 작게 탄성을 발했다.

“그럼 정리를 해보면, 먼저 서둘러 형산파를 다시 세우고, 그다음엔 강호제일인이 되고, 그 뒤엔 멸천교주를 만나 한판 붙으면 되는 거군요?”

“크게 본다면 그렇게 되겠구나.”

　그런데 이때 두 사람의 대화에 재차 끼어드는 구공산의 음성.

　"쳇! 말이 쉽지요. 강호제일인이 무슨 친구 이름입니까! 형님이 아무리 강하다고 해도 팔파일방이며 오대세가며 날고 뛰는 고수가 얼마나 많은데요. 거기다가 강호는 넓어서 드러나지 않은 고수들이 많다고 사부님이 예전에 그러셨잖아요. 그 많은 사람들 언제 다 이기고 강호제일인이 되냐구요."

　구공산의 거침없는 말에 막강도 금세 고개를 갸웃거렸다.

　"어? 듣고 보니 그런 걸? 그 사람들이랑 다 싸우려면 너무 시간이 오래 걸리지 않을까요? 작은할아버지?"

　하지만 두문충은 대수롭지 않은 표정으로 입을 연다.

　"공산 저놈의 말은 쓸데없는 걱정이다. 무엇 하러 그 많은 사람과 일일이 겨룬단 말이냐? 강호제일인이란 것은 내가 아무리 우긴다고 해도 남들이 인정해 주지 않으면 껍데기뿐인 것이다. 제아무리 최고의 무공을 가진 기인이사가 있다고 해도, 그자가 실제로 강호에 모습을 드러내지 않는다면 그는 강호제일인이 될 수 없다는 말이다. 사람들은 자신이 실제로 보고 들은 것만을 토대로 남을 평가한다. 그러니 강이 네가 진정으로 강호제일인이 되고 싶다면, 사람들에게 강호제일인으로 평가받고 인정을 받으면 되는 것이야."

　그러자 또 금세 표정이 밝아지는 막강.

　"아! 그러면 되겠네요!"

구공산은 그런 막강이 못마땅한 듯 투덜거린다.

"하여간 단순함의 극치라니까!"

그의 말을 들었는지, 못 들었는지 막강은 두문충을 향해 거듭 묻는다.

"그럼 사람들한테 강호제일인으로 인정받으려면 어떻게 해야 하는 거죠?"

"그것은 매우 간단한 일이지. 강호제일인으로 인정받으려면, 지금의 강호제일인과 싸워 이기면 될 게다."

"허! 그게 간단한 일이에요?"

말도 안 된다는 듯 입을 벌리는 구공산.

하지만 모든 일은 받아들이는 사람 나름인 것.

"아! 정말 간단하네요! 그럼 한 명만 이기면 되는 거죠?"

막강의 말에 두문충은 고개를 슬쩍 가로 저었다.

"그건 그렇지가 않다. 왜냐면 지금 강호에는 모든 사람이 하나같이 인정하는 강호제일인이 없기 때문이다. 단지 그에 근접한 자 몇몇이 거론되고 있을 뿐이지."

"그 사람들이 누군데요?"

"이미 강호 활동을 접은 자들을 제외한다면, 강호제일인으로 거론되는 사람은 현재로선 모두 세 명이다. 곧, 무당의 현허 진인과 용검자(龍劍子) 남궁척, 그리고 의천맹주인 무적수사 유평이 바로 그들이다."

"용검자 남궁척이요? 현허 진인과 의천맹주님은 알겠는데,

용검자 남궁척은 누구죠? 음, 남궁 씨니까 현이 형님네 가족인가……?"

"남궁척은 현 남궁세가의 가주인 남궁호의 부친이다. 팔년 전 가주직에서 물러난 후엔 별다른 활동을 하고 있진 않지만, 여전히 강호제일인하면 현허 진인과 함께 빠지지 않고 거론되고 있지. 사실 현허 진인과 남궁척은 젊어서부터 네 할아버님과 함께 장차 강호제일인이 될 인물로 항상 입에 오르내리던 자들이었단다."

"아! 그렇군요. 우리 할아버지랑 대등할 정도였으면 정말 강한 분들이겠는데요?"

놀람인지 기대인지 모를 눈빛이 된 막강.

두문충은 고개를 끄덕이면서도 당부하듯 말했다.

"물론 그 두 사람의 실력은 이미 추측하기가 불가능할 정도로 강하다. 하지만 도리어 눈여겨봐야 할 것은 바로 의천맹주지."

"으음, 그러고 보니 의천맹주님은 현허 진인보다 나이도 훨씬 어리신데 똑같이 강호제일인에 거론되고 있는 거네요?"

"바로 그 점이다. 기실 의천맹주가 지닌 일신의 무공이 어느 정도인지 직접 본 사람은 매우 드물지만, 사람들은 그를 강호제일인의 유력한 후보로 인정하는데 주저하지 않고 있지. 너는 그 이유가 무엇일 것 같으냐?"

갑작스런 질문에 선뜻 대답하지 못하는 막강.

"음, 글쎄요. 잘 모르겠는데요."

"의천맹주가 강호제일인으로 거론되는 이유는 다름 아닌 그가 의천맹주이기 때문이다."

"예?"

막강은 눈을 크게 뜨며 두문충을 쳐다보지만, 두문충은 별다른 표정 변화 없이 계속해서 말했다.

"의천맹주의 자리는 아무나 오를 수 있는 자리가 아니다. 그가 정확히 어떤 방법으로 의천맹주의 자리에 올랐는지 알 수는 없으나, 분명한 것은 의천맹의 주축인 팔파일방과 오대세가 모두에게 인정을 받았다는 사실이다. 그렇지 않고는 결코 맹주의 자리에 오를 수 없기 때문이지."

"뭐, 그것뿐이겠어요? 비록 직접적으로 강호 활동을 한 적은 없지만, 소림 최고의 무승이라는 공요성승한테 직접 배웠다는 것도 크게 한몫했겠죠."

두문충으로부터 암묵적인 허락을 받았다고 생각한 구공산이 이번엔 당당하게 한마디를 던졌다.

하지만 눈살을 찌푸린 두문충은 그런 구공산을 향해 입을 열었다.

"다시 한 번 입을 열면 한동안 말을 못하게 만들어주마."

"……!"

두문충의 음성은 나직했다. 그러나 구공산에게 있어선 '입을 찢어버리겠다!'는 말보다 더 무섭게 들려왔다.

고개를 숙이며 자신의 눈치를 살피는 구공산을 본 두문충은 다시금 막강을 향해 말했다.

"공요성승이 의천맹주를 직접 가르쳤다는 것도 분명 큰 이유가 되겠지."

그 말을 듣고 내심 투덜거리는 구공산.

'쳇! 맞는 말했는데, 괜히 그러신다니까!'

그 와중에 두문충의 말은 계속 이어졌다.

"그런데 무적수사 유평이 팔파일방과 오대세가의 동의를 얻을 수 있었던 것은 단순히 그가 공요성승에게 사사한 자여서가 아니라, 한 사람의 인정이 먼저 있었기에 가능했단다."

"그 사람이 누군데요?"

막강은 두문충의 말에 두 눈을 반짝거렸다. 계속해서 들리는 새로운 사실에 절로 흥미가 동하고 있는 것이다.

"천통자, 그가 무적수사 유평의 실력과 사람됨을 인정했지."

"천통자……?"

막강으로선 처음 들어보는 이름이다.

하지만 강호 생활을 오래한 사람이거나, 명문대파의 수장급들이라면 다들 알고 있는 이름이 바로 천통자다.

강호엔 말로만 전해질뿐, 드러나지 않는 신비처(神秘處)가 몇몇 있었다. 흑무곡(黑霧谷)은 바로 그러한 곳 중 하나였다.

대대로 하늘의 지혜와 땅의 지식을 모두 갖춘 천재만을 배

출한다는 흑무곡. 일인전승이라는 그곳의 곡주가 바로 천통
자였다.

강호의 역사상 흑무곡의 곡주가 강호에 모습을 드러낸 것
은 손가락으로 꼽을 만했다.

평상시엔 절대 모습을 드러내지 않다가, 강호의 안녕이 무
너지려 하는 중대한 시기에 간혹 그 모습을 드러냈던 것이다.

때문에 흑무곡이라는 이름이 오랫동안 사람들의 뇌리 속
에서 까맣게 잊혀져 버린 때도 많았다.

하지만 지금의 강호는 아직까지 흑무곡을 또렷이 기억하
고 있다.

사십 년 전 멸천교의 중원침공 때 홀연히 강호인들 앞에 나
타나 멸천교에 대응할 방책들을 제시하여 준 자가 바로 천통
자였기 때문이다.

당시 구심점 없이 우왕좌왕하던 모든 문파의 뜻을 하나로
모아 의천맹을 창설하고, 단기간 내에 멸천교를 진멸시킬 수
있었던 것이 모두 그의 공로로 인한 것임을 알 만한 사람은
다 알고 있는 것이다.

"멸천교가 사라진 뒤 그는 다시 흑무곡으로 돌아갔지만,
여전히 의천맹 내에서 그의 영향력은 무시할 수가 없었지. 십
오 년 전 새로운 맹주를 뽑을 때에도 의천맹에 속한 각파의
수장들이 그에게 검증을 의뢰할 정도였으니 말이다."

"으음, 천통자란 분도 정말 대단한 것 같은데요?"

잠시 말없이 막강의 얼굴을 응시하는 두문충.

곧 막강과 시선이 마주치자 입을 열었다.

"강이 네가 강호제일인이 되기 위해서 가장 중요하게 생각해야 할 것이 바로 지금 이야기한 부분이다."

"지금 이야기한 부분이라면… 천통자란 분에 대한 이야기요?"

두문충은 고개를 끄덕였다.

"앞서 언급한 세 사람과 싸워 이기는 것도 물론 중요하다. 하나, 그전에 너는 반드시 천통자에게 인정을 받아야만 한다. 그렇지 않으면 설혹 네가 그 세 사람을 이긴다고 해도 모두가 인정하는 진정한 강호제일인이 될 수는 없을 게다."

그 말에 막강도 역시 알겠다는 듯 고개를 끄덕이며 입을 열었다.

"음, 그럼 먼저 그 천통자란 분을 만나야겠네요?"

"그래야지. 일단 형산파를 다시 세우고 나면 하루빨리 그가 있는 흑무곡으로 가야만 할 게다."

"근데 흑무곡은 어디에 있는 건데요? 여기서 먼가요?"

"그것은 나중에 익영단주를 찾아가 물어보도록 하거라. 천하에 천통자 본인을 제외하곤, 흑무곡의 위치를 알고 있는 사람은 오직 그 혼자뿐일 테니까."

"추 단주님만 알고 있다구요?"

고개를 끄덕이는 두문충의 입가에 살짝 주름이 지어졌다.

“그가 바로 천통자의 하나뿐인 제자이기 때문이지.”

“……?!”

*　　　　*　　　　*

뽀드득. 뽀드득.

이튿날 오후.

정오부터 내리기 시작한 하얀 눈을 밟으며 막강은 두 아우와 함께 남악촌을 떠났다.

소유길의 얼굴을 보지 못한 것을 빼고는 일단 다시 형산으로 달려온 목적은 다 달성한 막강이다. 소유길은 완전히 독에 파묻혀 거처에서 나올 생각을 하지 않아 만날 수가 없었던 것.

하지만 가장 중요하게 생각하고 고민했던 언년과의 대화는 생각지도 않게 단 몇 마디로 간단하게 해결되어 버렸다.

형산 모옥에서 두문충과 이야기를 끝낸 막강은, 곧바로 남악촌으로 와서 언년에게 사정을 이야기하며 조심스럽게 자신이 어찌하면 좋겠냐고 물었다.

그런데 그에 대하여 언년은 별다른 기색 없이 짧게 대답했다.

“당신이 하고 싶은 대로 해요.”

　의외의 반응에 오히려 놀란 막강을 보며 그녀는 몇 마디를 덧붙였다.

　"아직도 잘은 모르겠지만, 내가 무공을 익힌 남자의 아내고, 강호인이 내 남편이라는 건 이제 확실히 알겠어요. 형산이와 소소가 무림인인 당신의 아이들이란 것도요. 그러니 이제 그런 일로 저한테 미안해하지 않아도 돼요. 다 받아들이기로 했으니까. 그리고 당신을 믿으니까. 단, 저하고 한 약속은 꼭 지켜야 해요. 절대 나보다 먼저 죽지 않겠다는……."

　그렇게 말하는 언년이 어젯밤 왜 그렇게 예뻐 보이던지.
　'이제 형산파를 다시 세우고, 강호제일인이 되는 일만 남았구나!'
　앞으로 벌어질 일에 대하여 생각만 해도 좋은지, 막강은 연방 해쭉거리며 내리는 눈송이를 바라봤다.
　"뭐 하는 거예요? 빨리 가자면서요? 이렇게 한가하게 걸을 거면서 도대체 말은 왜 못 타고 가게 한 겁니까!"
　막강의 뒤에서 터벅터벅 걷던 구공산이 못 마땅한 표정으로 투덜거렸다. 이에 막강은 내리는 눈을 향해 손을 뻗으며 대꾸했다.
　"바쁘긴 하지만, 눈이 내리잖아. 눈 구경하면서 걷는 것도 좋지 않아?"

"좋긴 뭐가 좋아요! 차가워 죽겠구만!"

"난… 조, 좋아."

단고립은 막강처럼 앞으로 손을 내밀어 손바닥에 닿은 눈송이를 가만히 바라보았다.

"차갑다… 보기엔 따, 따뜻한데."

그의 커다란 손바닥에 닿은 눈송이는 곧 녹아 작은 물방울로 화했다.

"따뜻하긴, 아주 시를 써라!"

"그, 그럴까……?"

"어럽쇼!"

심각한 표정으로 생각에 잠긴 단고립을 보며 어이없다는 표정이 된 구공산.

하지만 단고립은 그런 구공산의 시선은 무시한 채 가만히 내리는 눈만 바라보고 있었다.

그런 단고립이 지금 나름대로 열심히 시상을 떠올리고 있을 거라는 사실을 알고 있는 구공산은 곧 고개를 저으며 중얼거렸다.

"내가 또 저 녀석 앞에서 쓸데없는 말을 했구만. 으이구!"

한번 뭔가에 빠지면 하늘이 무너져도 한눈을 팔지 않는 단고립이었다. 말투도 어눌하고 항상 더듬거리기 일쑤라 언뜻 보기엔 아둔한 것처럼 보이지만, 기실 단고립이 떠올리는 생각 자체는 아둔함과는 거리가 멀었다.

겉으로 많은 것을 표현하지 않을 뿐, 머릿속에서는 항상 세심한 생각과 신선한 발상들을 떠올리고 있었던 것이다.

물론 하루 중 잠을 자는 시간인 여덟 시진을 제외하고 말이다.

단고립과는 더 이상 대화가 불가능하다는 것을 안 구공산은 잠시 망설이더니 곧 막강을 향해 묻는다.

"근데 형님이 형산파 장문인이 되면 우리는 어떻게 되는 거예요?"

"어떻게 되냐니? 나랑 같이 형산파에서 살면 되지."

"그러니까 그건 알겠는데, 형님을 뭐라고 부르냐 이기지요."

"뭐라고 부르냐니? 그냥 형님이라고 부르면 되지."

"아! 자꾸 그런 식으로 대답할 겁니까! 그러니까 질문의 요지는……!"

"아 참!"

"……?!"

언성을 높여 뭐라 말을 하려던 구공산은 갑작스런 막강의 반응에 입을 닫으며 막강을 응시했다.

"저번에 작은할아버지한테 허락받았어. 너랑 고립이 둘 다 형산파의 제자가 되는 걸로."

그 말에 두 눈을 치뜨는 구공산.

“예에? 정말로 사부님이 그걸 허락하셨다고요?”

“응.”

“그, 그럴 리가?”

구공산은 쉽게 믿기지 않는다는 듯 중얼거리더니, 재차 묻는다.

“그럼 사부님은요? 사부님도 형산파 사람이 되시는 거예요?”

“아니. 작은할아버지는 절대 그렇게 못하시겠데. 내가 막 졸랐더니 화만 내시고……. 쩝, 그래도 우리랑은 계속 같이 사실 거라니까 별로 상관은 없을 거야.”

그날 일을 떠올리며 씁쓸한 표정을 짓는 막강이었다.

“으음…….”

구공산은 내심 고개를 끄덕였다. 자신들의 사부라면 당연히 그럴 거라 생각한 것이다.

두문충의 막패에 대한 마음은 단순한 정리(情理)가 아니었다. 그것은 경외를 넘어 섬김에 가까운 것임을 구공산은 잘 알고 있었다.

그런 두문충이 막패의 뿌리가 되는 사문인 형산파에 적을 둘 리가 만무한 것이다.

‘쳇! 그러면서 우리만 형산파로 들어가라고?’

속으로 투덜거리는 구공산이지만, 그것을 겉으로 드러내진 않았다. 형산파에 입문하는 것이 딱히 싫지는 않은 것이다.

어차피 막강과는 의형제 사이이니 그게 사형제지간으로 바뀐다고 별로 이상할 것도 없는 데다가, 새로 시작하는 문파를 키워 나갈 수 있다는 것도 제법 흥미로운 일이었다.

그것도 막강과 단고립, 두 사람과 함께라면 더더욱.

하지만 한 가지 걸리는 것이 있었다.

"그런데 저랑 고립이는 형산파 무공을 하나도 모르는데, 그래도 형산파 사람이라고 해도 될라나 모르겠네요."

그러자 막강은 슬쩍 뒤를 돌아보며 말했다.

"그거야 나한테 배우면 되지."

"배워요? 형산파 무공을 우리한테 가르쳐 준다고요?"

"작은할아버지도 너희 둘을 형산파 사람으로 만들기 위해선 형산파 무공을 꼭 가르쳐야 한다고 하셨거든."

"어떤 걸 가르쳐 줄 건데요?"

기대 섞인 표정으로 묻는 구공산.

그도 무림인이었다. 무공에 대한 욕심이 없다면 거짓말이리라.

"흐음, 글쎄. 아직 생각해 보진 않았는데… 아무래도 신법이나 보법이 좋지 않을까 싶다."

"왜요?"

"그게 그나마 배우기 쉬울 것 같거든."

"그나마?"

구공산의 얼굴이 와락 구겨졌다.

"쳇! 형산파 무공이 대단하면 얼마나 대단하다고 그런 소리를 하는 건데요?"

우뚝!

갑자기 발걸음을 멈추며 구공산을 돌아보는 막강.

"그래?"

"뭐, 뭐예요?!"

주춤거리며 뒤로 물러서려는 구공산.

이를 본 막강의 입가에 미소가 그려졌다.

"내가 아직 형산파의 무공이 얼마나 대단한지 너희들한테 안 보여준 것 같아서 말이야."

"그, 그래서요?"

"이번에 한번 보여주려고."

흠칫한 구공산이 뭐라 더 말을 하려는 찰나.

쿠웅!

뒤따라오던 단고립이 주춤거리고 있던 구공산의 몸과 그대로 충돌했다.

이에 구공산은 충격을 이기지 못하고 크게 휘청거렸고, 단고립은 그제야 상념에서 벗어난 듯 휘청거리는 구공산을 내려다보았다.

"응? 왜 서, 섰어?"

"이익! 이 자식!"

그 순간 들려온 막강의 음성.

"고립, 뛰어. 전속력으로!"

"……?"

단고립은 뜬금없는 막강의 말에 두 눈을 끔뻑거렸다.

"천천히 열을 셀 테니까, 그동안 최대한 멀리 도망가. 나한 테 잡히면 오늘 밤에 잘 생각은 하지 않는 게 좋을 거야. 자, 하나……."

"……!"

잠시 멍하니 막강의 얼굴을 쳐다보던 단고립.

"두울……."

후다다닥!

곧 육중한 몸을 이끌고 전속력으로 앞으로 돌진하기 시작 한다.

"야, 야! 인마!"

놀란 구공산이 황급히 단고립을 불러보지만 이미 단고립 의 신형은 사방으로 튀는 눈발로 인해 보이지 않았다.

이에 더욱 다급해진 구공산이 슬쩍 막강의 눈치를 살피자, 막강은 그를 향해 활짝 웃어 보였다.

"세엣……."

"이런 망할!"

거칠게 한마디 내뱉은 구공산이 이를 악물며 단고립의 뒤 를 따라 꽁무니가 빠지게 내달리기 시작했다.

더럽고 치사하지만 잠을 못 잘 거라는 협박엔 어쩔 도리가 없었다.

그 말은 곧 비무를 핑계 삼아 밤새도록 자신들을 두들겨 팬다는 말과 같은 것임을 두 사람은 너무도 잘 알고 있었던 것이다.

"네엣……!"

막강의 입에서 터져 나온 커다란 음성이 내리는 눈발을 뚫고 사방으로 울려 퍼졌다.

"다 서어어엇!"

갈수록 커지는 막강의 목소리.

그렇게 열을 셀 동안 무시무시한 협박은 계속되고 있었다.

휴가 기간이 끝나는 날 늦지 않게 금가장에 도착한 막강은 곧바로 모개를 찾아갔다.

두 아우 앞에서 경공 실력을 뽐낸 덕분에 하루 반나절이라는 경이적인 기록을 세우며 도착할 수 있었던 것이다.

죽으라고 뛰랴, 잠도 못 자고 열심히 매 맞으랴, 완전히 녹초가 된 구공산과 단고립은 도착하자마자 자신들의 방에 들어가 뻗어버렸다.

모개의 집무실에는 마침 상단을 이끌고 돌아온 국연의가 모개와 함께 이야기를 나누고 있었다.

"저 왔습니다. 총관 어른. 국 행수도 오랜만인 걸?"

"아! 그래 잘 쉬다 왔는가?"

"네! 아주 편하게 잘 쉬다 왔어요!"

"산모와 아이들도 모두 건강하고?"

"그럼요! 색시는 원래 건강하고, 아이들도 저를 닮아서 튼튼하더라구요! 하하!"

"허허! 그거 다행이구먼. 그래, 아버지가 된 소감이 어떤가?"

"음, 아직 잘 모르겠어요. 근데 밤에 자꾸 울어서 잠을 못 잔다는 게 좀… 헤헤."

막강이 멋쩍게 웃자 모개가 이해가 된다는 듯 고개를 끄덕인다.

"하나라도 그럴 터인데, 쌍둥이니 재우기가 더 힘들겠지. 자네 안사람이 고생이 많겠군."

"그렇죠 뭐. 그래도 주먹만 한 게 얼마나 예쁜지. 하하."

이에 가만히 막강을 지켜보던 국연의가 드디어 입을 연다.

"네가 아이 아버지라니, 실감이 잘 안 난다. 애가 애를 키운다는 말이 있던데, 딱 강이 너한테 어울리는 말이 아닐까?"

짐짓 놀리는 투로 말하는 국연의를 보며 막강이 눈을 치떴다.

"어? 우리 어머니도 나한테 그 말 하셨는데, 국 행수도 똑같은 말을 하네? 신기한 걸?"

막강의 말에 실소를 머금는 국연의.

"신기하긴, 사람 보는 눈이야 다 똑같은 거 아니겠냐? 그나저나 애들 이름은 뭐라고 지었어?"

"아! 아들은 형산이고, 딸은 소소야."

"혀, 형산? 그… 형산?"

국연의가 설마 하며 손가락으로 한쪽을 가리키며 묻자 막강은 즉각 고개를 끄덕였다.

"웅! 멋있지? 형산이란 이름은 내가 지은 거야. 소소는 우리 색시가 짓고."

"그래, 너답다……."

국연의는 할 말이 없다는 듯 혀를 내둘렀다.

그런 두 사람을 보고 흐뭇한 미소를 짓는 모개.

"허허, 형산이와 소소라… 얼마나 예쁜지 어서 보고 싶구먼. 자네 안사람은 언제쯤 돌아올 수 있겠는가?"

그의 질문을 들은 막강은 선뜻 대답하지 못하고 머리를 긁적거렸다.

"아, 그게… 안 그래도 총관 어른께 드릴 말씀이……."

막강의 눈치가 평소와는 다르자 모개가 궁금한 듯 묻는다.

"무슨 말인지 이야기해 보게."

"저기… 원래 제가 금가장 호위무장으로 있기로 총관 어른과 약속했던 기간이 다음 달까지잖아요?"

"그렇지. 그러고 보니 이제 딱 한 달하고 보름이 남았군."

"네, 근데 제가 형산파를 좀 빨리 세워야 할 사정이 생겨서요. 그래서……."

막강이 무슨 말을 하려는지 대강 눈치를 챈 모개가 담담한 음성으로 입을 열었다.

"그래서 약속된 기한보다 조금 일찍 금가장을 떠나야 할 것 같다… 이 말을 하려는 것이군?"

"아! 네… 그렇죠. 헤헤."

어색하게 웃는 막강을 보며 모개는 짐짓 실망스런 표정을 짓는다.

"으음, 그거 참 섭섭한 말이군. 안 그래도 자네와 함께 있을 날이 얼마 남지 않은 듯하여 내심 착잡해하던 차였는데, 오히려 서둘러 금가장을 떠나겠다고 하니……."

"죄, 죄송해요 총관 어른……."

모개의 표정을 보곤 미안한 생각에 뭐라 더 말을 못 꺼내는 막강.

이를 보며 모개는 곧 너털웃음을 터뜨렸다.

"허허! 아닐세, 아니야. 자네와 나 사이에 고작 한 달이 무슨 큰 의미가 있겠는가? 사실 이미 금가장은 내가 처음 가졌던 기대 이상으로 성세를 이루어가고 있네. 이게 다 막 위장, 자네 덕이지."

이에 금세 얼굴이 환해지는 막강.

"아! 그럼……?"

모개는 흔쾌히 고개를 끄덕여 주었다.

"꼭 그리해야 한다면, 그렇게 해야지."

"고맙습니다! 총관 어른! 역시 총관 어른이세요! 하하!"

큰 소리로 웃어 젖히는 막강을 보는 모개의 얼굴에도 훈훈한 미소가 떠올랐다.

"그런데 무슨 사정인지 이야기해 줄 수는 없는가? 궁금하군."

"아, 그것이……."

막강은 옥청건곤심공과 관련된 일련의 사실들과 며칠 전 악양에서 있었던 일, 그리고 이 모든 일에 대한 자신의 생각 등을 모개에게 간단히 설명해 주었다.

비록 아직까지 다른 사람에게 밝혀선 곤란한 부분도 있었지만, 모개와 국연의에겐 굳이 숨길 필요가 없었기 때문이다.

"으음, 그런 일들이 있었다니… 매우 놀랍네. 그렇다면 자네 생각은 곧, 많은 사람의 희생없이 멸천교와의 싸움을 끝내고 싶다는 것이로군?"

"네."

"그래서 선택한 것이 멸천교주와 일대일 싸움에서 결판을 내는 방법이고?"

"그렇죠."

이때 가만히 듣고 있던 국연의가 슬쩍 끼어든다.

"내가 생각하기엔 강이 네가 멸천교를 너무 단순하게 바라보는 것 같은데?"

"응?"

막강은 의미심장한 국연의의 말에 눈을 동그랗게 떴다. 막강의 시선이 자신을 향하자 국연의는 말을 잇는다.

"우선 멸천교주가 진정으로 원하는 것이 무엇인지가 중요한데, 그건 아직까지 뚜렷하게 밝혀지지 않은 것으로 알고 있어. 그런 상황에서 무작정 멸천교주와 승부를 보면 모든 일이 해결될 거라는 생각은 위험할 수가 있다는 거야."

"왜 그렇지?"

"사람은 목적에 따라 움직이거든. 설령 멸천교주가 강이 너한테 패한다고 해도, 그자의 애초 목적 자체가 그 승부와는 전혀 상관이 없는 것이면 멸천교는 그대로 순순히 물러가지 않을 거란 말이지. 그렇게 되면 일부러 네가 나서서 멸천교주와 승부를 겨룬 게 아무런 의미가 없지 않겠어?"

막강은 국연의의 말에 고개를 끄덕이면서도 한마디를 내뱉었다.

"근데 지난번에도 중원 무림을 마도천하로 만들려고 했으니, 이번에도 그렇지 않을까?"

"물론 그럴 가능성이 크지만, 사람 마음은 모르는 거야. 게다가 멸천교는 마도인들의 집단이야. 어떤 흉계를 꾸미고 있을지는 아무도 장담 못한다고."

"흐음, 그런가?"

잠시 생각에 빠진 막강.

모개는 그런 막강과 국연의의 대화를 가만히 듣고만 있었다.

하지만 막강의 생각은 금방 끝났다.

"그래도 상관없어."

“……?”

“국 행수 말대로 멸천교주의 진짜 목적이 뭔지는 몰라도, 함부로 사람들을 죽이고 자기 부하들까지 스스로 죽게 만드는 건 나쁜 거야. 지금까지 내가 몇 번 봤지만, 멸천교는 항상 그런 식이었거든. 그렇게 못하도록 막을 수만 있다면 난 멸천교주랑 승부를 볼 거야.”

“…….”

국연의는 나름대로 단호하게 말하는 막강의 얼굴을 가만히 응시했다.

“그것뿐이냐?”

“응?”

“멸천교주랑 한판 붙으려는 게 그 이유뿐이냐고.”

“어… 그렇지 뭐.”

볼을 살살 긁는 막강을 보며 국연의는 코웃음을 친다.

“내가 너를 모르냐? 형산파 무공이 마교랑 연관이 있다고 하니까 가서 한 번 붙어보고 싶은 거 아니야? 누가 더 센지?”

“아니 뭐……. 근데 생각해 보니까 그렇기도 한 것 같다. 헤헤.”

“으이구! 누가 말리겠냐!”

대충 둘 사이의 이야기가 정리된 듯하자, 그제야 다시 모개가 입을 연다.

“음, 막 위장의 뜻은 잘 알겠지만, 조금 전 연의가 한 말도 틀린 것은 아니니 참고해 두는 것이 좋을 걸세."

"네, 그럴 게요 총관 어른."

"자, 그럼 문파를 세우자면… 일단 공사는 마무리되었으니 그것은 되었고, 그렇다면 먼저 개파식을 준비해야겠군. 그것은 내가 책임지고 준비해 주도록 하지. 한데 개파식에 초청하는 배첩은 어디 어디에 보낼 것인지 생각해 놓았는가?"

"아! 개파식은 하지 않으려구요. 작은할아버지께서 지금은 멸천교 때문에 강호도 뒤숭숭한 데다가, 아직 문파 사람도 적고 하니까 그냥 간단하게 하는 게 좋다고 하셔서요. 그래서 그냥 가까운 곳에다가 방을 써 붙이고, 의천맹주님한테만 배첩을 보내기로 했어요."

하지만 모개는 그 말을 듣고 고개를 저었다.

"무슨 뜻인지는 알겠지만, 그건 그다지 좋은 생각 같지 않군. 비록 무너졌다곤 하나, 수백 년간 당당한 구대문파의 일원으로서의 지위를 누려왔던 형산파네. 그런 형산파의 재건을 선언하는 마당에 개파식조차 하지 않아서야 되겠는가? 방법이야 두 대협이 말씀하신 대로 한다고 해도 조촐하게나마 개파식은 거행하도록 하게. 내가 꼭 치러주고 싶어서 그러네."

"에이, 이미 건물도 다 지어주셨는데, 꼭 그러시지 않아도 돼요. 이미 총관 어른께는 너무 많이 받기만 했는걸요."

"허어, 그래서 끝내 이 늙은이의 성의를 무시할 생각인가? 정녕 그런 겐가?"

크게 섭섭한 듯 말하는 모개.

이를 보며 막강은 손을 흔들며 부인한다.

"아! 아니에요! 그런 게 아니라, 그냥 자꾸 신세만 지는 것 같아 죄송해서……."

"신세는 무슨, 신세야 금가장이 자네에게 졌지. 거듭 말하지만 나는 장사꾼일세. 손해 보는 일을 굳이 하지 않는다는 말이네. 내가 자네에게 해주는 일이 있다면, 그것은 모두 자네가 지금껏 금가장에 대하여 해준 일에 대한 보답일 뿐이지. 그러니 자네는 전혀 부담을 가질 필요가 없네."

모개가 이렇게까지 이야기하는데 막강도 더는 토를 달 수가 없었다. 뒷머리를 한차례 긁적인 막강은 곧 환하게 웃으며 고개를 끄덕인다.

"하하! 역시 총관 어른이세요! 그럼 부탁드릴게요!"

이에 모개 역시 흐뭇한 미소를 머금었다.

"고맙네. 그럼 언제 형산으로 떠날 생각인가?"

"음, 짐 좀 정리해서 챙기고, 복호위 위사들이랑 이런저런 이야기도 하려면 오늘부터 사나흘 정도는 있어야 할 것 같아요."

"그렇군. 기왕 마음을 먹은 것이니 지체할 필요는 없겠지. 알았네, 그럼 방을 써 붙이는 일도 사흘 뒤부터 시작하기로 하세나. 혹시 방에 뭐라고 쓸지는 미리 생각해 두었는가?"

"아니요. 아직… 형산에 다시 돌아가면 생각해 보려고 했거든요."

모개는 고개를 끄덕이더니 다시 말했다.

"그렇다면 떠나기 전까지 쓸 내용을 생각하여 말해주게나. 아직은 사람이 부족하여 자네 스스로 곳곳에 방을 붙이기는 어려울 걸세. 그러니 금가장의 식솔을 시켜 장사 인근과 근방의 성들에도 방을 붙이도록 하세나."

막강은 계속되는 모개의 호의에 어쩔 줄 몰랐다.

"고맙습니다! 총관 어른! 그럼 빨리 생각해야겠네요!"

활짝 웃으면서도 살짝 걱정이 되는 막강이다. 쓸 내용을 생각해 내려면 또 한 번 머리를 싸매야 할 터였다.

'형산이 이름 짓는 것도 너무 힘들었는데… 윽!'

조금씩 찡그려지는 막강의 얼굴.

영문을 모르는 모개와 국연의는 이를 보며 의아한 표정이 되어버린다.

그로부터 사흘 후.

"잘 가게나 막 위장. 아니지, 이제 막 장문인이라고 불러야 하겠군? 허허."

"에이! 총관 어른도 참!"

쑥스러워하면서도 해쭉거리는 막강.

"녀석, 그래도 싫진 않은가 보네. 후후. 잘 가라."

"응! 우리 국 행수도 앞으로 내 몫까지 잘하면서 총관 어른 잘 모시라구!"

"내 걱정 말고 너나 장문인 노릇 잘해라!"

티격거리면서도 서로를 향해 환하게 웃는 두 사람.

그렇게 막강은 모개와 국연의를 뒤로하고 금가장 정문을 나섰다.

"정말 이대로 영영 안녕은 아니겠지?"

장사 성문에 이를 때까지 뒤를 쫓아온 고광칠이 잔뜩 서운한 표정으로 말을 꺼냈다.

"곧 개파식 때 또 볼 텐데요, 뭘."

"지금이라도 나는 막 소제, 아니 막 장문인을 따라갈 생각이 있네."

"제가 몇 번이나 말씀드렸잖아요. 이제 금가장은 형님이 지키셔야 한다고. 광칠 형님이라면 상단을 튼튼히 잘 지키실 수 있을 거예요."

막강은 여전히 서운한 표정을 감추지 못하는 고광칠을 향해 싱긋 웃어 보이며 성문을 빠져나왔다.

"아아……!"

막강은 습관처럼 하늘을 올려다보았다.

양옆에서 막강을 따르던 구공산과 단고립의 시선도 위를 향했다.

'드디어 형산파를 다시 세우는 건가?!'

하얀 입김이 흩어지며 막패의 얼굴이 그려졌다.

'할아버지, 언제나 강이를 지켜보고 계시죠?

막패가 희미하게 미소를 짓는다. 이에 막강의 얼굴에도 미소가 만연해졌다.

그리고 다시 그로부터 이틀 후.

호남성을 비롯하여 호북과 강서성 일대에 일제히 커다란 방 하나가 나붙었다.

0월0일 오시 초, 형산파의 개파식을 열고자 하오니 강호의 여러 동도들께선 참석하여 자리를 빛내주시기 바랍니다.

아울러 형산파는 앞으로 다음 네 가지 사항을 반드시 지키는 문파가 될 것임을 강호제현 앞에 굳게 약속하는 바입니다.

一. 형산파는 서로 아껴주는 가족이 되겠음.

二. 형산파는 남을 먼저 해치지 않겠음.

三. 형산파는 강호제일의 문파가 되겠음.

四. 형산파는 절대 무너지지 않겠음.

—형산파 제십구대(第十九代) 장문인 막강

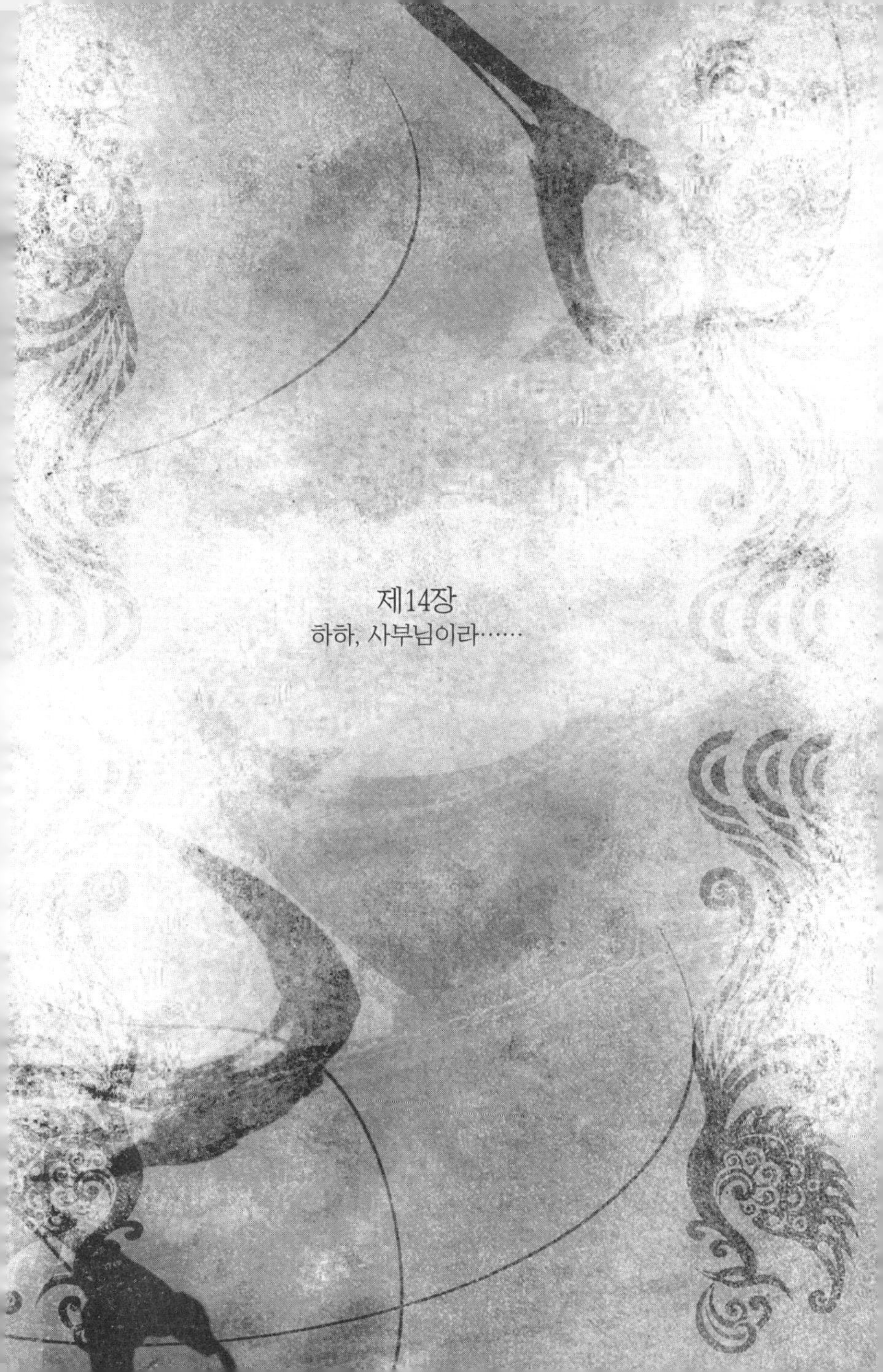
제14장
하하, 사부님이라……

"<u>으으으</u>……!"

폭풍마군 나곤(羅鯤)은 자신의 앞에 피를 토한 채 쓰러져 있는 늙은 여승을 향해 득의로운 웃음을 흘리며 섰다. 늙은 여승은 놀랍게도 아미파의 장문인인 도화사태였다.

도화사태는 파리한 얼굴에 연신 시뻘건 피를 토해내고 있었다. 그 모습에 주위에선 절규에 가까운 울분 섞인 목소리들이 터져 나온다.

"장문인!"

"사부님!"

"장문 사자(師姉)! 크윽!"

모두 아미의 여승들.

그녀들은 모두 청의를 걸친 자들에게 둘러싸여 있었다.

치열한 격전을 치렀음을 알려주듯, 누구 하나 성한 자가 없다. 찢겨진 승복과 잘려 나간 팔과 다리, 두개골과 가슴이 함몰된 채 죽어가고 있는 자들이 태반이었다.

그녀들의 절규를 듣고 있는 나곤의 얼굴에 진한 미소가 그려졌다.

"내 아미의 중년들이 구파 중 가장 시시하다 들었지만 이 정도로 허약할 줄은 몰랐구나. 하기야 부처를 핑계로 계집들끼리 문파를 만든다는 것 자체가 웃긴 일이긴 하지. 흐흐흐."

"간악무도한 마도의 졸개! 부처님을 능멸하고, 아미를 능멸한 죄를 네가 감당할 수 있을 듯싶으냐! 이노옴!"

팔이 잘린 채 신음하던 한 중년 여승이 나곤의 비웃음에 노기를 발했다.

여승의 말에 눈썹을 살짝 떨어 보인 나곤은 혼미한 상태로 누워 있는 도화사태에게 다가가 쪼그려 앉으며 입을 열었다.

"본 마군이 아직 수양이 부족한가 보다. 여전히 계집의 고성만 들으면 다신 입을 열지 못하게 만드는 버릇이 나오려는 걸 보면. 흐흐!"

나곤이 말을 마치자마자 중년 여승의 앞에 서 있던 한 청의인의 두 손이 슬쩍 중년 여승의 머리 위로 들려졌다.

그리고 곧.

퍽!

섬뜩한 격성(擊聲)이 터져 나오며 중년 여승의 두부(頭部)가 적의인의 양손에 의해 터져 버렸다.

"크흐윽!"

그 장면을 본 아미의 여승들의 얼굴엔 경악과 분노, 그리고 공포가 일시에 떠올랐다.

나곤은 이젠 기침을 뱉어낼 기력마저 없어 보이는 도화사태의 앙상한 목을 자신의 커다란 손으로 부여잡고선 천천히 들어 올렸다.

"이미 병으로 죽어가는 늙은 중년을 죽이려니 기분이 별로군. 그렇게 그냥 순순히 본 교의 말을 듣고 봉문을 하면 될 것을… 쯧쯧."

쫘악!

우득!

도화사태의 감겼던 두 눈이 순간 부릅떠지더니, 곧 머리가 맥없이 뒤로 꺾여 버렸다.

흐늘거리는 도화사태의 시신을 내던져 버린 나곤은 마치 유랑 나온 사람처럼 아미산의 전경을 한차례 쓸어보곤 청의인들을 향해 크게 외쳤다.

"풍마령주는 단 한 명도 남김없이 해치우거라!"

"존명!"

중년 여승에게 손을 썼던 청의인이 대답하자 나곤은 그대로 신형을 돌렸다.

그의 등 뒤로 아미의 여승들이 내지르는 끔찍한 비명 소리가 연이어 터져 나오기 시작했다.

챙! 채쟁!

밖은 병장기 부딪치는 소리로 요란하고, 조금씩 찢어질 듯한 비명도 섞여 들려왔다.

사천당가의 가주 당사경은 자신의 집무실에 들어선 묵포인을 바라보며 처연한 표정을 지었다.

모두 죽어나가고 있었다.

세가에 속한 무인들은 물론이고, 가솔들 또한 흑의인들의 수족 아래 무참히 죽어나갔다.

묵포인, 지옥마군 담흥(譚興)을 선두로 한 흑마령(黑魔領)의 삼백 마인들은 당가의 영역을 거침없이 무너뜨리며 심장부인 가주 당사경이 있는 곳까지 이르렀다.

한번 들어서면 나는 새도 갇혀 버린다는, 사방 오십 장에 걸쳐 설치된 이십사쇄혼절진(二十四碎魂絶陣)도 이들 앞엔 별 소용없었고, 당가가 자랑하는 독과 암기도 이들의 묵령마공 앞에선 힘없이 무너져 내렸다.

흑의인들이 공격을 감행했다는 보고를 받은 것은 불과 이각 전. 그 짧은 시간 동안 거의 모든 상황이 종료되어 버린 것이다.

이젠 귀에 들려오던 금속성과 비명마저 잦아들었음을 확인한 당사경는 천천히 자리에서 일어서며 담홍을 향해 입을 열었다.

"네가 멸천교의 교주인가?"

그의 음성은 의외로 차분했다. 이에 그가 이미 자신의 최후를 예감하고 있음을 안 담홍은 그를 향해 희미하게 웃으며 대답했다.

"미안하지만, 나는 교주가 아니다."

"아니라고……? 그렇다면 사대마군 중 하나인가?"

"그렇다. 내가 바로 사대마군 중 지옥마군이다."

"……!"

당사경의 두 눈이 크게 흔들린다. 교주가 아니라니…….

교주도 아닌, 사대마군 중 한 사람에게 오대세가 중 하나인 자신의 가문이 이처럼 무참히 짓밟혔다는 말인가!

'부활한 멸천교의 힘이 이 정도였다니……! 이 강호가 진정 마도의 천하가 되고야 마는 것인가!'

그가 다시금 경악을 금치 못하고 있을 때, 그의 귀로 담홍의 음성이 재차 들려온다.

"너희 당가를 치면서 본 마군은 그간 심혈을 기울여서 키운 흑마령의 절반을 잃었다. 흑마령에게 이 정도의 피해를 주었다는 것 자체로 당가는 충분히 그 이름값을 한 것이니, 너무 실망하지 않아도 좋다."

“……!”

이에 당사경은 모멸감에 치를 떨었으나, 엄연한 현실 앞에 아무런 대꾸도 하지 못했다.

대신 그는 양손을 아래로 늘어뜨리고 자세를 잡았다. 곧 먼저 간 가족들에게로 가야 할 운명. 눈앞에 있는 담홍이라도 함께 데리고 가고자 마음먹은 것이다.

당사경의 몸에서 무시하지 못할 기세가 서서히 일어남을 느끼며 담홍 또한 묵령마공을 끌어올렸다. 그 순간, 당사경의 양손이 마치 날갯짓을 하듯 허공을 휘젓기 시작했다.

그렇게 잠시 후, 그의 양손이 지나간 자리엔 수많은 잔상들이 형성되었고, 그 잔상들 하나히니에선 무수한 금속의 파편들이 담홍을 향해 쏘아져 날아왔다.

퓨슈슈슉……!

만천화우(滿天花雨).

화려한 꽃비가 온 하늘을 뒤덮는다.

빈틈없이 쏘아지는 철화(鐵花)들은 하나의 커다란 막을 형성한 채 담홍의 전신을 그대로 덮어버렸다.

순간,

우웅!

담홍의 우수에서 뻗어나온 검은 기운이 순식간에 그의 손을 감싸 버리며 장심 위에 집중되더니, 곧 머리통만 한 하나의 완전한 구체로 형상화되었다.

담홍은 그것을 당사경이 만든 거대한 철막의 중심부를 향해 쑤욱 밀어 넣었다.

콰지직!

철막과 부딪친 검은 구체로부터 요란한 소음이 들려오기 시작한다.

그대로 담홍을 덮쳐 버릴 것 같던 철막은 그 자리에서 멈췄고, 검은 구체는 담홍의 시야에서 씻은 듯 사라져 버렸다.

'이! 이럴 수가……!'

당사경은 자신이 만든 철막을 찢고 쏘아져 오는 검은 구체를 바라보며 스르르 눈을 감았다.

*　　　*　　　*

오악의 시샘을 받는 산 황산.

최고봉 연화봉에 올라 기암괴석 사이로 끝없이 펼쳐진 적송의 대향연을 바라보라.

한 폭의 그림이란 수식어는 여기에 갖다 붙이는 것이렷다.

행여나 짙은 운무가 그 광경을 가릴까, 염려로 마음 졸인 자가 얼마일런가?

안심하고 조금만 눈을 서쪽으로 돌리면 까마득한 곳에 거대한 건물 군이 솟아 있는 모습이 보인다.

웬만한 장원에 비하면 결코 모자람이 없는 규모를 자랑하는 이곳은 바로 의천맹의 총단이었다.

총단 외곽 후원에 마련된 익영단주의 집무실.

맹주 유평의 명에 따라 시작된 맹의 조직 개편안을 마무리 지은 추심언은 탁자 위에 수북히 쌓인 문건들을 하나하나 살피기 시작했다. 유평에게 가기 전에 혹시나 모를 중요한 보고가 있는지 검토하기 위해서였다.

중원 각지에 퍼져 있는 익영단원들이 보내온 수백, 수천 건의 밀마들은 일차적으로 급수 별로 나뉘어 추심언의 탁자 위에 놓여지는 것이 상례다.

그러나 지금은 그 수많은 밀마들이 정리되지 않은 채 보내진 그대로 그의 탁자에 쌓여져 있었다. 이는 비싱시국임을 감안하여 그가 직접 모든 밀마들을 검토하기 위해 내린 조치였다.

추심언은 먼저 높이 쌓여진 문건들을 둘로 나누고, 그중 좌측의 것들부터 차례로 하나하나 읽어가기 시작했다.

……북건성 청룡방(靑龍幫)의 방주 본맹에 대한 탈퇴 의사 피력…….

살짝 눈살을 찌푸린 추심언은 다음 문건을 본 순간 흥미로운 눈빛으로 변했다.

……검천신룡, 형산파 재건 선언. 문파원은 모두 넷. 노도권

포함…(중략)… 이틀 내로 맹주께 배첩 도착할 예정임…….

　‘음… 재건 선언을 했다……?
　조직 개편안 중 유보로 남겨두었던 한 부분이 그의 머릿속에서 확정되는 순간이었다.
　내심 고개를 끄덕이며 다음 것들을 꺼내든 추심언의 두 눈이 이번엔 경악으로 부릅떠졌다.

　아미파에 멸천교도로 확실시되는 청의인 삼백 출현. 장문인 도화사태 사(死). 그 자리에 있던 이백여 제자 모두 사. 수괴로 보이는 청포중년인의 무위는…(중략)…….

　당가에 멸천교도로 확실시되는 흑의인 삼백 출현. 수괴의 정체는 불명…(중략)… 일다경 만에 모두 사(死)…….

　미지의 백의인 삼백 청성파에 출현…(중략)… 청성파 장문인 옥심자(玉心子) 비무 중 사(死). 청성파 향후 오십 년간 봉문…….

　와락!
　추심언의 손에 들려 있던 문건들이 흉측하게 구겨져 버렸다.
　‘이! 이런 말도 안 되는……!’

아미와 당가, 그리고 청성까지.

사천을 대표하는 사천삼세(四川三勢)가 무너져 내렸다. 그것도 같은 날 동시에…….

이 같은 엄청난 소식을 단번에 받아들일 수 있다면, 아마도 그는 철심(鐵心)의 소유자이리라. 좀처럼 감정을 흐트러뜨리지 않는 추심언조차 적힌 내용을 몇 번이나 다시 들여다보았을 정도였다.

사천삼세.

팔파 중 둘이며, 오대세가 중 하나.

이들은 곧 중원무림을 떠받치고 있는 큰 기둥이자, 의천맹의 한 축이었다. 그런데 그들이 하루아침에 사라졌다. 기둥은 뽑혔고, 축은 와르르 무너졌다.

기둥을 잃고 휘청이는, 위태로운 강호의 모습을 떠올린 추심언의 안색은 차갑게 굳는다.

'진정 전설로 알려진 천마혈이 발견되었단 말인가!'

팔파 중 둘을 동시에 무너뜨린 멸천교다.

가장 상대하기 껄끄러울 수 있는 당가를 단시간에, 그것도 본거지를 찾아가 박살 낸 멸천교다.

이는 팔파 중 나머지도 그 존폐를 장담키 어렵다는 뜻이며, 나머지 세가들도 언제 그들의 습격 아래 최후를 맞이하게 될지 모른다는 의미인 것이다.

벌떡!

그대로 자리에서 일어난 추심언의 신형은 어느새 방을 빠져나가고 있었다.

그가 급히 향하는 곳은 맹주의 거처. 그의 손에 들린 조직개편안은 이미 갈가리 찢겨진 상태였다.

형산파의 재건이 세상에 선포된지 사흘이 지났다.

여전히 날은 쌀쌀하지만 햇살만은 하루하루 그 따스함을 더해가고 있는 정오.

땅! 땅! 따앙!

경쾌한 망치질 소리가 골짜기에 울려 퍼졌다.

담장 한 줄 놓이지 않은 형산파 초입에 덩그러니 하나의 문이 세워져 있다. 그곳은 본래 형산파의 정문이 있던 곳이다.

쇠망치를 들고 사다리에 올라선 막강은 한동안 신중히 망치질을 계속하고는 곧 땅에 내려섰다.

"다 됐다!"

막강의 외침과 동시에 두문충의 시선이 문의 위쪽에 고정되었다. 거기엔 등무문(登武門)이라고 쓰인 널찍한 현판이 보였다.

"어때요 작은할아버지? 잘 달았죠?"

두문충은 감회에 젖은 눈으로 현판을 바라보며 고개를 끄덕였다.

"그래… 이렇게 걸어놓고 보니 제법 멋들어져 보이는구나."

"그렇죠? 조씨 할아버지가 글공부를 많이 하셨다기에 부탁해 봤는데, 정말 잘 쓰시는 거 같아요. 나중에 건물에 달 것들도 부탁드려야겠어요."

형산파의 재건 선언을 하고 막강이 가장 먼저 한 일은 거처를 남악촌에서 형산파로 옮기는 것이었다.

언년의 집에 있던 옷가지들과 가재도구, 이불 등을 대강 챙겨서 유씨를 제외하곤 모두 이곳으로 올라왔던 것이다. 막강이 갖은 수단을 다 써보았지만, 절대 그 집을 떠나지 않겠다는 유씨의 확고한 마음은 바꿀 수가 없었다.

떨어져 지내는 것이 아쉽기는 했지만, 별수없이 형산파와 남악촌과의 불과 반 시진 거리밖에 안 된다는 것으로 위안을 삼은 막강과 언년이었다.

그렇게 이곳에 둥지를 튼 이틀 전부터 지금까지 막강 등 다섯 사람은 개파식 준비에 분주한 나날을 보냈다. 개파식이 오일 앞으로 다가왔던 것이다.

언년은 두 아이 챙기랴, 나머지 식구들 끼니 챙기랴, 눈코 뜰 새 없이 바빴고, 구공산과 단고립은 어지럽게 얽힌 형산파 주변 곳곳을 정돈하는 일에 하루를 꼬박 보냈다.

그리고 두문충은 형산에 온 뒤부터 계속해 온 형산의 산세를 살피고 기록하는 일을 마무리 짓기 위해 아침부터 해질녘까지 여기저기를 돌아다녔고, 막강은 여러 가지 필요한 물품들을 구입하느라 근방의 도시들을 바삐 다녀야만 했다.

그런 막강이 필요하다고 생각한 것 중 하나는 바로 이 현판이었다.

두문충과 함께 처음 이곳에 왔을 때, 그에게 본래 이곳에 있었던 건물들의 위치와 이름에 대하여 들은 것을 기억한 막강은 예전과 동일한 이름을 새긴 현판을 걸고 싶었던 것이다.

그중 가장 먼저 건 현판이 바로 이 정문의 현판이었다.

막강과 두문충이 모두 흡족한 표정으로 현판을 바라보고 있는 그때, 안에서 언년의 낭랑한 음성이 들려왔다.

"할아버님, 여보! 점심 차려놓았으니 어서 와서 드세요!"

등에 형산을 들쳐 업은 그녀가 주방으로 쓰이는 건물의 문을 열고 나오며 이쪽을 향해 손짓을 한다.

"응! 색시야! 금방 갈게!"

밥이란 말에 군침을 흘리며 대답한 막강은 곧 두문충을 향해 미소를 짓었다.

"할아버지 가세요."

"그러자꾸나."

두문충과 나란히 등무문에 들어선 막강은 걸음을 옮기며 뭔가 걸리는 듯 고개를 갸웃거렸다.

"그런데요… 우리 색시가 좀 이상해진 거 같아요."

"무엇이 말이냐?"

"얼마 전까지만 해도 여보라는 말 쑥스럽다고 잘 안 했거든요. 근데 지금은 작은 할아버지 앞에서도 큰 소리로 잘하잖아요?"

그 말에 두문충의 입가에 주름이 깊어지더니, 곧 장난 섞인 음성이 흘러나온다.

"허허! 녀석. 별것이 다 이상하구나. 내가 혼인을 해본 일이 없어 확실히는 모르겠다만, 이 나이까지 눈동냥, 귀동냥으로 보고 들은 바에 의하면 그것은 아마도……."

"……?"

막강은 눈을 끔뻑이며 그의 다음 말을 기나렸다.

"진정한 아줌마의 힘이 아닐까 싶구나."

"아줌마의 힘이요?"

막강의 되물음에 두문충은 역시나 장난스럽게 고개를 끄덕인다.

"그것은 애를 낳아보지 않고서는 같은 여자라도 알 수 없는 것이라고 하더구나."

"애를 낳은……? 으음, 그러고 보니 우리 색시도……?"

안 그래도 쌍둥이를 낳은 뒤 언년의 행동과 말투가 이전과는 사뭇 달라지고 있다는 것을 느끼고 있던 차였기에 두문충의 말에 고개를 끄덕이지 않을 수 없는 막강이었다.

좋게 보면 활달해졌다고 해야 하고, 나쁘게 보면 다소 과격해졌다고나 할까?

아무튼 우선 밥이나 먹고 보자는 생각에 막강이 막 건물 안으로 들어서려는 찰나, 등 뒤에서 누군가 자신들을 부르는 소리가 들려왔다.

"사, 사부님! 혀, 아니, 장문 사형!"

고개를 돌려보니, 멀리 정문 너머에서 구공산과 단고립이 황급히 달려오고 있는 모습이 보였다.

구공산의 양손엔 가재도구들이 한 보따리였고, 단고립의 양어깨엔 커다란 쌀가마니가 잔뜩 메어져 있었다. 그들은 두문충의 지시대로 물품을 구입하기 위해 근방의 형양을 다녀오는 길이었다.

"그게 정말이야?"

막강은 젓가락으로 밥을 뜨다 말고 놀란 눈으로 구공산을 쳐다본다. 크게 놀란 두문충 역시 동작을 멈추고 구공산을 바라보며 재차 물었다.

"사천삼세가 한꺼번에 무너지다니! 그게 정녕 사실이란 말이냐?"

"쩝쩝… 그렇다니까요! 저랑 고립이랑 사람들이 하는 얘기를 똑똑히 들었다구요. 얼마나 큰일이면 웬만한 꼬마들까지 다 알고 있겠어요. 쩝쩝……."

대답을 하면서도 연신 밥알을 씹으며 밥상에서 눈을 떼지 않는 구공산. 그 옆에서 단고립은 아무 말도 들리지 않는 듯, 먹는 것에만 열중하고 있다. 반면 두문충의 노안엔 주름이 깊게 파인다.

"음… 그것이 사실이라면 참으로 심각한 일이 아닐 수 없구나."

"그새 문파를 다 무너뜨리다니… 멸천교가 그렇게나 강한 건가?"

자세히는 아니지만, 막강도 아미와 청성, 당가가 강호에서 차지하는 비중이 얼마만 한 것이었는지 정도는 잘 알고 있었다.

그런 세 문파를 동시에 멸절시켰다고 하니, 새삼 밀천교의 힘이 어느 정도인지에 대하여 다시금 생각해 보지 않을 수 없는 것이다.

"근데 놀라운 소식은 그게 다가 아니에요."

"……?"

잠시 상념에 빠졌던 막강과 두문충 두 사람은 구공산의 말에 귀를 쫑긋 세운다.

"다가 아니라니?"

이에 구공산은 입에 물고 있던 음식물을 꿀걱 삼키며 말했다.

"멸천교주란 놈이 사천을 몽땅 먹어치우고는 곧바로 아미산 자락을 멸천교의 근거지로 삼아버렸대요."

"뭐?!"

"으음……!"

두 눈이 휘둥그레지는 막강.

반응은 다르지만 두문충 역시 놀랍긴 마찬가지였다.

"이젠 모든 걸 드러내 놓고 움직이겠다는 것인가?"

두문충의 말에 방 안의 분위기가 한층 더 무거워진 가운데, 밖에서 인기척이 나는가 싶더니 곧 언년의 음성이 들려온다.

"여보, 잠깐 나와 보세요. 소천 언니가 왔어요."

"진 소저가 왔다고?"

두문충과 한차례 시선을 교환한 막강이 곧 방문을 열고 밖으로 나가자 언년과 나란히 서 있던 진소천이 살짝 고개를 숙이며 인사했다.

"형산파의 재건을 진심으로 축하해요 막 소… 아니, 이젠 막 장문인이라 불러야겠군요. 훗."

살포시 미소 짓는 그녀.

그러나 그 미소가 여느 때완 달리 썩 밝지만은 않아 보인다.

*　　　*　　　*

단둘이 마주 앉은 유평과 추심언은 처음부터 굳은 얼굴로 대화에 임하고 있었다.

"사천 지부는 어찌 됐소? 모두 즉각 철수한 것이오?"

"예, 청성이 변고를 입은 터라 사천지부장인 운심자(雲心子)께서 많이 갈등을 하신 듯하나, 아마도 지금쯤이면 이미 영웅삼대를 이끌고 호남 땅에 들어서고 있을 것입니다."

운심자는 이번에 멸천교의 손에 죽은 청성파의 장문인 옥심자의 사제다.

그는 졸지에 사문을 잃었고, 사형제와 제자들까지 모두 잃었다. 이유는 봉문을 당한 청성파에서 그를 파문시켰기 때문이었다.

청성은 봉문을 당함과 동시에 의천맹 사천지부장으로 있는 그를 파문함으로써 그로 하여금 청성에 얽매이지 이니하고 의천맹의 일원으로서 멸천교에 맞설 수 있는 길을 만들어준 것이다. 그렇지 않으면 청성파의 장로인 그는 꼼짝없이 봉문의 규율에 의해 청성파로 복귀할 수밖에 없었기 때문이다.

그런 그가 서둘러 사천에서 철수하라는 유평의 명을 흔쾌히 따르기는 어려운 일이었다. 당장에 영웅삼대를 이끌고 멸천교가 자리 잡고 있을 아미산으로 달려가고 싶은 생각이 굴뚝같았을 것이다.

그럼에도 상황 판단을 그르치지 않고 자신의 명에 따라준 그를 내심 고맙게 생각하는 유평이었다.

잠시 침묵을 지킨 유평은 곧 추심언을 향해 입을 연다.

"추 단주는 공개적으로 세력을 드러낸 멸천교주의 속내가 무엇이라고 생각하오?"

이에 추심언은 매끈한 이마를 살짝 찡그리며 대답했다.

"속단하긴 어려우나, 두 가지 외엔 달리 짐작 가는 것이 없습니다."

"……?"

유평은 잠자코 그의 다음 말을 기다렸다.

"우선 멸천교주가 아미산을 근거지로 삼고 세상에 멸천교의 실체를 드러낸 것은 넘치는 자신감의 표현이라고 볼 수 있습니다. 자신들의 힘이라면 더 이상 암중(暗中)에 거할 필요가 없다는 것이지요. 그리고 다른 하나는, 멸천교를 양지(陽地)에 드러냄으로써 무림인을 포함한 세인들에게 자신들의 존재를 더욱 확실히 각인시키고자 하는 의도라고 할 것인데, 문제는 멸천교주가 바라는 것이 과연 어디까지인가입니다. 단순히 즐기기 위해 멸천교를 부각시켜 세인들의 이목을 끌려는 것인지, 아니면 각지에 산재한 많은 문파들을 자신의 세력으로 끌어들이려는 것인지……. 만일 후자라면, 본맹은 더욱 어려운 상황에 놓이게 될 것입니다. 이미 부활한 멸천교의 힘이 사십여 년 전과는 비교할 수 없을 정도로 가공스럽다는 것을 모르는 사람이 없기 때문입니다. 그들은 생존을 위해 속속들이 멸천교주를 따르게 될 것이 자명하며, 그럴수록 본맹의 힘은 축소될 것입니다."

“음……”
추심언의 말에 수긍하듯 고개를 끄덕이는 유평.
“물론 그중 후자일 가능성이 크겠지…….”
“그렇습니다.”
“멸천교주가 어떤 자인지는 모르겠으나, 그는 전 강호를 상대로 벌이는 이 싸움을 즐기고 있는 듯하군.”
추심언은 침묵으로 동의를 표한다.
이에 유평은 자리에서 일어서며 뒷짐을 쥔 채 창가로 걸어갔다. 그리고 곧 멀리 보이는 황산의 봉우리들을 올려다보던 유평의 입에서 낮은 음성이 흘러나왔다.
“어찌하는 것이 좋겠소?”
뒤따라 자리에서 일어난 추심언은 유평에게로 다가서며 소매에서 꺼낸 종이 묶음 하나를 건넨다.
“보시지요. 새로 짠 맹의 조직 개편안입니다.”
종이 묶음을 받아든 유평은 말려진 종이를 하나하나 펴가며 내용을 살피기 시작한다.
적혀진 내용들은 대부분이 그가 짐작하고 또 이미 추심언의 의견을 통해 알고 있던 것들이었다. 하지만 마지막 장을 살피던 유평은 뜻밖의 이름을 발견하고 의아한 눈빛이 되어버린다.
“이 친구가 이것을 받아들일지……?”
“아마도 받아들일 것입니다. 예정보다 빨리 형산파를 재건

하며 맹주님께 배첩을 보내온 것을 보면 이미 마음은 정해졌을 거라 생각됩니다. 이미 호남 지부에 기별을 넣어 사람을 보냈으니, 곧 확실한 답이 올 것입니다.”

“그렇다면 다행이지만 주위의 불만은 없겠소?”

“전혀 없진 않겠지요. 하나, 그의 내력과 무위가 어떠한지 모두 잘 알고 있는 이상, 큰 반발은 없을 거라 여겨집니다. 설혹 있다고 하더라도, 그 정도는 스스로 해결할 능력은 있어야 하겠지요.”

묵묵히 고개를 끄덕인 유평은 건네받은 종이를 다시 추심언에게 넘기며 말했다.

“좋소. 서둘러 일을 진행시키시오. 간단하게 준비한다고 해도 살펴야 할 것이 많을 거요.”

“알겠습니다.”

추심언은 유평에게 고개를 숙여 보인 후 곧 맹주의 집무실을 빠져나왔다.

거처로 돌아가는 그의 한쪽 손에 들린 종이에는 다음과 같이 적힌 글자들이 언뜻언뜻 보이고 있었다.

…탕마대(蕩魔隊)… 제오대주(第五隊主) 형산파 장문인 검천신룡 막강……

*　　　*　　　*

하하, 사부님이라…… 89

깊은 밤.

막강은 눈 덮인 형산의 능선을 홀로 걸었다.

사삭…….

산무귀영혼.

발자국은 남지 않는다.

팔과 다리의 동작이 거의 느껴지지 않을 정도의 미세한 움직임임에도 막강의 신형은 미끄러지듯 설원을 질주하고 있었다.

그러던 어느 순간, 골짜기로 빠르게 곤두박질친 막강의 모습이 시야에서 사라져 버렸다.

한 번, 두 번, 세 번.

그렇게 눈을 세 번 깜박거릴 시간이 흐르자 드디어 막강의 신형이 다시금 달빛 아래 모습을 드러냈다.

어둔 암곡(暗谷)을 빠져나와 하늘로 치솟은 막강의 신형은 그대로 삼십여 장을 떠오르더니, 곧 돌출된 암벽을 살짝 걷어차곤 다시금 비조와 같이 수직으로 상승하기 시작했다.

두 번에 걸친 도약 끝에 팔십 장 높이의 평탄한 곳에 사뿐히 내려선 막강은 그곳에 솟은 두 개의 봉분을 향해 천천히 걸음을 옮겼다.

봉분들 앞에 선 막강은 조용히 허연 입김을 한차례 내뱉고는 옅은 미소를 지으며 입을 연다.

"저 왔어요. 자주 못 와서 죄송해요. 요새 이일 저일 하느라 바빠서요. 음… 형산파를 세우기 전엔 몰랐는데요, 막상 세워보니까 이것저것 해야 할 게 많더라구요. 또 하고 싶은 것도 많구요. 그래도 작은할아버지가 계셔서 얼마나 든든한지 몰라요."

위이잉.

매서운 북풍이 옷 틈을 파고들지만, 막강은 전혀 한기를 느끼지 못한다.

"음… 제가 지금 여기 왜 왔냐면요, 그냥 갑자기 할아버지랑 아버지가 보고 싶어서예요. 사실 내일이 개파식이거든요. 드디어 할아버지 소원을 이뤄 드릴 수 있게 됐어요. 뭐 아직은 할아버지 소원대로 강호에 우뚝 서진 못했지만 걱정 마세요. 곧 그렇게 될 거니까. 이 강이가 강호제일인이 되기로 했거든요. 하하."

거기까지 말하고 잠시 허공으로 눈을 든 막강은 고운 반월을 올려다보며 다시 입을 연다.

"근데 좀 걱정이 되네요. 저는 괜찮은데, 우리 형산파 식구들이 다칠까 봐서요. 그러니까 할아버지랑 아버지가 좀 도와주세요. 저 잘할 수 있게요. 도와주실 거죠?"

스스스스.

시린 찬바람이 귓볼을 스쳐 간다.

그리고 곧 밤하늘을 올려다본 막강의 입가에 환한 미소가 어린다.

반월 속에서 막패가 자신을 향해 푸근하게 웃고 있었다.

이튿날 아침.

형산파 식구들은 새벽부터 분주했다. 오 시로 예정된 개파식 준비로 곳곳이 시끌벅적했다.

아무리 간단하게 개파식을 한다고 하지만, 말 그대로 개파식이었다. 기본적인 손님맞이 준비는 해야만 하는 것이다.

여러모로 일손이 딸리는 형산파지만, 이미 모개가 보낸 사람들이 어제 오후에 도착하여 개파식을 위한 모든 준비를 알아서 척척 행하고 있었다.

음식 준비는 언년과 진소천 등 다른 사람들에게 맡긴 채, 막강은 두 아우와 함께 연무장을 꾸미는 데 힘을 쓰고 있었다. 실제로 식이 거행될 장소가 이곳이었기 때문이다.

"이건 어디다 놔요?"

커다란 장탁(長卓)을 단고립과 마주 든 구공산이 막강을 향해 물었다.

이에 의자를 나란히 세워놓던 막강이 머리를 긁적이며 말한다.

"글쎄, 그냥 저 구석에다 놓지 뭐."

"구석에다요?"

확인하듯 재차 묻는 구공산.

뭔가 이상하다는 한차례 고개를 갸웃거렸으나, 곧 군말없이 단고립과 발을 맞추어 그쪽으로 걸음을 옮겼다. 하지만 이때 그들의 걸음을 멈추게 하는 정감 어린 음성이 들려왔다.

"저런, 그것은 구석이 아니라 중앙 앞쪽에 놓는 것이 좋을 것인데."

이에 세 사람의 시선이 일제히 음성이 들려온 쪽으로 향했고, 곧 막강이 반색을 하며 입을 연다.

"총관 어른! 벌써 오신 거예요?"

모개는 입가에 미소를 그리며 고개를 끄덕였다.

"나도 모르게 서둘다 보니 일찍 당도하게 되었네. 그래, 준비는 잘되어 가는가?"

"그럼요! 총관 어른이 보내주신 사람들이 알아서 다 해주던 걸요."

"허허, 그렇다면 다행이네. 탁자와 의자를 배치하는 중이었나 보군. 내가 도와주겠네."

모개의 말에 막강은 손을 젓는다.

"아니에요! 저희끼리 할 수 있어요."

"그냥 도와주신다고 할 때 가만히 있지 그러냐. 너희들끼리 하다간 사람들한테 망신당하기 딱이다. 딱!"

모개의 곁에 서 있던 국연의가 혀를 차며 한마디 했다.

그런 그를 보며 싱긋 웃어 보이는 막강.

"국 행수도 왔구나."

"그래, 빨리도 인사한다."

하지만 국연의를 지켜보던 모개는 그를 향해 점잖게 한마디를 내뱉는다.

"연의, 말이 거칠구나. 사사롭게는 친구이나 이제 엄연히 한 문파의 수장이니라. 앞으로는 막 장문인 앞에서 말을 가려해야 할 것이다."

국연의는 곧 자신의 잘못을 시인하며 모개를 향해 고개를 숙였다.

"죄송합니다, 총관 어른. 명심하겠습니다."

그러더니 그는 곧 막강을 향해서도 정중하게 포권을 취했다.

"막 장문인께 제가 결례를 범했습니다. 앞으로는 주의하도록 하지요."

갑작스런 모습에 막강은 흠칫하며 입을 벌렸다.

"뭐, 뭐야? 왜 이래 갑자기?"

하지만 표정 하나 변하지 않고 여전히 정중한 태도로 일관하는 국연의.

"대 형산파 장문인에 대한 합당한 예우이니 막 장문인께선 제 언행에 대하여 괘념치 마십시오."

"……?"

막강은 어리둥절한 표정으로 국연의를 바라보다가 곧 입가에 미소를 그렸다.

'아!'

국연의가 슬쩍 자신을 향해 한쪽 눈을 찡그리는 것을 본 까닭이었다.

'총관 어른 앞이라 그러는 거구나. 흐흐.'

국연의의 속내를 눈치 챈 막강은 곧 실실 웃으며 그의 어깨를 탁탁 두드린다.

"하하! 이보게 국 행수! 괜찮아! 괜찮아! 편하게 말해도 된다구!"

생각보다 두드리는 강도가 세자 이번엔 오히려 국연의가 당황한 표정이 되어버렸다.

'이, 이 자식이 완전 아랫사람 부리 듯하네! 허!'

슬쩍 자신의 행동을 받아주고 넘어가 달라는 의미로 신호를 주었던 것인데, 막강은 아주 한발 더 나아가 상황을 즐기고 있었던 것이다.

'기대한 내가 한심하지! 어휴!'

그렇게 국연의가 뭐라 하지도 못하고 이마에 식은땀을 흘리며 막강을 향해 어색한 미소를 짓고 있을 때였다.

"여보! 그 사람이 왔어요!"

언년의 낭랑한 목소리가 그들의 귀에 들려왔다.

"그 사람……?"

뜬금없는 말에 어리둥절한 표정이 된 막강.

그리고 곧 연무장으로 들어서는 백의 미청년의 모습이 눈에 들어왔다.

"어? 넌?"

막강은 백의 미청년을 손가락으로 가리키며 눈을 크게 떴다. 그는 다름 아닌 효운비인 것이다. 효운비는 그런 막강을 향해 환하게 웃어 보였다.

"친구, 잘 있었어?"

막강은 효운비와 함께 자개봉(紫蓋峰)을 향해 걸음을 옮겼다. 자개봉은 형산파를 뒤에서 굽어보고 있는 봉우리였다.

남은 개파식 준비는 모두 모개가 맡아주었기에 잠시 짬을 낼 수 있었던 것이다.

"진 소저가 말했던 사람이 바로 운비 너였다니! 하하!"

효운비와 나란히 걷던 막강은 형산파를 빠져나오기 전 마주친 진소천과 효운비의 반응을 떠올리며 입을 벌려 웃었다.

진소천은 그가 막강과 친구 사이라는 것을 알고는 매우 놀라는 눈치였으나, 효운비는 자연스럽게 그녀를 향해 인사를 건넸던 것이다.

"뭐가 그렇게 재밌냐?"

효운비가 막강을 힐끔 쳐다보며 입을 열었다.

"재밌다기보다는 그냥 신기해서. 그게 너였을 줄은 꿈에도 생각 못했거든."

"그래? 근데 진 소저가 나에 대해서 뭐라고 말했지?"

그가 궁금한 듯 묻자 막강이 잠시 기억을 더듬더니 대답했
다.

"으음, 뭐라고 했더라? 이상한 사람이라고 했었… 아! 맞
다! 무례한 사람이라고 했다!"

"훗, 무례한 사람이라……."

효운비의 얼굴에도 희미한 미소가 걸렸다.

사실은 그도 다소 의외라는 생각을 했다.

진소천이 막강과 아는 사이고, 그녀가 오늘 형산파에 있다
는 사실이 그렇다는 것이 아니라, 그녀가 막강에게 자신을 만
난 이야기를 했다는 사실이 그렇다는 말이다.

복잡한 여심이야 정확히 알 길이 있겠느냐마는, 대체적으
로 여인이 사내에게 다른 사내를 만난 이야기를 하는 경우는
둘 중 하나다. 그 사내와 매우 편안한 사이거나, 다른 사내를
만난 이야기를 함으로써 그 사내의 의중을 떠보려고 하는 것
이거나.

'어느 쪽이든, 기분은 별로군. 훗…….'

효운비는 내심 쓴웃음을 머금는다.

그가 이렇다 할 말이 없자, 눈치를 살핀 막강이 그의 어깨
에 손을 얹으며 말했다.

"기분 나쁜 거야? 그렇다고 진 소저한테 내가 말해줬다고
이르면 안 돼. 헤헤."

천진한 막강의 얼굴을 보며 피식거린 효운비는 어깨에 올

려진 막강의 손을 살짝 밀어낸다.

"알았으니 걱정마라. 그 얘긴 됐고, 자 이제 문파도 세웠고 장문인도 됐는데 앞으로 뭘 할 생각이지?"

그의 질문에 막강은 주저없이 대답했다.

"강호제일인이 될 거야."

"강호제일인? 오! 멋진걸? 그럼 그다음엔?"

"멸천교주를 만나 비무를 신청해야지."

"……!"

순간 줄곧 미소로 일관하던 효운비의 표정이 굳었다가 빠르게 본래대로 돌아왔다.

"후후, 갈수록 더 멋져지는데? 간단하게 정리하면, 먼저 강호제일인이 된 다음 멸천교주와 한판 붙으시겠다? 이 말이지?"

"맞아."

"이유가 뭐야? 왜 멸천교주랑 한판 붙으려는 거지?"

"이유는 뭐 대충 두 가진데, 우선은 나랑 멸천교주가 대표로 일대일로 싸워서 다른 큰 싸움을 막자는 것이고, 다른 하나는… 그냥 한 번 싸워보고 싶더라고. 얼마나 강한지."

막강은 효운비에게 수라혈존과 관련된 옥청건곤심공의 비밀을 말할까 하다가 그만두었다. 효운비를 못 믿어서가 아니라, 더 이상 다른 사람에겐 발설하지 말라는 두문충의 말이 생각나서였다.

“큰 싸움을 막는다… 그렇군.”

효운비는 막강의 말을 듣곤 가볍게 고개를 끄덕이더니 입을 연다.

“그런데 말이야. 네가 비무를 요청해도 멸천교주가 거절할 수도 있지 않을까?”

슬쩍 떠보듯이 묻는 효운비.

하지만 막강은 확신에 찬 표정으로 대답했다.

“멸천교주라면 거절하지 않을 거야.”

“그건 왜 그렇지?”

“강호제일인이니까! 게다가 난 형산파의 장문인이거든.”

비록 막강이 똑 부러지게 밝히진 않았지만, 막강이 형산파 장문인이라는 것을 강조하는 이유를 효운비는 눈치 챌 수 있었다.

‘이 녀석도 알고 있는 모양이군.’

막강이 어떻게 알게 되었는지 궁금했지만, 그것은 중요하진 않았다. 중요한 것은 막강이 옥청건곤심공이 본래 수라혈존이 창안한 무공이라는 것을 알고 있다는 사실이었다.

게다가 막강은 천마대제의 무공을 익혔을 멸천교주가 수라혈존의 무공을 익히고 있는 자신과의 싸움을 결코 피하지 않을 것이라 굳게 믿고 있기까지 했다.

‘미워할 수 없는 녀석이라니까. 후후.’

새삼스런 눈으로 막강을 바라본 효운비는 다시 한 번 묻는다.

“그래도 거절하면?”

“그래도?”

아래턱을 매만지며 잠시 고민하는 막강.

“흐음, 그럴 리는 없겠지만, 진짜 만약에 내 비무 신청을 거절한다면 멸천교주는 겁쟁이가 틀림없을 거야.”

“겁쟁이? 하하… 그거 정답이네. 교주라는 체면 때문이라도 꼼짝없이 싸울 수밖에 없겠는걸?”

“그렇지? 멸천교주가 겁쟁이일 리는 없으니까.”

“후후……..”

말없이 웃는 효운비.

그렇게 두 사람은 어느새 눈 덮인 자개봉 정상에 올라 있었다.

찬바람이 매섭게 옷자락을 파고들어 보지만, 두 사람에게 추위를 느끼게 하기엔 역부족이다.

희미한 안개 사이로 내려다보이는 형산파를 바라보며 막강이 두 팔을 양쪽으로 한껏 뻗었다.

“후웁! 하아! 여기 어때? 좋지 않아?”

효운비는 멀리 보이는 상강의 물줄기와 그 주위에 띄엄띄엄 모여 있는 마을들을 바라보며 고개를 끄덕였다.

“그렇군.”

그가 동의를 표하자 막강은 한층 더 기분이 좋아진 듯 말했다.

"난 형산이 정말 좋아. 버려진 날 길러준 곳도 형산이고, 나랑 놀아주고 날 지켜준 곳도 형산이거든."

"그래서 아들 이름도 형산이라고 지었냐?"

"하하! 맞아. 아무리 생각해도 형산밖엔 떠오르지 않더라고. 아무튼 그래서 누구든지 형산을 건드리면 가만있지 않을 거야. 내 아들 형산이든, 이곳 형산이든."

"흐음, 딸이 섭섭해하겠는걸?"

"엇! 그렇게 되나?"

아차 싶은 표정이 된 막강을 보며 효운비가 거들어준다.

"놀라기는. 어차피 딸도 형산 안에 살고 있으니까 그게 그거 아니겠어?"

"아! 맞다! 내 말이 그 말이었어! 하하!"

"훗, 싱거운 녀석!"

피식거린 효운비는 다시금 시선을 먼 곳에 두며 입을 열었다.

"지금 네가 나한테 한 말, 잘 기억해 둬야겠어. 나중에 나도 똑같은 말을 너한테 해줄 날이 있을 것 같으니까."

막강은 그의 입에서 언뜻 이해하지 못할 말이 흘러나오자 의아한 표정이 되었다.

"그게 무슨 말이야?"

하지만 효운비는 그에 대한 대답없이 한차례 씩 하고 웃으며 다른 말을 꺼낸다.

"꼭 되길 바란다."

"응?"

"강호제일인. 기대하고 있을게."

"아! 고마워! 역시 운비 넌 내 친구야! 하하!"

막강이 기쁜 듯 크게 웃자 마주 웃던 효운비가 한마디를 덧붙였다.

"너무 오래 걸리진 말고. 기다리기 지루하니까."

"걱정마! 꼭 빨리 되고 말 테니까!"

굳은 표정으로 고개를 끄덕여 보인 막강은 문득 궁금한 듯 효운비를 향해 묻는다.

"근데 넌 도대체 어떤 녀석이야?"

"나? 흐음……."

옅은 미소를 머금고 있던 효운비는 이내 장난스런 표정을 지으며 대답했다.

"네가 강호제일인이 되면 알려줄게. 후후."

"뭐어? 그러니까 네가 누군지 알고 싶으면 빨리 강호제일인이 돼라… 이거야?"

"엇! 생각보다 이해가 빠른데? 하하!"

"어쭈! 이 녀석이! 하하!"

그렇게 둘은 서로를 가리키며 환한 웃음을 지어 보였다.

화기애애한 분위기 속에도 한줄기 한풍은 여지없이 두 사람 사이를 비집고 들어오고 있었다.

예정된 오 시를 반 시진 정도 남겨둔 시각.

형산파 초입인 등무문 앞은 많은 사람들로 북적거렸다.

모두들 방문객은 기껏해야 수십 명, 많아봐야 백 명 안팎일 거라 생각했다. 하지만 모두의 예상을 깨고 훨씬 많은 사람들이 한꺼번에 몰려들자 느긋하게 있던 형산파의 식구들은 정신없이 뛰어다닐 수밖에 없었다.

"연의는 어서 행수 둘을 데리고 정문 앞으로 가거라. 오늘 온 사람 중 한 사람도 방명록에서 이름이 빠지지 않도록 유의해야 한다. 그리고 고립과 공산 자네 둘은 어서 안으로 들어가 남은 탁자와 의자를 모두 연무장으로 내오도록 하게. 아, 그리고 진 여협께선 본 장의 식솔들을 시켜 안으로 들어온 사람들을 통제해 주시면 고맙겠소."

다행히 경험 많은 모개의 침착한 대처가 있었고, 또 그의 지시대로 모두가 움직인 탓에 큰 혼란은 피할 수가 있었다.

간이 의자에 앉아 방명록에 서명을 받던 국연의는 길게 늘어선 줄을 바라보며 중얼거렸다.

"의외네. 이렇게나 많이 오다니."

얼핏 봐도 아직까지 줄을 서고 있는 인원이 백여 명은 되는 듯했다. 이미 안으로 들어간 자들이 이백 명이 넘으니, 모두 합쳐 삼, 사백은 거뜬히 넘을 것 같았다. 이 정도면 웬만한 중

소문파의 개파식보다 크면 컸지, 결코 작지 않은 규모였다.

하지만 찾아온 사람들의 면면을 살펴보면 정작 명문대파의 사람들은 거의 찾아볼 수가 없었는데, 이는 최근 벌어진 사천에서의 혈겁 탓이었다. 발등에 떨어진 불로 인해 각대문파에선 차마 형산파의 개파식엔 신경을 쓸 여유가 없었던 것이다.

이미 의천맹의 대표 자격으로 온 진소천이 이러한 사정을 막강에게 설명해 주었다는 것을 알고 있는 국연의는 이에 개의치 않고 한 명 한 명 서명을 받고 있었다.

한편, 국연의와 자개봉 정상에서 헤어진 뒤 이제 막 산을 내려온 막강은 정문 앞에 길게 능선 인파를 보곤 기겁했다.

"와아! 이 사람들이 다 개파식에 온 거야?!"

믿기지 않는 표정을 지으면서도 기분은 좋은지 연방 히죽거리는 막강.

"왔냐? 왔으면 어서 안으로 들어가서 준비해야지."

막강을 발견한 국연의가 손을 휘저으며 재촉했다.

"응! 알았어! 국 행수, 수고해!"

후닥닥 안으로 들어간 막강은 서둘러 연무장으로 향했다.

거기엔 이미 많은 사람들이 들어차 빈자리가 거의 보이지 않을 정도였다.

"이럴 수가……!"

막강이 입구에 들어서며 입을 떠억 벌리고 서 있자 안 그래도 시끌벅적하던 장내가 더욱 요란해지기 시작했다.

"검천신룡이다!"

"저자가 그 옛날 삼절검협의 전인이로군!"

"형산파의 장문인이다!"

순식간에 모든 사람의 시선이 자신을 향하자 흠칫한 막강은 어색한 표정을 지으며 서둘러 모개 등이 서 있는 연무장 제일 앞쪽으로 걸어갔다.

거기에는 이미 두문충을 비롯한 형산파의 식구들 모두와 모개, 진소천 등이 탁자에 길게 앉아 있었다.

"어서 오너라."

다가오는 막강에게 두문충은 자신의 옆 자리이자 장문인인 막강을 위해 비워두었던 가장 중앙에 있는 자리를 권했다.

자리에 앉은 막강은 주변을 한번 둘러보더니 두문충을 향해 묻는다.

"괴의 할아버지는 안 오셨어요?"

두문충은 슬쩍 고개를 저으며 미소지었다.

"아무리 이야기를 해도 문 한번 열어주지 않더구나. 본래 한번 연구에 몰두하면 몇 달이고 두문불출하는 양반이니, 너무 섭섭하게 생각하진 말거라."

"아니에요. 섭섭하긴요. 앞으로 계속 뵐 텐데요, 뭘."

그때 두 사람의 대화를 듣고 있던 모개가 살며시 끼어들며 말했다.

"막 장문인, 이제 그만 개파식을 시작하는 것이 좋을 듯하
네."

"아! 그래야죠! 그럼… 으음……."

대답은 시원하게 했으나 실제로는 주춤거리는 막강.

막상 하려니 어떻게 해야 할지 난감한 것이다.

이를 눈치 챈 모개가 두문충과 살짝 시선을 교환하더니 곧
미소를 머금으며 나직하게 말했다.

"먼저 일어서서 좌중을 향해 지금부터 개파식을 거행하겠
다고 선언하도록 하게."

"아!"

그 말을 듣곤 그대로 벌떡 일어서는 막강.

"지금부터 개파식을 시작하겠습니다!"

하지만 그 소리가 어찌나 우렁찼던지 함성과 박수가 나야
할 상황임에도 사람들 모두가 그대로 행동을 멈춘 채 막강을
뚫어지게 응시하고만 있다.

"에… 그러니까……."

이에 당황한 막강이 눈을 끔뻑거리더니 모개가 앉아 있는
쪽을 힐끔거렸다. 도움을 요청하고 있는 것이다.

하지만 모개는 옅은 미소를 머금을 뿐 입을 다문다. 이젠
알아서 하라는 뜻이었다. 이에 막강은 어쩔 수 없이 아래턱을
매만지며 좌중을 향해 입을 연다.

"그러니까……."

“……?”

장내는 쥐 죽은 듯 고요했다. 모두의 눈은 오직 막강의 얼굴에만 쏠려 있는 상황.

뭐라 말을 할까 이리저리 눈알을 굴리던 막강은 잠시 후 뒷머리를 긁적이며 입맛을 다셨다.

“에잇! 모르겠다! 쩝!”

이 같은 행동에 사람들의 표정엔 한순간 의혹이 떠오르고, 곧 그들의 귀에 막강의 맑은 음성이 들려온다.

“안녕하십니까! 저는 막강이라고 합니다. 형산파 개파식에 이렇게 많이 와주셔서 정말 고맙습니다. 사람들이 이렇게나 많이 올 줄은 몰랐는데, 많으니까 좋네요! 하하!”

막강이 해맑게 웃자 곳곳에서 작은 웃음을 터뜨리는 자들이 보였다. 하지만 이와는 상관없이 막강의 말은 계속됐다.

“음, 저는 솔직히 예전에 형산파가 어떤 곳이었고, 또 얼마나 크고 멋진 곳이었는지 잘 모릅니다. 하지만 우리 할아버지와 아버지께선 정말 멋지고 좋으신 분들이었어요. 산속에 버려진 저를 이렇게 건강하게 키워주셨거든요. 할아버지께서 돌아가실 때 말씀하셨어요. 형산파가 다시 중원 천지에 우뚝 서는 모습을 보는 게 꿈이시라고. 그래서 이렇게 저는 형산파를 다시 세웠습니다. 할아버지 꿈을 이뤄드리기 위해서요. 지금은 식구도 적고 예전보다 강하지도 않지만, 저는 꼭 할아버지 꿈대로 형산파를 중원 천지에 우뚝 서게 만들 겁니다. 모든 사람들에게 인정받는 강호제일의 문파로요!"

그렇게 긴 연설(?)이 끝나자 장내는 잠시 어색한 침묵에 휩싸였다. 하지만 곧.

짝… 짝짝…….

한두 사람에게서 박수 소리가 들리더니, 그것은 곧 장내에 있는 사람 모두에게로 퍼져 나갔다.

"와아! 멋지군! 멋져!"

"과연 검천신룡! 삼절검협의 손자다!"

곳곳에서 들려오는 함성에 어색했던 분위기는 일순간에 화기애애한 분위기로 뒤바뀌어 버렸다. 예상외로 격의없는 막강의 솔직한 연설이 사람들의 마음에 와 닿았던 것이다.

사람들의 의외의 큰 호응에 막강은 쑥스러운 표정을 지으면서도 기분이 한껏 고조된 듯 크게 웃어 젖혔다.

"하하! 정말 고맙습니다! 그럼 저 말고 저희 형산파 식구들도 소개시켜 드릴게요!"

"좋소!"

"응당 그리해야지! 허허!"

그렇게 군중들의 환호 속에서 두문충을 시작으로 언년과 진소천의 품에 각각 안겨 있는 형산과 소소까지 소개가 이어졌다.

형산파 식구들의 소개가 끝나자 한껏 달아오른 분위기를 반영하듯, 이번엔 좌중의 누군가가 조금의 거리낌 없이 먼저 막강을 향해 외쳤다.

"자! 그럼 이번엔 형산파의 무공도 한번 견식시켜 주시오!"

막강으로선 뜻밖의 요구였다.

사실 개파식에서 자파의 무공을 선보이는 것은 흔히 있는 일이다. 이로써 참석한 사람들은 그곳의 역량을 엿봄과 동시에 재미를 느낄 수 있고, 개파식을 행한 곳에선 자파의 무공을 과시함으로써 문도들이나 제자들을 받아들일 수 있는 기회를 얻을 수도 있는 것이다.

하지만 그와 같은 것도 개파식을 거행한 곳에서 자진하여 행해야지만 이뤄질 수 있다. 오히려 외부인이 무공을 보여 달라고 대놓고 요구하는 것은 예의에 어긋나는 일이었다.

그러나 오늘은 막강의 태도로 인해 격의가 사라짐으로써 편안하게 생각한 사람들 중 누군가가 이러한 요구를 막강에게 한 것이다.

"무공이요?"

"그렇소! 한번 보여주시오!"

"나도 보고 싶소!"

"막 장문인! 실력을 한번 뽐내보시오!"

여기저기서 요구가 빗발치기 시작했다.

막강은 잠시 고민하더니 곧 사람들을 향해 고개를 끄덕이며 활짝 웃었다.

"좋아요! 그럼 잠깐 보여드리도록 할까요?"

그 자리에서 펄쩍 뛰어오른 막강은 그대로 연무장 중앙 빈 공간으로 사뿐히 내려선다.

무엇을 보여줄지 잠시 생각한 막강은 곧 묵룡을 꺼내 들었다. 모두의 기대 어린 시선 속에서 막강의 입이 다시 열린다.

"제가 익힌 형산파의 검법은 두 가진데, 그중에 하나가 건곤삼검입니다. 건곤삼검은 세 개의 초식으로 되어 있는데, 삼초식 중에서 세 번째인 만화영(萬化影)을 보여드리도록 하죠."

"만화영……."

많은 이들이 음미하듯 막강이 밝힌 초식명을 중얼거렸다.

그리고 그런 그들의 뇌리 속엔 만 개의 꽃 그림자가 하늘에서부터 쏟아지는 모습이 그려졌다.

이윽고 막강의 손에 들린 묵룡이 허공으로 들려지더니 곧 부드럽게 곡선을 그리며 비스듬히 아래로 떨어져 내리기 시작한다. 곡선은 다시 좌측으로 이어지고, 다시 우측으로 이어진다.

돌연 방향을 꺾은 그것은 뒤쪽으로 이어졌으며, 이후 또다시 상하좌우로 수없이 흔들리기 시작한다.

때로는 빠르게, 때로는 정지한 듯 느리게.

마치 나비의 날갯짓처럼 나풀거리는 곡선을 따라가던 사람들의 눈에 어느 순간 놀람의 빛이 가득 떠올랐다.

"아아……!"

그대로였다.

그들이 뇌리 속으로 상상하던 바로 그 모습이 눈앞에서 그대로 펼쳐지고 있었던 것이다.

막강을 정점으로 사방은 푸른 꽃무리로 가득 차기 시작했다. 또한 여전히 묵룡이 훑고 간 공간마다 화려한 꽃송이가 끊임없이 피어오르고 있었다.

터져 나오는 장탄성.

믿기지 않는 광경에 군중들 모두가 넋을 잃었다. 그리고 그것은 지금까지 막강의 곁을 지켜온 자들도 예외는 아니었다.

"수백, 수천이 넘는 검화(劍花)라니……!"

진소천의 입에서 탄성에 가까운 음성이 흘러나왔다.

단순히 검화를 피워 올리는 것은 검기상인(劍氣傷人)의 경지에 이른 자라면 조금의 노력으로 가능한 일이다. 진소천 역시 이같이 검화를 피워 올릴 수 있는 능력이 있었다.

하지만 그것이 수십 송이를 넘어, 수백, 수천이 된다면 이야기가 전혀 달라진다.

검화는 검기를 응축시켜 만든다. 검기를 일으키는 일만 해도 제법 진기가 소모되는데, 이것을 다루어 응축시키는 것은 그보다 더한 진기의 소모를 요한다.

그렇기에 검화를 일으킬 수 있다고 해도 그것을 길게 사용하거나 여러 개를 동시에 만들어내는 일은 웬만한 내공이 뒷받침되지 아니하면 불가능했다.

그런데 지금 막강이 눈앞에서 보여주고 있는 검화의 수는 무려 수천 송이가 넘으니, 진소천으로선 경악하지 않을 수가 없는 것이다.

'대체 얼마만 한 내공을 지닌 것일까?! 만일 저것을 검기가 아닌 검강으로 피워 올린다면……?'

진소천은 상상만으로도 몸서리가 쳐지는지 입술을 살짝 떤다.

사실 검화로 유명한 곳은 따로 있었다. 저 화려한 이십사수 매화검법의 화산파가 바로 그곳이다.

그리고 그들이 검으로 피워 올리는 매화의 정수는 검기가 아닌, 검강으로 펼칠 때 비로소 나타난다고 알려져 있었다.

그러나 그와 같은 경지에 이른 자는 화산파 내에서도 한두 사람에 불과할 정도여서, 실제로 강호인들에게 알려져 있는 매화문(梅花紋)은 검기로 형성시킨 것이 대부분이었다.

이와 같은 화산파의 매화문도 검강으로 피워 올릴 때엔 고작 수십 개밖엔 만들어낼 수 없다는 이야기를 들은 바 있는 진소천이다. 그렇기에 그녀는 문득 막강이 검강으로 몇 개의 검화를 피워 올릴 수 있을는지 궁금한 생각이 들었다.

그렇게 그녀가 깊은 상념에서 벗어나려고 할 때 즈음.

절정으로 치달은 만화영이 어느 순간 그치면서 허공을 가득 매웠던 검화도 서서히 흩어져 버렸다.

묵룡을 비스듬히 세운 채 동작을 멈춘 막강은 곧 묵룡을 거두며 쑥스럽게 웃었다.

"다 끝났는데… 괜찮았나요?"

"……."

그러자 그때까지도 하나같이 넋을 잃고 있던 사람들이 이번에는 너도나도 박수를 치며 호들갑을 떨기 시작했다.

"와아! 최고다! 최고!"

"정말 멋진걸!"

"역시 형산파가 괜히 구대문파에 속했던 것이 아니었군!"

예상 밖의 큰 호응에 막강은 기쁨을 숨기지 못했다.

"하하! 고맙습니다 여러분!"

두문충 등도 흐뭇한 표정으로 그런 막강을 바라보고 있는 가운데, 구공산이 고개를 갸웃거리며 투덜거리듯 말했다.

"화려하기만 했지 저렇게 느려 터져서야 어디 털끝 하나라도 건드리겠어? 도대체 왜들 이렇게 난리들이야! 난리는! 쳇!"

그 말을 들은 두문충은 한심한 듯이 구공산을 쳐다보며 혀를 찬다.

"쯧쯧, 공산 네놈 마음이 항상 비뚤어져 있으니, 보이는 것도 제대로 보지 못하는 것이다. 네 사형이 지금 펼친 것이 본래도 저처럼 느릴 거라고 생각하는 것이냐?"

"그럼… 아니란 말씀이세요?"

구공산은 두문충의 말에 찔끔하면서도 당연하다는 듯 대

꾸했다.

이에 다시 한 번 혀를 차는 두문충.

"쯧쯧, 못난 놈! 사람들이 눈으로 볼 수 있게 하기 위해 일부러 초식의 동작 하나하나를 느리게 취했다는 것을 정녕 모른다는 말이냐? 만일 본래대로 초식을 펼쳤다면 이 자리에 있는 어느 누구도 제대로 강이의 움직임을 확인하지 못했을 게다."

"……!"

구공산은 선뜻 믿기지 않는 듯한 표정을 짓지만 다른 사람들의 반응을 보며 그저 입술을 내밀 뿐, 더 이상 대꾸하지 않았다.

그리고 그때를 맞춰 모개가 자리에서 일어서며 군중들을 향해 손을 들어 올리며 외친다.

"자! 이제 신룡과 같은 막 장문인의 실력도 구경하셨으니, 모두들 자리에 앉아 술과 음식들을 들도록 하십시오! 뭣들 하느냐, 어서 술과 음식을 내오거라!"

그가 대기하고 있던 금가장의 식솔들에게 지시를 내리자 모든 사람들이 다시 한 번 떠나갈 듯 환호성을 내질렀다.

이윽고 많은 음식들이 나왔고, 연무장에 모인 모든 사람이 한데 어울린 가운데 그렇게 형산파의 개파식은 차츰 무르익어 갔다.

"까꿍!"

"흐웅! 으아아앙!"

"어라? 왜 울지……?"

"이그! 그렇게 갑자기 큰 소리로 외치면 어떡해요!"

언년은 막강의 품에서 울고 있는 형산을 빼앗듯 건네받으며 핀잔을 준다.

그러나 유씨가 한 것 그대로 따라해 보았던 막강으로선 억울할 수밖에 없다.

"이상하다, 어머니가 하시면 좋다고 웃던데……. 좋아, 그럼 어디."

막강은 다시 한 번 시험(?)을 할 요량으로 옆쪽에 조용히 누워 두 눈을 말똥말똥 뜨고 있는 소소를 안아든다.

"얼래얼래 까꿍!"

"……."

그러나 아무런 반응 없이 그저 뚫어져라 막강의 얼굴을 응시하는 소소.

"얼래얼래 까꿍!"

"……."

"엇, 이 녀석! 웃지도 않고, 울지도 않다니."

난감한 표정으로 소소를 바라보는 막강.

"그만 좀 해요. 소소까지 울릴 작정이에요?"

언년은 형산을 달래며 막강을 향해 쓴 소리를 내뱉었다.

그런데 바로 그때였다.

씨익.

드디어 소소가 소리없이 입꼬리를 살짝 위로 들어 올리는 것이 아닌가?

"앗! 웃었다! 색시야 봐봐! 소소가 웃었다구!"

마치 보물을 발견한 듯 언년을 향해 소리치는 막강.

이에 언년은 소소의 얼굴을 힐끔거리더니 곧 인상을 쓴다.

"웃긴 누가 웃어요! 거짓말도 참!"

"아니야! 정말 웃었다니까! 분명히 웃었… 응?"

다시 소소의 얼굴을 바라본 막강은 말을 하다말고 두 눈을 치떴다. 소소가 언제 웃었냐는 듯 자신을 뚫어져라 응시하고 있는 것이었다.

"하! 요 녀석 봐라?"

뭔가 크게 한 방 먹은 듯한 기분이 든 막강은 손가락으로 소소의 앙증맞은 코를 살살 매만진다.

그러자 다시 씨익하고 웃는 소소.

"앗! 또 웃었다! 색시야 빨리!"

그러나 언년은 이번엔 눈길조차 주지 않고 대꾸했다.

"또 속을 줄 알아요? 형산이 재우게 조용히 좀 해요."

"진짠데……."

막강은 짧은 한숨을 내쉰다. 한순간에 거짓말쟁이로 내몰린 것이다.

"이게 다 소소 너 때문이다. 훗."

하지만 자신을 언년 앞에서 거짓말쟁이로 만든 소소의 행동이 그저 예쁘기만 한 막강이다.

"으샤!"

막강은 품에 안고 있던 소소를 머리 위로 쭈욱 들어 올렸다.

씨익.

기분이 좋은지 소소가 막강을 향해 활짝 웃어 보였다.

"하하, 이제 보니 소소 너는 형산이랑은 많이 다르구나. 형산이는 좋으면 크게 웃고 싫으면 크게 우는데, 넌 잘 울지도, 크게 웃지도 않다니… 신기한걸?"

소소의 웃는 모습에 기분이 좋아진 막강은 그대로 소소를 붙잡고 좌우로 흔들어주었고, 이에 소소는 아비의 노력에 답례라도 하듯 연방 조용한 미소로 화답했다.

그렇게 넓은 방 안이 네 식구의 훈훈한 기운으로 가득해질 무렵.

"장문 사형, 좀 나와봐요."

구공산의 짜증 섞인 음성이 막강의 거처인 숭의전 밖에서 들려왔다.

때는 신시를 넘어 유시를 향해가는 초저녁.

이미 개파식은 끝났고, 모였던 군중들은 모두 썰물처럼 빠져나간 뒤였다. 모개와 국연의도 상단 일을 오래 비워둘 수 없다며 서둘러 떠났고, 추심언의 전언을 다시 한 번 상기시킨 진소천은 의천맹의 상황이 급박한 만큼 개파식이 마무리되기 전 이미 악양으로 떠났다.

두문충도 소유길이 연구를 끝내고 나올 때까지 만이라도 모옥에 있어야 할 것 같다며 개파식을 파할 무렵에 자리를 뜬 바 있었다.

그렇게 개파식이 치러진 연무장을 정리하고 오랜만에 쌍둥이와 함께 휴식을 취하고 있던 막강이었는데, 뜬금없이 구공산이 찾아와 방해를 놓고 있는 것이다.

소소를 바닥에 눕히고 방을 나선 막강은 숭의전 밖으로 고개를 내밀며 입을 연다.

"무슨 일이야?"

"빨리 연무장으로 가서 저놈들 좀 어떻게 해봐요."

"저놈들이라니? 사람들 아직 다 안 간 거야?"

"일단 빨리 가보자니까요. 글쎄."

"……?"

어리둥절해진 막강은 연이어 재촉하는 구공산을 따라 일단 연무장으로 발걸음을 옮겼다.

잠시 후 연무장에 도착한 막강은 그곳 한가운데에서 자신을 기다리고 있는 몇 사람을 발견할 수 있었다. 그중 한 사람은 단고립이었고, 나머지 세 사람은 처음 보는 소년들이었다.

"어?"

막강은 그들 세 소년을 보곤 눈을 크게 떴다. 그들이 자신을 보더니 갑자기 바닥에 넙죽 엎드리며 무릎을 꿇는 것이 아닌가?

"막 대협! 저희를 제자로 받아주십시오!"

"……?!"

그들의 입에서 터져 나온 말에 막강은 더욱 크게 눈을 뜨며 구공산을 쳐다봤다. 그러자 막강의 시선을 받은 구공산은 어깨를 으쓱거리며 입을 연다.

"그렇다는데요?"

"뭐라고?"

"아까부터 가라는데 가지는 않고 계속 저 말만 하고 있다구요."

구공산의 성의없는 대답에 하는 수 없이 자신의 앞에 엎드린 세 소년의 신색을 가만히 살피는 막강.

처음엔 몰랐는데, 다시 보니 셋 다 어린 티가 풀풀 난다. 가장 나이가 많아 보이는 자가 한 열다섯이나 열여섯 정도로밖엔 보이지 않았다.

걸친 옷은 비단이 분명한데, 해지고 더럽혀져 못 입을 지경이었고, 면상은 검은 때가 곳곳에 묻어 있었으나 피부는 희멀건한 것이 적어도 하류잡배 출신들은 아닌 듯 보였다.

"누구세요?"

막강이 묻자 셋 중 가운데 있는 자가 고개를 쳐들며 입을 연다.

"넵! 저는 우맹달이라고 하고, 여기 둘은 제 동생들입니다!"

"우영달입니다!"

"우봉달입니다!"

양옆에 있던 두 사람이 연이어 큰 소리로 자신의 이름을 밝혔다.

"헐! 달달달 형제네?"

그들의 이름을 들은 구공산이 피식거리며 인상을 썼다.

반면 묵묵히 고개를 끄덕인 막강은 우맹달을 향해 다시 묻는다.

"근데 어디서 온 거예요? 그리고 나이는……?"

"아! 저희는 본래 호북 무창에 있었던 백검문 출신입니다. 그곳의 문주이셨던 저희 아버님께서 지난번 의천맹 호남 지부에 회합차 가셨다가 그만 멸천교 놈들에게 변을 당하시는 바람에 가문은 멸문을 맞이하고 말았습니다. 집과 가족을 모두 잃은 저희들은 여러 곳을 전전하다가 형산파에서 개파식을 한다는 소식을 듣고 지푸라기라도 잡는 심정으로 이곳까지 달려온 것입니다. 참! 제 나이는 올해 열다섯입니다!"

"저는 열셋입니다!"

"열 살입니다!"

기다렸다는 듯이 연이어 자신의 나이를 밝히는 영달, 봉달

형제.

세 사람의 나이를 확인한 막강은 딱하다는 표정을 지으며 입을 연다.

"음, 그런 일이 있었구나. 나도 그때 거기 있었는데… 아무튼 나이가 나보다 어리니까 반말해도 되지?"

"당연합니다! 막 대협!"

"다, 당연합니다!"

"막 대협!"

첫째 우맹달이 고개를 끄덕이며 대답하자 두 아우가 흠칫하며 황급히 장단을 맞췄다.

이에 그들의 어색한 모습을 보고 있던 구공산이 코웃음을 친다.

"흥! 잘 보이려고 아주 미리 쿵짝을 맞춰 놓았구만? 어린놈들이 약해 빠져 가지고!"

구공산이 자신의 말을 거짓으로 치부하는 듯하자 우맹달은 양팔을 휘저으며 다급하게 말했다.

"아니에요! 제가 지금 한 말은 정말입니다! 거짓말은 하나도 없습니다! 믿어주세요! 흐흑……!"

감정이 복받친 그는 결국 울음을 터뜨리고 말았다.

"혀, 형님! 흐흑흑!"

"울지마 혀엉! 엉엉!"

뒤따라 눈물을 글썽이며 울음을 터뜨리는 영달과 봉달.

그렇게 연무장은 순식간에 울음바다로 돌변했다.

이에 난감해진 것은 도리어 구공산이었다.

"아, 아니 이것들이? 울긴 왜 우는 거야!"

그러면서 그는 계속해서 막강의 눈치를 살핀다. 아니나 다를까? 막강은 벌써 그를 굳은 얼굴로 응시하고 있었다.

"공산 이 녀석, 애들은 왜 울리고 그래?"

"마, 맞아. 시, 실수했다, 너."

곁에 있던 단고립까지 거들고 나섰다.

어느새 울고 있는 세 형제에게 다가간 단고립은 우람한 상체를 아래로 숙이곤 우맹달의 들썩이는 등을 두드려 주고 있었다.

"아니… 내가 뭘 어쨌다고 그래요? 그냥 의심나서 한마디 했을 뿐이라구요……."

변명은 해보지만 말꼬리가 살짝 내려가는 것은 어쩔 수가 없다. 아직까지도 세 형제의 울음소리가 그칠 줄 모르고 있었기 때문이었다.

'젠장! 사내놈들이 계집애처럼 울기는!'

속으로 투덜대는 구공산의 귀에 막강의 음성이 들려온다.

"사과해라."

"예?"

"미안하다고 사과하라구."

"내, 내가 왜요? 싫어요! 못해요!"

이젠 오기였다. 새파랗게 어린것들에게 무슨 사과란 말인
가?

하지만 그 같은 오기도 막강의 다음 한마디에 맥없이 꺾여
버리고 만다.

"오늘 밤에도 지난번처럼 신나게 한번 뛰어나 볼까
나……?"

"……!"

순간 한 달 전의 기억을 떠올리며 움찔한 구공산은 잠시 갈
등하는 듯하더니, 곧 땅을 툭 차며 고성을 내지른다.

"에잇! 진짜 치사해서! 까짓, 하면 될 거 아니에요! 사과!"

그 모습을 보며 막강은 히죽 웃는다.

"그럼 뛰는 건 취소! 호호!"

연방 투덜거리던 구공산은 우맹달을 향해 돌아서며 입을
연다.

"울지 마, 짜샤! 사내놈이 그깟 걸로 우냐! 니가 우니까 동
생들도 울잖아! 그러고도 니가 형이야! 니들은 그래도 부모가
해주는 밥 먹고, 옷 입고, 어리광 부리며 잘 살아봤잖아? 부모
가 누군지도 모르고 자란 우리도 잘만 사는데, 니들이 지금
우리 앞에서 우냐? 응? 생각 같아선 콱! 그냥 패주고 싶은데
불쌍해서 참는 줄이나 알아! 이 자식들아!"

"……?!"

말은 길었지만 결국 미안하단 말은 한마디도 없었다.

하지만 막강은 별말없이 잠자코 있었다. 비록 말투는 거칠었으나, 그 안에 담긴 구공산의 마음은 듣는 이들에게 고스란히 전달되었기 때문이었다.

이를 증명하듯, 이미 우맹달 등 세 형제 모두 울음을 그친 채 훌쩍거리며 구공산을 올려다보고 있었다.

대충 상황이 종료된 듯하자 막강은 우맹달을 향해 입을 열었다.

"그래, 형산파 제자가 되고 싶다고?"

"아! 넵! 거두어주십시오! 막 대협!"

"거두어주십시오!"

"막 대협!"

"어휴! 잘들 논다. 진짜."

세 형제가 또다시 연이어서 대답을 해대자 구공산은 짜증스런 표정으로 중얼거렸다.

하지만 막강은 이에 상관없이 미소를 머금고 고개를 끄덕였다.

"좋아! 지금부터 너희는 우리 형산파 식구다!"

"예에? 정말입니까?"

두 눈을 치켜뜨며 되묻는 우맹달.

"그래. 그러니까 이제 그만 셋 다 일어나도 돼."

"아아! 고맙습니다! 정말 고맙습니다! 막 대… 아니 장문인!"

“고맙습니다!”

“장문인!”

세 소년은 기쁨에 도취되어 일어날 생각은 안 하고 연신 고개를 숙이며 고맙다는 말을 연발했다.

“정말 애네들 제자로 받아들일 거예요?”

구공산은 불만 어린 어조로 막강에게 물었다. 이에 막강은 당연하다는 듯 고개를 끄덕인다.

“이제 문파를 세웠으니까 제자도 받아야지.”

“그렇다고 아무나 받으면 어떡합니까? 더군다나 이런 약골들을 어디다 쓰려고요.”

“약골? 흐음…….”

약골이란 말에 막강이 세 사람을 하나하나 쓸어보았다.

“그런 것 같긴 하네. 뭐, 그래도 상관없어. 나는 형산파 제자가 되고 싶다는 사람은 누구든지 다 받아줄 거니까.”

“누구든지요?”

“응.”

“꼬부랑 할아버지가 와도요?”

“어.”

“대마두가 와도?”

“그럼! 상관없어. 형산파의 제자가 되겠다는 마음만 진심이라면. 이 친구들처럼.”

“허……!”

더 이상 말해봐야 소용없다는 걸 알고 입을 닫는 구공산. 그러던 그는 곧 무슨 생각이 들었는지 우맹달 형제를 쏘아보며 고성을 내지른다.

"언제까지 그러고 있을 거야? 니들은 사부님이 된 분한테 드리는 예도 모르냐?"

"아!"

우맹달은 뭔가에 때려 맞은 듯 탄성을 발하더니 자리에서 벌떡 일어섰다. 그러더니 곧바로 무릎을 꿇고 세 번 머리를 숙이더니, 다시 막강을 향해 절을 하기 시작했다.

"제자 우맹달이 사부님을 뵙습니다!"

"제자 우영달이 사부님을 뵙습니다!"

"제자 우봉달이 사부님을 뵙습니다!"

마찬가지로 우영달과 우봉달도 황급히 형 우맹달의 행동을 따라했다.

삼고구배(三顧九拜).

그렇게 아홉 번 절한 그들은 곧 막강 앞에 무릎을 꿇고 앉았다.

"뭐, 이렇게까지 할 필요는 없는데……."

막강은 조금 쑥스러운지 살짝 뒷머리를 긁적거렸다.

"자! 그럼 이제 너희는 형산파의 십… 음, 십구? 십팔?"

"이십이요! 장문 사형이랑 우리가 십구대잖아요! 으이구!"

"아! 그랬지 참. 그럼 이제 너희는 형산파의 이십대 제자다! 여기 있는 내 아우들은 너희들 사숙이니까 친하게 지내도록 해. 알았지?"

"넵! 사부님!"

막강은 큰 소리로 대답하는 우씨 삼형제를 보며 흐뭇한 표정을 감추지 못한다.

"하하, 사부님이라……."

생소하면서도 듣기가 가히 나쁘지 않은 것이다.

그때 멀뚱히 서 있던 단고립이 슬쩍 한 걸음 나서며 우씨 삼형제를 향해 입을 연다.

"나, 나한테도 사, 사숙이라고 불러봐."

그의 어눌한 음성에 움찔했던 셋은 곧 그를 향해 고개를 숙이며 크게 외쳤다.

"큰 사숙을 뵙습니다!"

"크, 큰 사숙? 흐… 헤헤!"

기분이 좋은 듯 입을 헤벌리며 웃는 단고립.

하지만 그 한마디에 구공산은 펄쩍 뛰었다.

"큰 사숙이라니! 왜 이 자식이 큰 사숙이야?"

구공산이 버럭 화를 내자 찔끔한 우맹달이 기어들어 가는 목소리로 말했다.

"이, 이분이 키도 크고 나이도 많으신 거 같아서……."

"뭐야! 키 크면 큰 사숙이고, 키 작으면 작은 사숙이냐? 헐! 이것들이 진짜!"

"자! 잘못했습니다!"

"다 필요없어! 당장 셋 다 저쪽으로 집합해! 교육을 확실히 시켜줄 테다!"

"헉!"

어찌할 바를 몰라 발을 동동 구르던 우맹달.

다급해진 그는 본능적으로 앞에 보이는 단고립의 우람한 허벅지를 덥석 붙잡는다.

"……?"

천천히 아래로 고개를 숙이는 단고립. 그의 시선은 곧 도움을 청하는 우맹달의 애처로운 눈빛과 마주쳤다.

"……."

그 눈을 가만히 응시하던 단고립의 얼굴에 보일 듯 말 듯한 미소가 살짝 그려졌다.

"내가 크, 큰 사숙 맞다."

"뭐어?"

"그, 그러니까 첫째 사질은 호, 혼날 필요없어."

돌연 단고립이 역성을 들고 나서자 구공산은 더욱 인상을 쓰며 소리친다.

"맞긴 뭐가 맞아! 어째서 니가 큰 사숙이란 말이냐?"

"내가 너, 너보다 크니까."

"이익! 크면 다야? 내가 너보다 생일이 빠르잖아!"

"바, 밥은 내가 더 많이 먹었다."

"이 자식이 진짜!"

유치하기 그지없는 두 사람의 대화를 막강은 그저 잠자코 지켜볼 뿐이다.

'이러다 한판 붙겠네?'

속으로 생각한 막강의 얼굴에 살짝 미소가 그려졌다.

잠시 후, 아니나 다를까?

"그래 이 곰 같은 자식! 오늘이야말로 누가 형님인지 확실하게 알게 해주마!"

화가 머리끝까지 치민 구공산이 단고립을 향해 득달같이 달려들었다.

퍽! 퍼버벅!

언제나 그렇듯, 한 몸이 된 두 사람은 그대로 바닥에 나뒹굴며 서로를 향해 주먹을 내뻗기 시작했다.

그 모습에 입을 다물지 못한 채 할 말을 잃은 우씨 삼형제.

어린 막내 우봉달의 두 눈엔 두려움마저 떠올라 있었다.

"쯥, 사질들 앞에서 창피하지도 않냐?"

그렇게 말하면서도 정작 막강의 얼굴에 떠오른 것은 아쉽다는 표정이었다. 두 사람이 뒤엉키는 모습을 보니 주먹이 근질근질한 것이다.

입맛을 다신 막강은 우씨 삼형제를 향해 시선을 돌리며 미소 지었다.

"우린 그만 저쪽으로 갈까?"

“예? 사, 사숙들은 어쩌고……?”

“그냥 둬야지 뭐. 한번 붙으면 지칠 때까지 저러거든. 내가 껴서 싸우면 금방 끝나긴 하는데……. 쩝.”

아직도 미련이 남는 듯 재차 입맛을 다시는 막강이었다.

“가자! 우리 색시랑 쌍둥이한테도 인사해야지!”

“아! 예, 예 사부님.”

“하하, 사부님이라…….”

막강이 몸을 돌려 연무장을 빠져나가자 황급히 그 뒤를 쫓는 우씨 삼형제.

연무장을 빠져나갈 때까지 그들의 눈은 바닥을 뒹굴고 있는 구공산과 단고립에게서 떨어질 줄을 몰랐다.

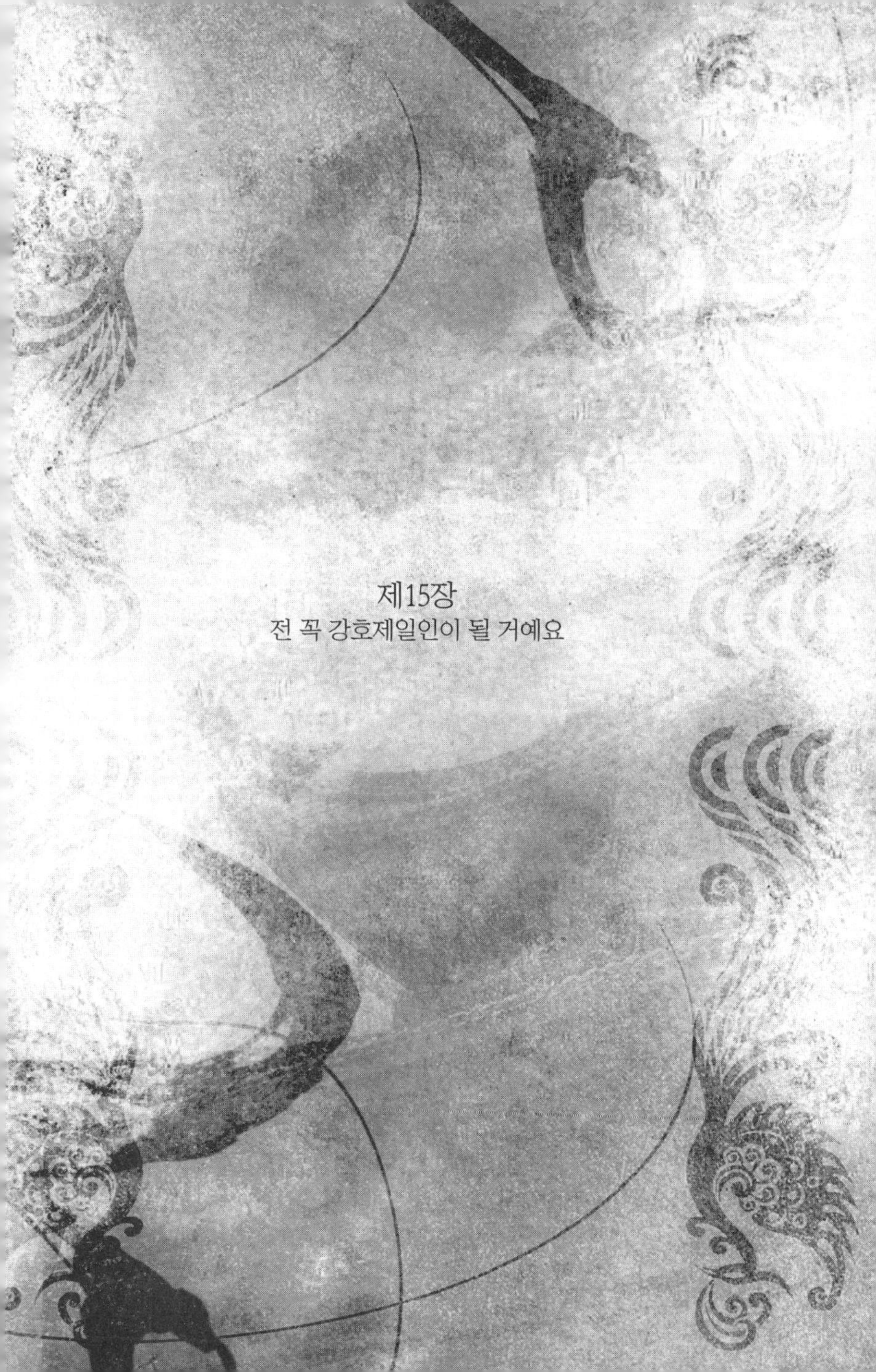

제15장
전 꼭 강호제일인이 될 거예요

"기상!"

둥근 해가 고개를 채 내밀지도 않은 이른 새벽.

구공산과 단고립은 막강의 우렁찬 음성에 단잠에서 깨어야만 했다.

이불을 끌어안고 꾸물거리는 둘을 강제로 일으킨 막강은, 미리 대기하고 있던 우씨 삼형제와 함께 양손에 긴 밧줄을 들고 다짜고짜 어딘가로 향했다.

가는 내내 계속되는 구공산의 투덜거림에 귀가 허전할 새가 없었던 그들이 당도한 곳은 축융봉을 지척에 둔 어느 동혈(洞穴) 앞이었다.

또옥, 또로록……

 천장까지의 높이가 사 장 정도 되는 제법 큰 동혈인데, 특이하게도 동혈 입구에 방울방울 떨어지는 낙수(落水)의 줄기가 열두 개나 보였다.

 형산에 이러한 장소가 있었는지 몰랐던 구공산과 단고립은 잠시 눈을 크게 뜬 채 암반 위에 떨어지는 가는 물줄기를 바라봤다.

 물줄기가 떨어지는 그곳에는 오랜 세월을 말해주듯, 손바닥만 한 웅덩이 깊게 파여 있었다.

 "거참, 요상하게 생긴 곳이네?"

 "머, 멋지다."

 각자의 입에 맞게 중얼거리는 구공산과 단고립을 보며 막강이 입을 연다.

 "오늘부터 여기가 너희들이 수련할 장소야."

 그 말에 모두의 눈이 막강을 향해 고정되었다.

 "수련이라뇨?"

 구공산은 이해할 수 없다는 표정으로 말한다.

 "무슨 수련인데 그 넓은 공터를 놔두고 여기까지 올라와서 수련을 하라는 거예요?"

 그 말에 막강이 씨익 웃는다.

 "나도 예전에 여기서 수련했었어."

 "그러니까 왜 여기서 수련을 하냐구요. 설마 산을 뛰어오르면서 체력 단련을 해라… 뭐 이런 시시한 건 아니겠죠?"

"체력 단련은 무슨… 너희들 체력은 지금으로도 충분해. 우리 달달달 형제들은 도움이 될 수도 있겠지만."

막강이 자신들을 힐끔 쳐다보자 살짝 고개를 숙이며 동의를 표하는 우씨 삼형제.

막강은 오늘 새벽부터 돌연 그들을 가리켜 달달달 형제라고 부르기 시작했다. 특별한 이유는 없고, 그저 어제 구공산이 우스갯소리로 한마디 한 것이 의외로 부르기 쉬워서 그렇다는 것이 그 이유였다.

"그럼 도대체 이유가 뭡니까?"

구공산은 영 마음에 들지 않는다는 듯 입을 삐죽 내민다. 그러나 막강은 개의치 않고 넌지시 묻는다.

"너희들 지난번에 가르쳐 준 표풍무영보 얼마나 익혔어?"

막강의 질문에 구공산의 표정이 더욱 일그러진다.

"익히긴 뭘 익혀요. 구결이랑 시범 달랑 한 번씩만 보여줬으면서… 쳇!"

말은 이렇게 하고 있지만, 사실 요즘 들어 구공산을 조금씩 괴롭히고 있는 것이 바로 표풍무영보였다.

구공산과 단고립이 형산파의 제자가 되는 것을 허락하는 대신 두문충이 내걸었던 조건대로 막강은 얼마 전 금가장에서 짐을 싸고 돌아온 직후 그들에게 표풍무영보를 가르쳤다.

막강이 다른 것이 아닌 보법을 가르친 것은, 검법을 배우기엔 이미 시기가 너무 늦었고, 또 새로이 소음삼수를 가르쳐 주는 것보다는 두 사람이 이미 익히고 있는 용호선풍권을 보완해 주는 것이 낫겠다는 판단에서였다.

용호선풍권은 그 이름만큼이나 패도적인 권법이다. 단순한 위력으로 따진다면 어디에 내어놓아도 뒤지지 않는 상승의 절학이었다.

그러나 또한 용호선풍권은 패도적이라는 그 특성상 공격에만 치우친 감이 없지 않아, 초식이 단순하다는 것이 단점이라면 단점이었다.

이미 두문충 등이 펼치는 용호선풍권을 상대하면서 이 사실을 잘 알고 있던 막강은, 표풍무영보가 이러한 용호선풍권의 단점을 보완해 줄 수 있을 거라 생각하고 이를 구공산과 단고립에게 가르쳤던 것이다.

표풍무영보의 쾌속함과 현란한 움직임이라면 용호선풍권이 지닌 단순함을 보완시켜 주고도 남음이 있을 것이기 때문이다.

하지만 문제가 있었다. 표풍무영보를 익히기가 그리 쉬운 일이 아니었던 것.

표풍무영보와 함께 용호선풍권을 펼칠 수 있다면, 그 위력이 지금의 두 배 이상이 될 거라는 막강의 말에 내심 기대를 가지고 나름대로 열심히 매달려 본 두 사람이지만, 그 성과가 너무도 더뎠다.

구결이 어려운 것은 아니다.

하지만 동작 자체가 매우 어려웠다.

보다 정확히 말하자면 각각의 동작을 하나로 이어나가기가 어렵다는 것이 맞았다. 동작 하나하나를 이어가다 보면 다리에 힘이 풀리거나 몸이 뒤틀려서 넘어지기 일쑤였던 것이다.

해서 언제 한 번 막강에게 이에 대하여 따질 겸, 또 물어도 볼 겸 벼르고 있던 차였는데 막강이 먼저 이런 질문을 하니 괜스레 투정을 부리게 되는 구공산이었다.

막강은 툭 튀어나온 구공산의 입을 보며 입가에 미소를 그린다.

"그래서 수련을 못 했다는 거야, 안 했다는 거야?"

"안 하다니요! 이 녀석이랑 장문 사형 없을 때도 얼마나 열심히 했었는데……!"

"음… 그랬구나. 하긴 표풍무영보가 좀 어렵긴 하지. 할아버지가 이곳을 알려주시지 않았으면 나도 제대로 익히는데 한 일 년은 더 걸렸을지도 모르니까."

고개를 끄덕이던 막강은 눈앞의 두 사람을 쓸어보며 말을 잇는다.

"표풍무영보는 빨라야 돼. 또 빠르면서도 변화가 많아야 해. 변화가 심해질수록 회리바람처럼 사방을 휘젓게 된다고 해서 표풍(飄風)이고, 빨라질수록 그림자도 보이지 않게 된다고 해서 무영(無影)이야. 사실 두 개 중 하나 하기도 쉽지 않은데, 둘을 한꺼번에 해야 하니까 어려울 수밖에 없어. 하지만 몸의 움직임이란 것은 익숙해지면 그만이거든? 처음엔 그 동작이 어려워도 계속 반복하면 어느새 그 동작을 하기가 엄청 편해지니까. 저기를 좀 봐."

구공산과 단고립은 막강이 가리키는 대로 떨어지는 낙수들을 향해 시선을 던진다.

"물줄기 열두 개가 보이지? 저것들을 잘 보면, 떨어지는 속도랑 물의 양이 전부 달라."

"……?"

그랬다. 모두 다르다.

어떤 것은 떨어지는 방울들이 눈에 보일 정도로 양이 적고, 어떤 것은 긴 물기둥과 같이 제법 많은 양의 물이 떨어져 내리고 있었다.

"그래서요?"

구공산의 음성은 여전히 퉁명스럽지만, 두 눈은 반짝거리며 막강의 다음 말에 관심을 기울인다.

"너희들이 할 수련이 바로 저걸 이용하는 거야.

"저걸 이용한다구요?"

"응, 저 물기둥들 사이를 표풍무영보로 지나가면 돼."

그 말에 구공산은 의아한 표정이 된다.

표풍무영보를 펼쳐서 그냥 지나가라니? 그걸 못할 사람이 어디 있겠는가?

아무리 자신들이 아직 표풍무영보가 미숙하다고 해도, 천천히 저 물줄기들을 지나가는 것은 식은 죽 먹기보다 쉬운 일이었다.

"장문 사형, 지금 아우들 데리고 장난하는 거죠?"

"아니."

"뭐가 아니에요! 괜히 잠 안 오니까 우리들 골탕먹이려는 거잖아요!"

그러자 막강은 고개를 갸웃거리며 자신의 볼을 살살 긁는다.

"흐음… 그렇게 어려워 보이는 거야? 처음엔 어렵겠지만, 열심히 하다 보면 곧 물 한 방울 안 맞고도 통과할 수 있을 거야."

"예에……?"

순간 커지는 구공산의 두 눈.

"물 한 방울 안 맞고 저기를 통과하라구요?"

"응."

"허!"

구공산은 어이없다는 듯 입을 쩌억 벌리며 탄성을 발했다.

그리고 그런 구공산의 눈이 더욱 커진 것은, 막강이 가져간 밧줄로 열두 개의 물줄기를 따라 길게 길을 만든 뒤 입을 열었을 때였다.

"이 밧줄 사이로 통과해야 돼. 밧줄에 몸이 닿으면 실패한 거야."

근처의 돌기둥에 고정된 두 밧줄은 떨어지는 물줄기들을 가운데 두고 허리 높이 정도로 길게 늘어져 있었는데, 두 줄 사이의 폭은 양팔을 벌렸을 때의 거리만큼 되었다.

"물 한 방울 맞아도 안 되고, 또 줄에도 닿으면 안 된다구요? 그게 가능하다고 생각해요?"

구공산의 말에 막강은 대수롭지 않게 대답한다.

"할 수 있어. 나도 했으니까 너희도 할 수 있을 거야. 잘 봐."

첫 번째 물줄기 앞으로 성큼 걸어가는 막강.

가만히 서서 첫 번째 물줄기를 바라보고 있던 막강의 신형이 순간 움찔하는가 싶더니, 어느새 두 번째 물줄기가 있는 곳을 지나치려 하고 있었다.

"······!"

막강이 첫 번째 물줄기를 어떻게 지나쳤는지 똑똑히 본 구공산과 단고립의 눈이 부릅떠진다.

막강은 말 그대로 그냥 지나갔다.

몸을 돌리거나 비틀거나 하지도 않고 그저 슬쩍 한 발을 내디뎠을 뿐이다. 그런데 마치 처음부터 그 자리에 있었던 듯, 순식간에 물줄기를 지나쳐 버렸던 것이다. 그것도 물 한 방울 맞지 않은 채로 말이다.

두 사람이 놀라고 있는 찰나, 기이한 각도로 잽싸게 그 자리에서 한 바퀴 휘돈 막강의 신형은 어느새 두 번째 물줄기를 지나 세 번째 물줄기로 향하고 있었다.

오른발을 살짝 앞으로 내디디면 몸이 좌측으로 회전하고, 왼발을 내밀면 우측으로 회전한다.

물줄기를 하나씩 비껴갈 때마다 회전하는 방향이 정반대로 변하고 있지만, 그 움직임은 전혀 무리가 없이 물 흐르듯 부드럽기만 하다.

낙수의 속도가 빠르면 빠른 대로, 느리면 느린 대로 적정한 몸놀림을 보이며 그것을 비껴가고 있는 막강이었다.

그러던 막강의 신형이 드디어 열한 개의 물줄기를 넘어 마지막 열두 번째 물줄기를 향할 때였다.

마지막 물줄기는 지금까지의 것들보다 물의 양이나 줄기의 면적 면에서 현저히 차이가 났다. 떨어지는 낙수의 폭이 두 밧줄 사이의 절반을 차지할 정도였던 것이다.

도무지 그 물줄기를 비껴 지나갈 만한 공간이 없어보였다.

몸이 백지장처럼 얇아지지 않는 이상 지금까지처럼 낙수와 밧줄의 사이를 통과하는 것은 불가능했던 것이다.

'그래도 혹시……?'

아무리 생각해도 답이 없었지만, 입을 벌린 채 막강의 움직임에 집중하고 있던 두 사람의 마음엔 통과할 수 없다는 생각보다는, 과연 막강이 이것을 어찌 통과할지에 관한 기대가 더욱 크게 떠올랐다.

그리고 바로 그 순간이었다.

휙!

막 열한 번째 물줄기를 지나친 막강의 움직임이 갑자기 빨라졌다. 얼마나 빠른지, 지켜보고 있던 두 사람의 눈이 미처 그 속도를 따라잡지 못할 정도였다.

가히 폭발적인 움직임.

그리고 곧 그 속도 그대로 막강은 팽이처럼 회전하기 시작한다.

쉬쉬쉭!

보고 있는 사람이 어지러울 정도의 속도로 휘돌고 있는 막강의 전신에선 순간적으로 막대한 경풍이 뿜어져 나왔다.

좌좌쫙좌아!

경풍에 부딪친 물줄기가 사방으로 비산(飛散)되기 시작한다.

하나의 회리바람으로 화한 막강은 수없이 많은 물방울의 파편들을 튕겨 냈고, 장내는 때아닌 거친 폭풍우에 휩싸여 버렸다.

잠시 후.

폭풍우는 잦아들고 귓가에는 다시금 물줄기들이 바닥을 때리는 소리만이 들리게 되었다.

구공산과 단고립은 자신들에게 천천히 다가오는 막강의

얼굴을 멍하니 바라본다.

"……!"

그 난리 속에서도 막강의 전신엔 물 한 방울 묻은 흔적이 보이지 않았다. 자신들조차 물방울이 몸 곳곳에 튀어 젖어버렸건만, 막강은 처음 물줄기를 통과하기 전 모습 그대로였다.

그런 그들을 보며 막강이 히죽 웃는다.

"잘 봤지? 너희도 하다 보면 나처럼 할 수 있어. 이걸 단번에 통과할 수 있을 정도가 되면, 실전에서 표풍무영보를 어렵지 않게 펼칠 수 있을 거야."

막강의 말을 듣고 구공산이 조심스레 묻는다.

"…얼마나 걸렸는데요?"

"뭐가?"

"이거 통과하는데 장문 사형은 얼마나 걸렸냐구요."

"나? 음… 두 달 정도 걸렸나…?"

"허!"

이걸 두 달 만에 통과하다니. 자신들의 지금 수준을 고려하면 두 달 가지고는 턱도 없을 것 같았다.

이때 잠자코 있던 단고립이 쭈뼛거리며 입을 연다.

"그, 근데 저거 나한테 너, 너무 좁은데……."

그 말을 들은 막강은 단고립의 우람한 어깨를 두드리며 말했다.

"걱정 마. 저건 내 체격에 맞춘 거니까. 너희들이 수련할 땐 각자 양팔을 벌린 거리만큼 밧줄을 조정해서 하면 돼.”

그 와중에 잠시 생각에 빠졌던 구공산이 의심스런 눈초리로 막강을 보며 입을 연다.

“그런데 왜 지금 우리를 이리로 데리고 와서 수련을 하라는 거예요? 설마 우리는 여기다 두고 의천맹으로 혼자 갈 생각은 아니겠죠?”

이에 막강은 환하게 미소 지으며 고개를 끄덕였다.

“하하, 어떻게 알았냐? 맞아, 나 혼자 갈 거야.”

그러자 구공산이 펄쩍뛰며 언성을 높였다.

“뭐라구요! 또 혼자 가겠단 거예요? 나도 가서 그 천통자인가 뭔가 하는 사람 만나고 싶다구요!”

“나, 나도……..”

단고립도 구공산의 말에 한마디 거들자 막강이 머리를 긁적이며 말한다.

“에… 나도 너희들 하고 같이 가고 싶긴 한데, 우리가 다 가면 여기에 사람이 너무 없게 되잖아. 너희들이 작은할아버지도 도와드리고, 우리 색시랑 조카들, 그리고 여기 있는 사질들도 잘 돌봐주면 고맙겠다.”

“쳇! 결국 우리한테 다 떠넘기고 혼자 가겠다는 거구만……..”

못마땅한 듯 투덜거리는 구공산.

사실 천통자를 만나고 싶다는 것은 새빨간 거짓말이다. 누구보다 먼 길 가는 것을 싫어하는 구공산이었다.

그런 그가 막강을 따라가겠다고 한 것은 오히려 그것이 형산파에 남아 있는 것보다 편할 것이라는 계산 때문이었다. 아직까지 형산파엔 치우고 정리할 일이 산더미처럼 쌓여 있었던 것이다.

하지만 구공산은 더 이상 함께 가겠다고 우기지 않는다.

그 역시 지금의 형산파의 사정을 누구보다 잘 알고 있으니, 만약을 염려하는 막강의 마음을 모를 리 없는 것이다.

두 아우 사이로 다가간 막강은 두 사람의 어깨에 손을 얹으며 말했다.

"공산, 고립. 우리 형산파 빨리 키우자. 제자도 많고, 힘도 센 그런 문파로 빨리 만들자. 그리고 우리 셋 마음 놓고 여기저기 돌아다니는 거야. 비무도 하고, 나쁜 사람들도 때려잡고. 어때? 생각만 해도 신나지 않아?"

"시, 신나요."

단고립은 말만 들어도 기분이 좋은지 입을 헤벌렸다.

반면 막강의 시선을 외면하며 짐짓 입술을 삐쭉 내미는 구공산.

"신나긴… 여기저기 돌아다니면 귀찮고 힘들기나 하지."

여전히 투덜대는 구공산의 어깨를 한차례 두드린 막강은 이번엔 멀뚱히 서 있는 우맹달 등을 바라보며 입을 연다.

"너희들도 내가 하는 거 잘 봤지?"

"예! 사부님!"

"어때? 잘할 수 있겠어?"

"열심히 해보겠습니다!"

세 형제는 조금의 망설임도 없이 고개를 숙이며 일제히 대답했다. 그 모습을 보며 흐뭇한 미소를 머금는 막강.

"하하! 좋아! 너희들한테는 따로 구결을 알려줄 테니까 지금 본 것을 잘 생각하면서 익히면 될 거야."

"예! 사부님!"

"아니, 저 녀석들은 미리 입을 맞추는 건가? 어떻게 셋 다 대답이 항상 똑같은 거야?"

구공산이 우씨 삼형제를 보며 못마땅한 듯 투덜거린다.

그때 들려오는 막강의 우렁찬 음성.

"자! 사질들한테 창피 안 당하려면 너희들부터 얼른 더 강해져야 하지 않겠어?"

"쳇, 알았다고요. 알았으니까 이제 그만 내려갑시다. 잠이나 더 자게."

구공산은 눈치를 보며 황급히 산 아래로 발걸음을 옮긴다.

그러나 그는 곧 등 뒤에서 들려온 막강의 음성에 인상을 구기며 걸음을 멈춰야만 했다.

"가긴 어딜 가? 온 김에 저거 한 번씩 해보고 가야 하지 않겠어?"

'제길……!'

그날 아침을 먹은 뒤 막강은 곧바로 대충 짐을 꾸려 형산파 정문을 나섰다. 어깨에 둘러멘 작은 행낭에는 언년이 만들어 준 주먹밥 다섯 덩이가 들어 있었다.

형산을 내려가기 전에 막강은 잠시 모옥에 들렀다. 두문충에게 인사를 하고 가기 위함이었다.

하지만 거기서 막강은 뜻밖에도 칩거를 깨고 나온 소유길을 만나볼 수 있었다.

지금 막 연구를 끝마치고 나온 그의 몰골은 초췌하기 그지없었으나, 그의 얼굴만은 희열로 가득 차 있었다.

"마침 잘 왔다, 이놈!"

두문충과 마주 앉아 이야기를 나누던 소유길은 방문을 열고 들어온 막강을 보더니 평소답지 않게 반색을 하며 벌떡 일어섰다.

"엇! 괴의할아버지? 드디어 나오셨……! 어?"

"잠깐 나 좀 보자!"

역시 반가운 마음에 인사를 하던 막강은 말을 잇지 못하고 당황했다. 소유길이 갑작스레 달려와 자신의 팔을 붙잡더니 무작정 밖으로 끌고 가려했기 때문이다.

"무슨 일이세요?"

"글쎄, 잠깐이면 된다니까!"

"……?"

　의아해진 막강은 두문충을 쳐다보지만 두문충은 말없이 옅은 미소를 머금을 뿐이었다.

　그렇게 영문도 모른 채 소유길의 손에 의해 밖으로 끌려나온 막강은 곧 다시 소유길의 연구실로 쓰이던 거처로 딸려 들어갔다.

　자신의 연구실로 들어온 소유길은 대뜸 막강의 눈앞으로 무언가를 내밀었다.

　"먹어라!"

　"예에?"

　막강은 흠칫하며 그의 손에 들린 것을 조심스레 살핀다.

　그것은 엄지손가락 마디만 한 환약이었는데, 특이한 것은 그 빛깔이 온통 희다는 것이었다.

　"이게 뭔데요?"

　"뭐긴 뭐냐, 약이지!"

　"약이요? 근데 제가 이 약을 왜 먹죠?"

　그러자 소유길이 눈을 부라리며 소리를 지른다.

　"이놈! 잔말 말고 어서 먹지 못하겠느냐! 내 필생의 역작을 처음으로 먹어보는 영광을 주겠다는데, 왜 먹냐니!"

　"……?"

　막강은 그만 어안이 벙벙해져 멀뚱히 소유길을 쳐다봤다.

　"이거 독이죠?"

　"내가 누군데? 당연히 독이지."

막강의 두 눈이 살짝 가늘어졌다.

"죽진 않겠죠?"

"걱정 마라! 극독(劇毒) 따위가 아니니까! 먹고 나서 더 달라고나 하지 마라, 이놈!"

"흐음……."

여전히 의심스러웠지만 막강은 곧 대수롭지 않게 여기며 소유길이 건넨 환약을 집어삼켰다.

꿀꺽!

"……!"

막강이 환약을 삼키는 것을 보고 소유길도 덩달아 침을 꼴깍 삼켰다.

그는 잔뜩 기대에 찬 눈빛으로 막강을 살피기 시작했다.

"음, 향이 좋은데요? 이거 뭐로 만든 거예요?"

소유길을 향해 활짝 웃으며 막강이 물었다.

"……."

하지만 소유길은 대꾸도 하지 않고 그저 초조한 표정으로 막강을 이리저리 살피기에 바쁘다.

"괴의할아버지, 왜… 그러세요?"

이상한 그의 행동에 이번엔 막강이 소유길의 얼굴을 이리저리 살폈다.

그러자 드디어 소유길의 입에서 다급한 음성이 들려왔다.

"네, 네놈… 괜찮은 것이냐?"

“예? 뭐가요?”

“몸… 별 이상 없냐고…….”

“아프지 않냐구요? 괴의할아버지 말대로 아무렇지도 않은데요?”

“저! 정말 아무렇지도 않은 것이냐!”

“아하! 이제 보니 괴의할아버지도 속으로 걱정하고 계셨구나! 하하! 저 정말 괜찮으니까 걱정 안 하셔도 되요!”

환하게 웃는 막강을 보며 무슨 이유인지 소유길의 얼굴은 와락 구겨졌다.

“그! 그럴 리가! 그럴 리가 없다! 어떻게 내 필생의 역작인 백혈독(白血毒)을 복용하고도 아무렇지도 않을 수 있단 말이냐! 이건 말도 안 돼! 절대로!”

넋이 나간 사람처럼 홀로 외치던 그는 돌연 무슨 생각이 들었는지 막강의 한쪽 팔목을 덥석 붙잡았다.

“……?”

막강은 소유길이 자신을 또 다른 곳으로 끌고 갈까 봐 흠칫했으나, 다행히 소유길은 그러지 않고 가만히 막강의 맥을 살피기 시작했다.

소유길로서는 도저히 막강의 말을 그대로 믿을 수가 없었기에 직접 자신이 막강의 몸 상태를 살펴보려고 한 것이다.

하지만 잠시 후 그는 더욱 침통한 얼굴이 될 수밖에 없었다. 아무 이상이 없다는 막강의 말은 사실이었던 것이다.

‘이! 이럴 수는……! 설마 실패작이란 말인가? 아니야! 그럴 리가 없다! 그럴 리가!’

제조법부터 재료까지 완벽했다.

수십, 수백 번을 확인하고 또 확인했다. 절대 실패작일 리가 없는 것이다.

절독이면 절독, 극독이면 극독, 맹독이면 맹독!

평생을 모은 모든 독물과 독충, 독초들을 이 한 가지에 모두 쏟아 넣었다.

어디 그뿐인가?

그에 못지않은 온갖 영물이며 기화이초(奇花異草)들을 모조리 배합시켰던 것이다.

그것들이 모두 합쳐 백여 가지.

그가 일생을 두고 염원했던 이 작품을 구상한지는 수십 년 전부터다. 하지만 항상 한 가지 문제가 해결되지 않아 실제로 만들지를 못하고 있었는데, 그것은 바로 수많은 재료들을 하나로 배합시킬 수 있는 재료가 없다는 것이었다.

수많은 재료들을 하나로 배합시키는 데는 각 재료의 배합 비율도 중요하지만, 그보다 더욱 중요한 것은 그 많은 재료들 각각이 지니고 있는 성분과 효능이 배합 후에도 그대로 유지되어야 한다는 점이다.

그러나 그러한 것을 찾기란 쉬운 일이 아니었다.

오랜 경험으로 그는 어느 한쪽이든 배합이 되는 순간, 그

효능의 일부를 잃게 마련이라는 것을 잘 알고 있었다.

그렇기에 그는 모든 재료들을 이미 얻었음에도 그토록 염원하던 필생의 역작을 감히 제조하지 못했던 것이다. 어느 하나라도 그 효능이 사라져 버린다면, 자칫 자신이 진정 꿈꿨던 고금제일독(古今第一毒)을 제조하는 일이 한순간에 수포로 돌아갈 수도 있기 때문이었다.

그런데 바로 그 지난했던 과제가 드디어 얼마 전 풀리고야 말았다. 모든 독과 영물의 성분과 효능을 고스란히 유지시키면서도 그것들을 하나로 배합시킬 수 있는 재료를 드디어 찾아냈던 것이다.

그것이 뭔고 하니, 바로 소유길 자신의 피였다.

만겁화혈독공(萬劫化血毒功)의 독성이 고스란히 녹아 있은 그의 피는 능히 모든 독물과 영물들을 아우르고도 남음이었다.

모든 것에는 각각이 취하고자 하는 정순함이 있다. 물도 정순한 것이 있고 불순한 것이 있듯이, 독에 있어서도 정순한 독이 있고, 불순한 독이 있는 것이다.

소유길이 익힌 만겁화혈독공은 대성할 시, 몸 안의 모든 독기들을 정순하게 바꾸어주는 능력이 있었다. 그리고 소유길은 이미 만겁화혈독공을 대성한지 오래였다. 즉, 그의 몸 안에 흐르는 피는 그야말로 독중지독이요, 만독지왕이라 부를 만한 것이었다.

과연 그러한 소유길의 생각은 틀리지 않아서 그는 오랜 제조 끝에 드디어 필생의 역작을 만들어내는 데 성공했다. 전신의 피를 삼분지 일이나 쏟아 부은 결과였다.

만들고 보니 그 색이 희어서 백혈독이라 이름한 그는 그것을 다섯 개의 환으로 만들었다.

주체할 수 없는 기쁨으로 밖으로 뛰쳐나온 소유길은 두문충에게 이 사실을 이야기하며 그를 백혈독의 첫 번째 실험 대상으로 삼으려고 하였다. 자신이 직접 복용할 수도 있지만, 이미 만겁화혈독공을 대성한 자신은 그것을 먹어봐야 아무런 증상도 일어나지 않을 것이기에 다른 사람이 필요했던 것이다.

그런데 그때 마침 막강이 문을 열고 들어왔고, 막강을 보자 어둠에서 빛을 찾은 듯한 기분이 든 그는 대뜸 막강에게 백혈독을 먹였던 것이다.

사실 먹이면서 별다른 생각은 하지 않았다.

막강이 백혈독을 먹고 죽을지, 살지는 전혀 그의 관심 밖이었다. 그저 오로지 백혈독을 먹은 사람이 어떠한 반응을 일으키는지, 또 어떠한 효과를 보는지를 알고자 하는 마음뿐이었던 것이다.

그랬는데 막강은 백혈독을 냉큼 삼키고도 아무런 반응을 보이지 않을뿐더러, 마치 무슨 당과를 먹은 것 마냥 향이 좋다느니 하며 자신 앞에서 헤죽거리기까지 하고 있는 것이 아닌가!

"으으… 이건 말도 안 된다!"

고개를 흔들며 신음을 내뱉던 소유길.

그런 그의 얼굴이 갑자기 벼락을 맞은 듯 굳어버린다.

'이! 이것은?!'

막강의 내부 깊숙한 곳까지 살피던 중에 그 안에서 꿈틀대는 거대한 무언가를 발견한 것이다.

'진기… 덩어리?'

좀 더 정신을 집중하여 그것을 살핀 소유길은 경악했다.

단전에 충만히 존재하는 그것은 분명 진기였다. 결단코 소유길은 지금껏 이와 같은 내공을 지닌 자를 만나본 일이 없었다. 게다가 막강의 나이는 고작 스물이 넘었을 뿐이 아닌가?

'가만? 그렇다면 설마 이놈이 만독불침의 경지에 이른 것이란 말인가! 그래서 백혈독을 먹고도 아무 반응이 없는……?'

소유길은 다시 한 번 세밀하게 막강의 내부를 살피기 시작한다. 백혈독을 이제 막 받아들인 막강의 내부가 어떻게 반응하는지를 관찰하기 위해서였다.

과연 막강의 전신에 퍼져 있던 진기들이 서서히 움직이는 것이 느껴졌다. 그리고 가장 큰 움직임은 바로 단전에서 일어나고 있었다. 어떠한 기운이 조금씩 단전으로 밀려들어 오고 있었던 것이다.

'이! 이럴 수가! 정녕 사실이란 말인가!'

막강의 단전으로 스며드는 그것은 막강이 삼킨 백혈독의 독정(毒精)이 분명했다. 전혀 이질적인 것이 침습해 들어옴에도 불구하고 막강의 단전에 쌓여 있던 진기는 아무런 거부반응 없이 오히려 그것을 감싸며 하나로 합쳐지려 하고 있었다.

그것을 안 소유길의 마음은 터질 듯한 분노로 차올랐다.

'어떻게 만든 백혈독인데! 크윽!'

그는 마치 누군가에게 자식을 빼앗긴 부모처럼 내심 가슴을 두드렸다.

막강의 완맥을 쥐고 있던 손을 거칠게 뗀 소유길은 이내 막강을 쏘아보며 입을 연다.

"이런 불한당 같은 놈! 내 필생의 역작을 한입에 꿀꺽해 버리다니!"

이에 막강은 입술을 빼쭉 내밀며 말했다.

"괴의할아버지가 먹으라고 하셨잖아요……."

"이놈아! 먹으라고 했지, 누가 온몸으로 그걸 다 취해 버리라더냐! 끄응! 내놔라."

"예에?"

"내놓으라고."

"…뭘요?"

"내 피!"

"피요?"

막강은 무슨 말인지 도통 모르겠다는 표정을 짓는다.

"그래! 이놈아! 그게 뭐로 만들었냐고 물었지? 내 피로 만든 거다! 내 피! 그러니 다시 내놓으란 말이다!"

"헉! 진짜 제가 지금 먹은 것이 괴의할아버지 피로 만든 거라구요?"

막강은 경악하지 않을 수 없었다. 그 말이 사실이라면 자신은 사람의 피를 먹고 나서 냄새가 좋다느니 하며 떠들어댔던 것이 아닌가?

'윽! 기분 나쁘네.'

짐짓 입맛을 다시며 살짝 얼굴을 찡그리는 막강.

하지만 어쩌겠는가? 이미 삼킨 피요, 엎질러진 물인 것을.

막강은 표정을 고쳐 해쭉거렸다.

"헤헤… 그렇지만 이미 먹어버린 걸 어떻게 돌려 드려요. 죄송하지만 저도 모르고 먹었으니까 없었던 일로다가……! 이크!"

"이노옴! 없었던 일이라니! 네놈이 먹은 게 무엇인지나 아는 것이냐! 자그마치 백여 가지나 되는 영약과 영물에, 독이란 독은 모조리 넣어 만든 고금제일의 독이란 말이다! 그걸 꿀꺽한 네놈의 공력은 이미 두 배나 증진되었을 터인데, 그러고도 없었던 일로 하자는 말이 나온단 말이냐, 이놈!"

"예? 공력이 두 배나요?"

막강은 두 눈을 희번덕거리며 진기를 휘돌려 보았다.

“어라? 뭔가 좀 다른 것 같긴 하네?”

자신의 의지에 따라 움직이는 진기의 양이 조금 차이가 있는 것이 느껴졌다.

하지만 그것은 말 그대로 조금의 차이일 뿐, 그다지 큰 차이를 느끼지 못하는 막강이었다.

“흐음, 그래도 두 배는 아닌 것 같은데……?”

그 말에 소유길은 펄쩍 뛰었다.

“뭐라? 이놈이! 그럼 지금 내가 거짓말을 했다는 뜻이냐? 괘씸한 놈! 다 필요 없으니, 어서 내 피나 다시 내놓아라!”

막강은 소유길이 막무가내로 피만 내놓으라고 해대자 잔뜩 곤란한 표정을 짓는다.

자신이 먼저 먹겠다고 한 것도 아니고, 딱히 잘못한 것도 없는 것 같은데, 이상하게 소유길에게 미안한 마음이 들었던 것이다.

‘쩝, 어쩌지? 도로 뱉을 수도 없고.’

고민하는 막강의 귀에 반가운 음성이 들려온 것은 바로 그때였다.

“허허, 고정하시지요, 선배.”

음성의 주인공은 두문충이었다. 모옥에 앉아 있던 그는 이곳에서 소유길의 고성이 들려오자 발걸음을 옮긴 것이다.

“작은할아버지!”

그를 보자 막강은 구원자라도 만난 듯 표정이 밝아졌다.

살짝 눈짓으로 응대한 두문충은 두 사람에게 가까이 다가오며 입을 연다.

"선배가 원하시던 것을 얻지 못하여 상심은 되시겠으나, 솔직히 그 아이의 잘못은 없질 않습니까. 그러니 그만 노여움을 푸시지요."

그 말을 들은 소유길이 획 돌아서며 두문충을 쏘아본다.

"네놈이 뭘 안다고 끼어드는 게냐! 지금 이놈의 역성을 드는 것이냐!"

하지만 그의 앙칼진 음성에도 두문충은 옅은 미소를 머금을 뿐이다.

"허허, 역성이라니요. 그럴 리가 있겠습니까. 그저 저는 사실을 이야기할 뿐이지요."

"뭣이! 사실? 사실은 무슨……!"

다시 한 번 언성을 높이려던 소유길은 갑작스레 들려온 음성에 하던 말을 멈추고 입을 닫았다.

"저 아이의 피를 한 방울이라도 얻기를 원하신다면, 이쯤에서 그만 하시는 게 두루두루 좋지 않겠습니까? 저 아이가 심후한 내공을 지니고 있지 않았다면 목숨이 위태로웠을 수도 있을 터인데, 선배는 저 아이가 죽든 말든 상관없이 오로지 실험만을 목적으로 독을 먹였지 않습니까? 저 아이가 그 사실을 알게 되면 지금과 같이 순진하게 있지만은 않을 거라 생각합니다만?"

"……!"

귓전을 파고드는 두문충의 전음에 소유길은 순간 움찔했다.

'저놈은 일이 이렇게 될 줄을 미리 알고 있었구나! 덩치는 곰 같은 놈이 생각하는 것은 꼭 여우 같다니까! 끄응!'

자신을 향해 미소를 보이고 있는 두문충을 노려보며 내심 중얼거리는 소유길.

두문충은 이미 모든 것을 예상하고 있었다.

막강의 내공 수위가 상상 이상으로 높다는 것과 때문에 소유길이 제조한 백혈독을 복용하더라도 큰 문제는 일어나지 않을 것이란 것도. 그렇기 때문에 소유길의 의도를 잘 알고 있으면서도 굳이 나서서 말리지 않았던 것이다.

그뿐만이 아니다.

두문충은 지금 소유길이 왜 이렇게 억지 고집을 부리며 막강에게 자신의 피를 내놓으라고 하는지, 그 의중까지 파악하고 있었다.

사실 소유길은 막강이 지니고 있는 엄청난 양의 진기를 보곤, 막강의 피를 얻어 더욱 뛰어난 독을 제조하고자 하는 욕심을 품었던 것이다.

소유길이 주춤거리며 갈등하는 듯 보이자, 두문충은 다시 한 번 그에게 전음을 날려 쐐기를 박는다.

"저 아이가 먹은 것은 아깝다 생각 마시고, 미리 대가를 치렀다고 생각하시지요. 어차피 저 아이의 피를 얻으면 그보다 훨씬 좋은 것을 만드실 수 있지 않습니까?"

'끄응……!'

소유길은 두문충을 한차례 쏘아본 후 두 눈을 지그시 감더니 곧 마음을 가라앉혔다. 두문충의 말이 틀리지 않은 것이다.

그는 이내 막강을 향해 크게 헛기침을 하며 입을 열기 시작했다.

"크험! 험! 좋다. 기왕지사 먹은 것을 도로 토해낼 수도 없는 것이니, 내 피를 내놓으라고 하지는 않으마."

"앗! 정말이요? 하하! 고맙습……!"

"대신!"

"……?"

"네놈 피를 내놔라."

"예에?"

막강은 좋다가 만 표정이 되어 소유길의 얼굴을 쳐다봤다.

"보긴 뭘 보는 게야! 어서 네놈 피를 내놓으라니까!"

"제 피를… 요?"

막강은 기겁을 하며 뒤로 살짝 물러섰다.

피를 내놓으라니? 그렇다면 자신을 죽이겠다는 뜻이 아닌가?

잔뜩 오해한 막강은 내심 심각한 고민에 빠지기 시작했
다.

아무리 소유길이 자신과의 인연이 깊고 두문충과 절친한
사이라고 하더라도, 자신을 죽이겠다고 달려드는데 가만히
눈뜨고 당할 수만은 없는 일이었다.

게다가 자신은 이미 절대 먼저 죽지 않겠다고 언년에게 맹
세를 하지 않았던가?

'어떡하지? 흐음……'

습관처럼 아래턱을 매만지며 고민에 들어간 막강.

그것을 보며 소유길은 답답하다는 듯 재차 소리를 지른
다.

"무얼 고민하는 게야! 어서 손이나 이리 내라, 이놈!"

그가 손을 뻗으며 성큼 다가서자, 막강은 이에 장단을 맞추
듯 성큼 뒤로 물러선다.

"아니, 이놈이……?"

소유길이 쌍심지를 켜자 막강이 곤란한 표정으로 입을 연
다.

"저기… 아무리 그래도 그건 안 되겠어요. 전 지금 죽으면
안 되거든요. 죄송해요, 괴의할아버지."

"뭐, 뭐가 어째? 죽긴 누가 죽는다는 게야! 헛소리 집어치
워라 이놈! 그런 시답지 않은 말로 빠져나가려 하다니! 네놈
은 무조건 피를 내놔야 돼! 내 피를 먹었으니, 네놈 피를 내놓

는 게 당연한 것이다!"

소유길은 마치 사달라는 것을 부모에게 거부당한 어린아이마냥 고래고래 소리를 지르기 시작했다.

그 모습을 보며 속으로 웃음을 삼킨 두문충이 이번에도 나서서 중재를 하기 시작했다.

"선배, 지금은 저 아이가 중요한 일로 급히 가야 할 곳이 있으니, 나중에 돌아오면 그때 피를 얻도록 하시지요."

"……?"

두문충의 말에 막강이 그를 당황스런 눈으로 쳐다보자 그는 막강을 향해 살짝 눈을 찡긋거렸다.

"소 선배는 내가 알아서 할 것이니, 너는 어서 의천맹으로 출발하거라."

그의 전음을 들은 막강은 곧 고개를 끄덕이며 맞장구를 쳤다.

"아! 맞다! 제가 지금 엄청 급한 일이 있거든요! 괴의할아버지, 그럼 다녀와서 다시 이야기해요! 그럼 안녕히 계세요!"

황급히 고개를 숙이며 문을 빠져나가는 막강의 신형.

산무귀영혼을 극성으로 발휘했는지, 그 그림자가 눈에 보이지도 않을 정도였다.

"이! 이놈이 감히 내 앞에서 도망을 쳐! 거기 서라! 이놈!"

흠칫한 소유길은 고성을 내지르며 즉각 막강의 뒤를 쫓으려 하였다.

하지만 그 앞을 살짝 막아서는 두문충의 몸.

"그만하면 되셨으니, 저 아이 돌아올 때까지 저와 함께 이곳에서 지내시지요. 어차피 계속해서 연구를 하실 게 아닙니까?"

"뭐라? 비, 비키지 못해! 이게 다 네놈 때문이다! 저놈이 도망을 간 것도 다 네놈의 술책이 아니냐!"

소유길의 말에 두문충은 낮게 웃음을 흘렸다.

"허허… 선배도 참, 이제 연세를 좀 생각하셔야지요. 세수(世壽)가 백이 넘으신 분이 언제까지나 그렇게 사람을 윽박지르기만 하실 겁니까?"

"뭐가 어째!"

두문충의 책망에 발끈하는 소유길.

그런 그를 향해 두문충이 입가에 미소를 머금는다.

"강이가 돌아오면 제가 책임지고 그 아이의 피를 받아놓을 것이니, 걱정 마시고 그때까지 저와 소일 삼아 약초나 캐러 다닙시다."

그 말에 소유길이 솔깃한 표정으로 그를 쳐다본다. 하지만 곧 두 눈을 가늘게 뜨며 의심의 눈초리를 보냈다.

"어디서 또 술수를 부리려고……!"

이에 두문충은 소유길의 말을 중간에서 딱 자르며 나선다.

"직접 확인해 보셔서 아시겠지만, 저 아이가 작정하고 도망친다면 제아무리 선배라도 저 아이를 따라잡기는 불가능하겠지요."

"끄응!"

소유길은 뭐라 반박하지 못하고 이를 악물었다. 분하지만 사실인 것이다. 방금 사라진 막강의 움직임은 그조차도 확실히 파악하기가 어려울 정도였던 것이다. 게다가 이미 막강의 내부에 쌓여 있는 그 무지막지한 내공까지 확인을 한 상태가 아닌가?

'오늘 별 개 같은 경우를 다 당해보는구나! 햇병아리 같은 놈 때문에 이런 꼴이라니! 크웃!'

내심 중얼댄 소유길은 곧 어쩔 수 없이 두문충의 말을 따를 수밖에 없다는 결론에 도달했다. 그것 말고는 사실 막강의 피를 얻을 수 있는 방법이 없는 것이다. 자신에게 지금 가장 필요한 것은 막강의 피였다.

"책임지고 그놈의 피를 받아내겠다는 말… 진심이렷다?"

"설마 선배 앞에서 제가 허언을 하겠습니까?"

"크음……."

뒷짐을 쥔 소유길의 표정엔 씁쓸함이 잔뜩 묻어났다.

이제 상황이 모두 종료되었다고 판단한 두문충은 입가에 주름을 접으며 입을 연다.

"자자, 그럼 일단 오늘은 푹 좀 쉬시지요. 그간 침식도 잊

으시고 밤낮 연구만 하시느라 심신이 쇠약해지셨을 터인
데."

안 그래도 긴장이 풀리자 고단함이 물밀 듯 올라왔던 소유
길은 헛기침을 한 번 하더니 묵묵히 침상으로 향했다.

그러던 그는 돌연 걸음을 멈추고 뒤로 슬쩍 고개를 돌리며
다짐을 받듯 두문충을 향해 입을 열었다.

"약속이나 꼭 지켜라, 이놈!"

*　　　　*　　　　*

추심언은 떨어지는 석양을 바라보며 창가에 섰다.

지난 한 달 동안 그야말로 눈을 붙일 시간조차 없이 바빴
다.

멸천교의 동태는 시시각각으로 변했고, 그에 따라 중원의
모든 방파들도 들썩거렸다.

이런 모든 움직임들을 살피며 그에 대한 대책을 세우고 이
를 실행에 옮기는 일은 결코 쉽지가 않았다.

그러나 그는 해냈다.

이미 의천맹의 주축을 이루던 팔파일방과 오대세가 중에
서 세 문파가 무너졌고, 그 외 많은 중소방파들이 멸천교의
위세에 겁을 먹고 의천맹을 탈퇴했지만, 그는 결코 당황하지
않았다.

우선 오래전부터 조사해 둔 자료를 바탕으로 실질적으로 의천맹에 도움이 되고 전력이 될 수 있는 방파들을 추려낸 그는, 이들을 제외한 의천맹에 적을 둔 여타 방파들을 모두 강제로 퇴출시켜 버렸다.

어차피 그들은 처음부터 명목상 의천맹에 가입한 것이었거나, 또는 실질적으로 별다른 힘이 없는 문파에 불화하여서 지금의 상황에 전혀 도움이 되지 않기 때문이다.

그들을 그냥 남겨두는 것은 지금과 같이 모든 힘을 하나로 모을 상황에서 오히려 맹의 결속력을 떨어뜨릴 수도 있었던 것이다.

이 같이 먼저 옥석을 구분한 추심언이 다음으로 한 일은 조직의 개편이었다.

현재의 총단과 세 개 지부로 나누어진 내외단 체제는 강북 지부와 사천 지부가 무너짐으로써 이미 그 의의를 상실한 데다가, 지금의 체제로는 멸천교의 공세에 효과적으로 대응하기가 어려웠기 때문이다.

우선 내외단의 개념을 없애고 전 맹도를 네 개의 대(隊)로 나누어 배치했다. 각 대에는 다시 네 개의 조가 있었고, 각 조에는 오십 명씩 배정되었다.

마를 쓸어버린다는 기치 아래 대의 이름을 탕마(蕩魔)로 명명한 그는, 다시 탕마대 외에 기존의 세 호법을 중심으로 호천단(護天團)을 만들어 탕마대의 활동을 전후에서 지원토록

함과 동시에, 익영단을 정비하여 정보 수집 능력을 강화하였다.

이렇듯 그의 발빠른 대처로 인하여 의천맹은 멸천교에 의해 생긴 힘의 공백을 팔 할 가까이 메우는 데 성공했고, 더 이상의 손해를 보지 않게 되었다.

하지만 추심언에게는 여전히 해결되지 않는 고민이 있었다.

그것은 전혀 종잡을 수 없는 멸천교의 움직임이었다. 아니, 정확히 말한다면 멸천교주의 의중을 도무지 알 수 없다는 것이 맞는 말일 것이다.

사천무림을 완전히 장악하고 아미산에 버젓이 멸천교의 깃발을 내건 채 자리를 잡은 저들이 이상하게도 별다른 움직임을 보이지 않고 있었다.

기세를 몰아 당장 중원의 심장부로 밀고 들어올 것으로 예상했던 추심언이었건만, 멸천교주는 그러한 그의 예상을 비웃기라도 하듯 아마산 자락에 주저앉아 있었던 것이다.

'무엇을 관망하는 것인가? 우리가 힘을 추스를 때를 기다린 것일까……?'

문득 생각한 추심언은 곧 고개를 젓었다.

'아니다, 그럴 거면 애초부터 사천을 그토록 처참히 무너뜨리진 않았을 것이다. 또한 이미 그전부터 중원 곳곳에서 저들의 움직임이 포착되었지 않은가? 만반의 준비를 갖추고 모습을 드러낸 저들이 왜 갑자기 멈춘 것일까?

물론 전혀 싸움이 벌어지지 않는 것은 아니었다. 지금도 그의 손에는 사천 근방에서 날아온 보고문 하나가 쥐어져 있었다.

임무실패. 귀주성 귀양의 복호방 멸문. 탕마일대 제삼조 조원 사망 열둘, 중상…….

복호방은 귀주성 일대에서 명성을 날리던 중소방파다. 그곳의 방주 담충은 의기가 있어 멸천교의 회유와 압력에도 굴하지 않고 의천맹에서 탈퇴하지 않고 있었는데, 결국 멸천교에 의해 멸문을 맞이하고 만 것이다.

매우 안타까운 일이었으나, 이러한 일은 한 달 전부터 빈번하게 일어나고 있었다.

멸천교는 의천맹을 탈퇴하지 않는 문파들을 불시에 습격하여 파괴하는 일을 자행했고, 때문에 의천맹의 움직임 또한 저절로 그들이 습격하려는 문파의 안위를 지키는 것에 초점이 맞춰질 수밖에 없었다.

하지만 그것뿐이다. 이러한 것은 극히 소규모의 싸움에 불과했다. 이로 인해 양측 모두 큰 피해를 입게 되지는 않았던 것이다.

어찌 보면 소모성 짙은 의미없는 싸움이 아닐 수가 없었다.

멸천교로서는 이러한 쓸데없는 싸움을 걸어올 필요도 없었
고, 의천맹도 이런 식의 싸움을 위해 그간의 모든 준비를 갖
춘 것이 아니기 때문이다.

'모든 정황상 저들이 처음의 계획을 바꾼 것이라고밖에는
생각할 수가 없다. 왜 바꾼 것일까? 무엇을 기다리는 것인
가……?

추심언의 양미간이 크게 좁혀졌다.

그것을 알 길이 현재로선 전혀 없었던 것이다. 익영단의 모
든 힘을 집중시켜 보아도 아미산에 웅크린 멸천교의 내부는
침투조차 허락되지 않고 있었다. 그것이 그를 더욱 불안하게
했다.

하지만 어떻게든 저들의 속셈이 무엇인지 알아내야 한
다. 그래야만 자신들이 먼저 움직일 것인지, 아니면 이대로
함께 기다릴 것인지 결정을 내릴 수가 있을 것이기 때문이
다.

'이대로는 안 된다. 시간이 지날수록 우리에게 유리할 것
은 없으니…….'

이때 돌연 그의 등 뒤의 공간이 흐릿해지더니 곧 회의인 하
나가 그 자리에 나타나 추심언을 향해 시립했다.

갑작스런 회의인의 등장에도 추심언은 전혀 놀란 기색을
보이지 않고, 뒤도 돌아보지 않은 채 입을 연다.

"일비영(一秘影), 지부 내 움직임은 어떻지?"

그러자 일비영이라 불린 회의인의 입에서 낮으면서도 또
렷한 음성이 흘러나온다.

"사대주인 운심자의 거처에 삼대주 황보웅이 자주 들락거
릴 뿐, 특별히 수상한 움직임을 보이는 곳은 아직 없습니
다."

일비영의 입에서 맹의 요직에 있는 인물들의 이름이 아무
거리낌 없이 불리고 있지만, 본래 익영단의 보고 시에는 이러
한 것이 상례이기에 추심언은 개의치 않고 말했다.

"세가 쪽에 이목을 더 두도록. 자그마한 움직임이라도 놓
쳐선 안 될 것이야."

"존명!"

그것을 끝으로 추심언은 입을 닫았고, 일비영은 등장했던
때와 마찬가지로 소리없이 사라져 버렸다.

익영단원이라면 천리추종술(千里追從術)과 은형잠입술(隱
形潛入術)에 능통한 것은 기본이기에 그리 놀랄 만한 일은 아
니었다.

그때 다시 문밖에서 작은 인기척이 들리는 듯하더니, 사비
영의 음성이 들려왔다.

"단주, 형산파의 막 장문인을 모시고 왔습니다."

이에 상념에서 벗어난 추심언은 곧 신형을 돌리며 나직한
음성을 발한다.

"드시게 해라."

그러자 곧 문이 열리며 사비영과 함께 막강이 안으로 들어왔다.

"추 대협, 그동안 안녕하셨어요?"

막강이 반가운 미소로 포권을 취해보이자, 추심언도 살짝 고개를 숙이며 마주 포권을 취했다.

"오느라 고생이 많았군. 자리에 앉게."

그가 막강을 처음 보았을 때와는 다르게 이처럼 예를 갖춘 것은 이제는 막강의 신분이 어엿한 한 문파의 수장이기 때문이었다. 비록 아직까지 보잘것없는 문파였으나, 형산파란 이름은 그로서도 소홀히 여길 수 있는 것이 아니었다.

하지만 그러한 변화에 전혀 신경을 쓰지 않은 막강은 그저 고개를 끄덕이며 추심언이 권한 자리에 앉을 뿐이었다.

"늦었지만 형산파의 재건을 축하하네. 직접 가지 못한 것은 미안하군."

"하하, 아니에요. 멸천교 때문에 진 소저가 대표로 온 걸 다 아는데요, 뭘."

추심언의 말에 막강은 손을 저으며 대답했다.

그 모습을 묵묵히 바라보던 추심언은 곧 특유의 무심한 표정으로 입을 연다.

"그래, 일전에 맹주님께서 말씀하신 것은 생각해 보았나?"

"아! 그게……."

잠시 머리를 긁적이던 막강은 곧 헤죽거리며 대답한다.

"의천맹에 가입하지는 못할 것 같아요."

명백한 거절이었지만, 추심언은 별다른 표정 변화 없이 묻는다.

"이유가 뭔가?"

"다른 할 일이 생겼거든요."

"……?"

그제야 추심언의 눈에 작은 파장이 일었다.

막강에게 다른 할 일이 과연 어떤 것이 있을지, 순간 생각할 수밖에 없었기 때문이다.

'다른 할 일이 있다……?

그로서는 진정 뜬금없는 말이었다.

막강이 입에서 이런 대답이 나오리라고는 예상하지 못한 것이다.

"할 일이란 게 뭐지?"

순간, 야무진 표정을 지어 보이는 막강.

"강호제일인이 되는 거요."

"……!"

추심언은 잠시 입을 열지 않았다. 그저 막강의 얼굴을 빤히 쳐다보고 있을 뿐이었다.

"강호제일인이 되겠다?"

"네."

막강의 거듭된 대답을 들으며 추심언은 막강의 말이 농담이 아니란 것을 알았다. 사실 막강은 그런 농담을 할 위인도 되지 못할뿐더러, 또한 장난으로 그런 말을 내뱉는 사람이 아니라는 것쯤은 그 역시 이미 잘 알고 있었던 것이다.

"왜지?"

드디어 추심언은 그 이유에 대하여 묻는다.

이에 막강은 강호제일인이 되어 그 자격으로 멸천교주와 싸움을 벌이고자 하는 자신의 결심과 함께, 그렇게 하고자 하는 까닭에 대해서도 추심언에게 말해주었다.

"……."

막강의 이야기를 모두 들은 추심언은 또다시 말없이 막강의 얼굴을 가만히 들여다보았다.

하지만 이에 개의치 않고 막강은 씩 웃으며 말했다.

"그래서 그러는데, 추 대협이 좀 도와주세요."

뭔가 좀 생각을 정리하려던 추심언은 곧 들려온 더욱 뜬금없는 말에 눈썹을 살짝 치켜올렸다.

"무얼 도와달라는 말이지?"

"저희 작은할아버지 말씀으로는 추 대협의 사부님이 천통자라고 하시던데……."

"그런데?"

"그 천통자라는 분이 사시는 곳이 흑무곡이라면서요?"

"그래서?"

"거기가 어딘지 좀 알려주세요."

"……."

추심언은 잠시 입을 다물더니 이내 입을 열었다.

"강호제일인이 되기 위해 내 사부님을 만나겠다… 그런 말인가 지금?"

막강은 즉각 고개를 끄덕인다.

"네."

그러자 추심언의 두 눈이 가늘게 변했다.

이에 그가 기분이 상한 줄로 생각한 막강은 얼굴에 떠올라 있던 미소를 살짝 지우며 조심스레 묻는다.

"저기… 제가 의천맹에 가입하지 않는다고 해서 화나셨나요……?"

"……."

그러나 추심언은 여전히 막강을 응시하고 있을 뿐 대답이 없다.

"저기 그러니까 제 말은 가입하기 싫다는 게 아니라, 강호제일인이 되어서 멸천교주와 한판 붙어야 하기 때문에 가입하기 어렵겠다는 뜻이……?"

뭐라 변명을 이어가던 막강은 하던 말을 다 마치지 못하고 눈을 크게 떠야만 했다. 추심언의 입이 드디어 열리며 생각지도 못한 말이 흘러나왔기 때문이다.

"으음… 꽤 괜찮은 생각이야. 무식하긴 하지만."

"네에……?"

막강은 의아한 표정으로 추심언의 얼굴을 살폈다.

화가 나서 흑무곡의 위치를 안 가르쳐 주면 어쩌나 걱정했는데, 뜻밖의 반응이었던 것이다.

이윽고 추심언은 막강을 직시하며 다시 입을 열었다.

"자네가 이번에 이곳을 찾아온 것은 내 부탁을 들어주기 위해서가 아니라, 오히려 내게 부탁을 하기 위해서였군?"

"아! 뭐 그런 셈이죠. 하하……."

뒷머리를 긁적이며 웃어 보이는 막강.

"내게 부탁을 하러 여기까지 찾아온 걸 보면 분명 자넨 멸천교주를 꺾을 자신이 있는 것이겠지?"

"음, 그거야 뭐……."

하지만 추심언은 처음부터 대답을 원했던 것이 아닌 듯, 계속 말을 잇는다.

"강호제일인이 되기 위해 내 사부님의 인정을 먼저 받으려 했다니, 제법 머리를 굴렸군. 물론 자네 머리에서 나온 생각은 아닐 테지만."

막강은 씩 웃었다.

"우리 작은할아버지가 일러주신 거예요."

이미 막강이 말하는 작은할아버지가 두문충인 것을 알고 있는 추심언은 묵묵히 고개를 끄덕이더니 다시 입을 연다.

"하지만 굳이 그럴 필요는 없을 것 같군."

"네?"

추심언의 말에 막강은 의문스런 시선으로 그를 바라본다.

"굳이 내 사부님을 찾아가지 않아도 강호제일인이 될 수 있다는 말이네."

"정말이요?"

"어차피 사람들이 생각하는 강호제일인이란 것은 명목과 허울에 불과한 것, 자네 역시 그것을 필요로 하는 것이 아닌가? 기실 진정한 강호제일인이 되려면 모든 강호인을 힘으로써 자신의 발아래 꿇려야만 하는 것인데, 실제 강호에서 그러한 일이 일어나기는 거의 불가능한 일이지. 만일 그런 자가 나타난다면 전 강호가 가만히 있지를 않을 테니까."

"으음……."

모두는 아니지만, 막강은 추심언이 하는 말이 대충은 이해가 갔다. 자신도 역시 모든 강호인들에게 강호제일인으로 인정을 받으려고만 하는 것이지, 실제로 지금 당장 강호에서 가장 강한 자가 되겠다는 생각은 아니었던 것이다.

"그럼 강호제일인이 될 수 있는 다른 방법은 뭔가요?"

막강의 질문에 추심언은 대수롭지 않게 대답했다.

"강호제일인이라고 쓰인 옷을 입으면 되는 것이지."

"그런 옷도 있나요?"

"옷이야 만들면 되지 않겠나?"

"어떻게요? 옷에다 강호제일인이라고 새기나요? 근데 옷만 입는다고 사람들이 저를 강호제일인으로 인정해 줄까요?"

막강의 엉뚱한 말에 추심언은 결국 실소를 머금는다.

"훗, 자네같이 엉뚱한 친구가 강호제일인이 된다면 꽤나 즐거운 일이 많아지겠군. 아무튼 걱정 말게. 모든 사람이 인정하는 옷으로 내가 입혀줄 것이니."

"……?"

막강은 아직까지 그가 하는 말을 다 이해하지 못한 듯, 눈을 끔뻑거렸다.

하지만 추심언은 이에 개의치 않고 계속해서 말을 이어갈 뿐이다.

"사실 지금 자네의 실력은 거의 강호제일인에 가깝다고 할 수 있네. 이미 자네는 진가 그놈… 이 아니라 패천도와의 비무에서 무승부를 이루지 않았는가? 패천도는 오대세가 중 욱일진가의 가주인 동시에, 의천맹 내에서도 세 손가락 안에 드는 인물이네. 그런 그와 무승부를 이뤘다는 것은 자네가 얼마든지 강호제일인의 자리를 넘볼 수 있을 정도로 충분한 실력을 갖췄다는 것을 반증하는 것이지. 어디 그뿐인가? 강북 지부를 쑥대밭으로 만든 철강시를 자네가 홀로 제압하지 않았는가? 그것만으로도 이미 자네의 실력은 상당 부분 검증되었다고 볼 수 있네."

추심언은 말을 하면서도 막강의 반응을 유심히 살폈다. 막강은 그의 말에 때로는 고개를 끄덕이기도 하고, 또 때로는 갸웃거리기도 하며 집중해서 듣는 듯했다.

그리고 추심언의 말이 끝나자 막강은 궁금한 듯 묻는다.

"그래도 아직 강호제일인은 아니잖아요?"

추심언은 고개를 끄덕였다.

"물론 아니지. 하지만 곧 그렇게 되도록 해주겠네."

"어떻게요?"

"그 방법을 일러주기 전에 자네가 먼저 해줘야 할 일이 있네."

"무슨 일인데요?"

순간, 막강과 추심언의 시선이 허공에서 만났다.

"본맹에 가입하게."

"예?"

"내가 자네 부탁을 들어줄 것이니, 자네도 내 부탁을 들어주는 것이 공평한 일 아닌가?"

"그건… 그렇지만……."

"고맙네. 그럼 이제 맹에 가입을 했으니, 이곳에서 자네가 해야 할 일이 무엇인지 알려주어야겠군."

"……!"

막강은 추심언이 자신의 의천맹 가입을 기정사실화시켜버리자 놀란 토끼 눈으로 그를 쳐다봤다.

"버, 벌써 가입이 된 겁니까? 저는 아직 가입한다고 말 안 했는데……."

이에 굳은 표정으로 막강을 응시하는 추심언.

"왜, 강호제일인이 되는 방법이 무엇인지 듣기가 싫어졌는가?"

"아니, 그런 것이 아니라, 제 말은……."

"한 가지 더 말해주자면, 본맹에 가입하는 것이 바로 자네가 강호제일인이 되기 위해서 가장 먼저 해야 할 일이라는 것이네."

"아! 그런 건가요?"

그 말을 들은 막강의 표정이 금세 가볍게 풀어졌다.

이를 보고 이미 상황이 종료되었음을 안 추심언은 막강의 단순함에 내심 혀를 내두르면서도 하려던 말을 계속했다.

"자네가 맡을 일은 본맹의 탕마대 중에서 제오대의 대주직일세. 사실 그 자리는 처음부터 자네를 염두에 두고 만든 자리지."

"탕마대의 대주요? 대주라면 거기서 제일 높은 자리 아닌가요?"

"그렇긴 하지만, 다른 네 개의 탕마대와는 달리 제오대는 그 조직과 맡을 임무 자체가 전혀 다른 곳이네. 제오대의 존재를 알고 있는 사람도 나와 맹주님 외에 극소수에 불과하네."

추심언의 마지막 말에 막강은 잔뜩 호기심을 보인다.

"오! 그럼 비밀조직 같은 거군요?"

"그렇다고 할 수 있지."

"으음, 근데 무슨 일을 해야 하는 건데요?"

"임무는 간단하네. 본맹에 등을 돌린 자들을 처단하기만 하면 되네."

"처단이요? 죽이라는 말인가요?"

막강이 확인하듯 되물었다.

"필요하다면 그래야 하겠지. 하지만 본맹에서 등을 돌린 자들은 어차피 멸천교에 붙어 우리에게 칼을 겨눌 것이 불 보듯 뻔한 일이니, 그들을 죽인다고 하여 굳이 마음의 거리낌을 가질 필요는 없네."

추심언은 단언하듯 매섭게 말했다.

하지만 막강은 얼굴에 떠오른 미소를 지우고 굳은 표정으로 입을 연다.

"음, 그래도 그건 좀 그러네요. 어쨌든 사람을 찾아가서 죽이는 일이잖아요. 그것도 한두 명이 아니라, 많은 사람을 죽여야 할지도 모르고……."

막강은 탕마 대주로서 해야 할 일이 자신이 가진 기본적인 뜻과는 맞지 않는 것을 알고 고개를 저었다.

"역시 탕마오대주는 못하겠네요. 죄송합니다, 추 대협."

머리를 긁적이며 어색한 미소를 그리는 막강.

예상 밖의 단호한 거부에 내심 움찔한 추심언은 겉으로 내색하지 않고 다시 한 번 묻는다.

"못하겠다면, 강호제일인이 되는 방법도 포기하겠다는 뜻인가?"

"으음… 꼭 그 방법을 듣고 싶긴 하지만, 추 대협이 안 가르쳐 주시면 어쩔 수 없죠 뭐. 헤헤."

"어쩔 수 없다? 흐음, 내 사부님이 계신 흑무곡도 모르고, 내게서 다른 방법을 듣는 것도 포기한다면, 자네는 강호제일인이 되겠다는 생각도 접겠다는 말이군."

그 말에 막강은 고개를 젓는다.

"그건 아니에요. 전 꼭 강호제일인이 될 거예요."

"무슨 수로 강호제일인이 되겠다는 것이지?"

"음, 글쎄요. 다른 방법이 없으면 그냥 당장 멸천교주를 찾아가서 한판 붙자고 해봐야죠. 멸천교주가 아미산에 있는 것은 알았으까요."

"……."

추심언은 단순을 넘어 무식하기까지 한 막강의 생각에 잠시 할 말을 잃었다. 하지만 그러면서도 문득 한 가지 의문이 드는 그였다.

'아무리 무식하다지만 어찌 저런 말을 대수롭지 않게 내뱉을 수 있단 말인가?

막강이 아닌 다른 누군가가 자신 앞에서 당장 멸천교주를 찾아가 한판 붙겠다고 호언장담을 한다면 아마 콧방귀도 뀌지 않고 한쪽 귀로 흘려 버릴 것이다.

그런데 막강의 입에서 그런 말이 흘러나오자 이상하게도

한쪽 귀로 흘려 버려지지가 않고, 콧방귀도 나오지 않고 있는 것이다.

'단순한 치기가 아닐 수도 있겠군.'

추심언은 막강이 자신이 내뱉은 말대로 당장 아미산으로 달려가고도 남을 것이라고 생각했다. 지금 눈앞에 있는 막강의 표정과 음성과 눈빛이 그렇다고 말해주고 있었던 것이다.

말과 행동에서 그 사람의 내면이 묻어난다.

허풍인지, 치기인지, 어리석음인지 말과 행동에 고스란히 담겨 나오기 마련인 것이다. 그리고 그것을 알아챌 수 있으려면 세월과 함께 깊은 심계가 필요했다. 추심언은 바로 그런 능력에 있어서 누구에게도 뒤떨어지지 않는 자였다.

그가 판단하기에 막강의 모습에선 자신감이 넘쳐 흘렀다. 진정한 자신감은 겉으로 나타날 때 자신감으로 나타나지 않는다. 그것은 여전히 뭔가 부족하다는 것을 드러낼 뿐이다.

진정한 자신감은 바로 여유로 드러난다.

의도하지 않은 여유, 그것이 진정한 자신감이었다.

'어쩌면 도박이 아닐 수도 있겠어.'

추심언은 강호제일인이 되어 멸천교주와 승부를 보겠다는 막강의 말을 들은 직후 자신이 가졌던 생각에 수정이 필요함을 느꼈다.

처음 막강의 말을 들은 뒤 그는 지금의 난제를 풀 방법으로 막강의 생각을 이용하려는 마음을 품었었다. 막강을 내세워

종잡을 수 없는 멸천교주의 의중을 떠보려고 했던 것이다.

막강이 강호제일인의 자격으로 멸천교주에게 건곤일척의 승부를 요청했을 때 멸천교주가 어떠한 반응을 보이는지를 살핀다면 그의 속내를 대강 파악할 수 있을 것이기 때문이다.

하지만 거기엔 위험이 따랐다. 자칫 멸천교주를 자극하여 더욱 저들을 들끓게 만들 수도 있고, 약점을 잡힐 어떠한 빌미를 스스로 제공할 수도 있기 때문이다.

그렇기에 도박이라 생각했다. 위험은 존재하지만 분명 해볼 만한 도박…….

그런데 지금은 그것이 단순한 도박이 아닐 수도 있겠다는 생각이 들었다. 어쩌면 막강의 말대로 이 모든 상황을 단번에 종료시킬 수도 있는 멋진 계획이 될지도 모르는 것이다.

물론 막강이 멸천교주와의 싸움에서 이긴다면 말이다.

추심언은 갑자기 막강이 가진 진짜 실력이 어느 정도인지 궁금해졌다. 정말로 자신이 예상치 못한 멸천교주를 꺾을 능력이 막강에게 있는지 알아보고 싶어졌다.

"좋네. 어떠한 말로도 자네를 설득하진 못할 것 같군. 탕마오대주를 맡아달라는 말은 없었던 일로 하지. 하나 본맹에 가입하는 것은 자네가 강호제일인의 명분을 얻기 위해서는 반드시 필요한 일이니, 내 말을 따르도록 하게."

그 말에 막강의 얼굴에 희색이 떠올랐다.

"아! 그럼 강호제일인이 되는 방법을 알려주시는 건가요?"

추심언은 고개를 저었다.

"나도 생각이 바뀌었네. 이제 그 방법은 별 의미가 없어졌군."

약간 실망한 기색이 된 막강이 재차 묻는다.

"그럼……?"

"흑무곡의 위치를 알려줄 터이니 내 사부님을 만나 뵙도록 하게."

"……?!"

막강은 자신이 잘못 들은 것이 아닌가 하여 재차 묻는다.

"정말이세요? 정말 흑무곡이 어딘지 알려주신다는 거죠?"

고개를 끄덕인 추심언은 예의 그 무심한 표정으로 돌아가 말을 잇는다.

"흑무곡을 찾아들어 간다는 것은 사실 간단한 문제가 아니라네. 그곳에 한번 들어가게 되면 두 가지 이유로 다시는 밖으로 나오지 못할 수도 있지."

"두 가지 이유요?"

"그 이유 중 첫째는 들어간 자가 그 안에서 죽었기 때문이고, 둘째는 스스로 그 안에서 나오려 하지 않기 때문이네."

막강은 고개를 갸웃거렸다.

첫 번째 이유는 이해가 갔다. 흑무곡이란 곳이 워낙 험하고 무서운 곳이라 목숨을 잃을 수도 있다는 뜻으로 받아들였기 때문이다.

하지만 두 번째 이유는 아무리 머리를 굴려 봐도 이해가 가
질 않는 것이다.

"못 나오는 게 아니라 자기가 안 나가려고 한다구요? 왜 그
렇죠?"

"그것은 가보면 알 수 있겠지. 여하튼, 노파심에서 다시 한
번 묻겠네. 그럼에도 자네는 흑무곡에 가겠는가?"

"당연하죠! 그러려고 여기 온 건데요."

막강이 조금이라도 갈등할 줄 알았는데 선뜻 대답하자 약
간 기이한 눈으로 막강을 쳐다본 추심언은 고개를 끄덕였다.

"부디 자네의 선택에 후회가 없길 바라네. 그럼 지금부터
흑무곡의 위치와 내 사부님에 대해서 말해줄 터이니 빠짐없
이 잘 듣도록 하게. 흑무곡은……."

"……!"

막강은 두 귀를 쫑긋 세운 채 그의 입에서 나오는 말을 경
청하기 시작했다.

추심언의 말이 이어지는 동안 막강의 얼굴엔 때로는 호기
심이, 때로는 놀람이, 또 때로는 심각함이 떠올랐다가 사라지
기를 반복했다.

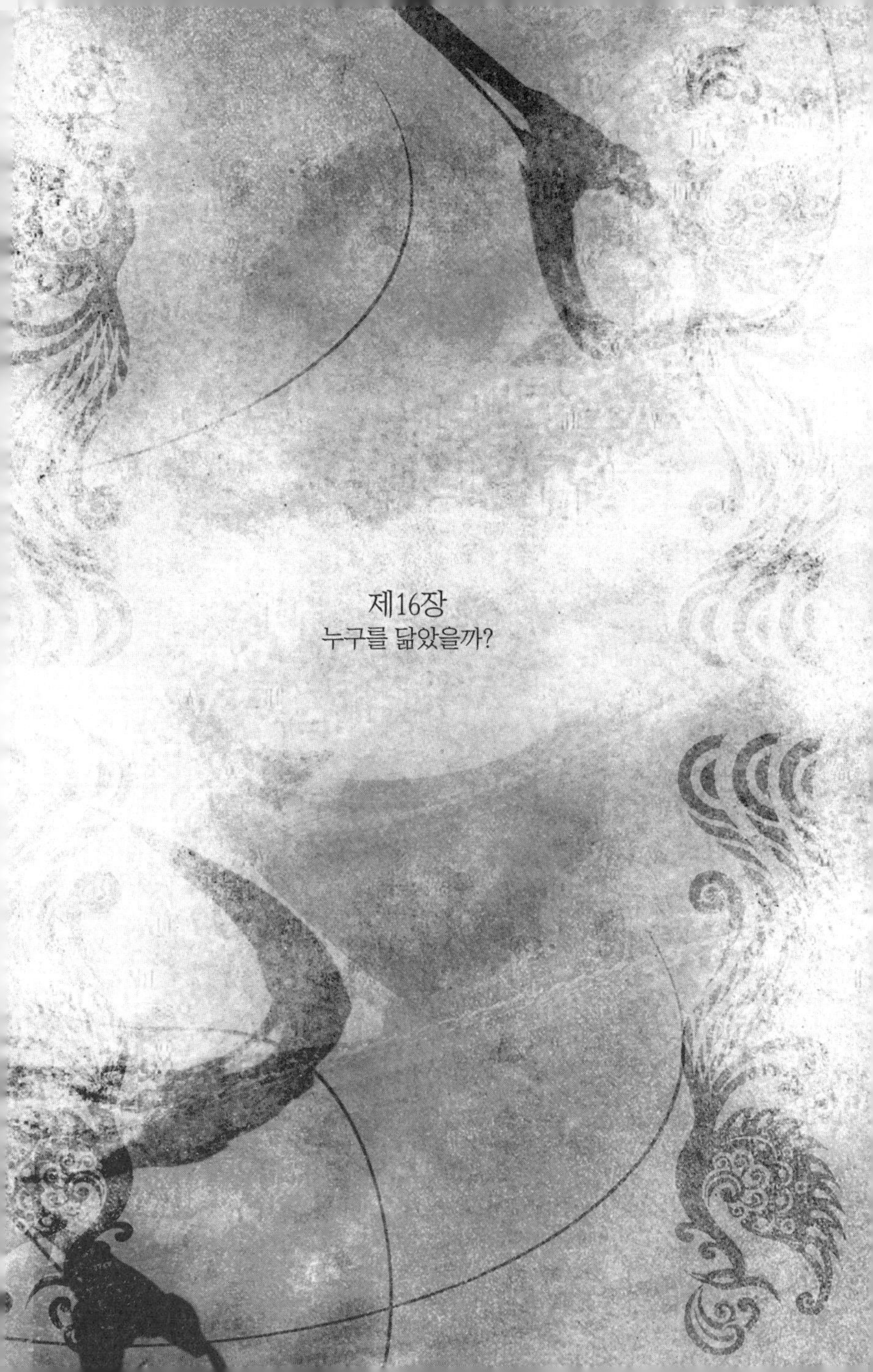

제16장
누구를 닮았을까?

　　　　　진소천은 정오가 되어 한가해진
틈을 타 자신의 거처를 빠져나와 산을 올랐다. 요즘 들어 생
긴 습관이었다.

　아직까진 추위가 기승을 부렸지만, 볕은 하루가 다르게 따
뜻해져 가고 있었다.

　"곧 봄이 오겠어."

　나직이 읊조린 그녀의 목적지는 관폭루(觀瀑樓)였다. 동절
기엔 그쪽이 한산했기 때문이다.

　반 시진쯤 오르자 멀리서 청량한 물소리가 점점 크게 들려오
기 시작했다. 그리고 그것은 곧 커다란 폭포 소리로 바뀌었다.

자신이 즐겨 찾던 관폭루 옆 폭포가로 걸음을 옮긴 그녀는 눈을 들어 넓게 펼쳐진 황산의 전경을 둘러보았다. 오늘따라 구름 한 점 보이지 않는 것이, 모든 광경이 한눈에 들어왔다.

"정말 변화무쌍하구나. 어떻게 하루도 같지 않고 매일같이 모습이 바뀌는 것인지……. 내 마음과는 너무도 다른 걸."

변덕이 심한 황산의 날씨를 자신의 허한 마음과 대비시킨 진소천의 입에선 자신도 모르게 짧은 한숨이 새어 나온다.

그리고 그때였다.

사락…….

그녀의 눈에 보일 듯 말 듯한 작은 무언가가 위에서부터 아래로 천천히 떨어져 내리는 것이 보였다.

저절로 허공을 응시한 그녀의 입이 곧 작게 벌어졌다.

"아!"

그것은 눈이었다. 하나둘 떨어지던 눈송이는 어느새 허공을 가득 채운 채 아래로 떨어져 내리고 있었다.

진소천은 슬그머니 내리는 눈송이를 향해 손을 내밀었다.

손바닥에 닿은 눈송이들이 곧 작은 물방울로 화했다.

"손에 닿으면 결국… 사라지는구나."

순간 깊은 감상에 젖었던 그녀는 자신의 실체를 깨닫곤 피식 웃는다.

"이거 갈수록 태산인 걸. 이것도 병인가? 훗."

그녀 자신도 알고 있었다. 마음이 허한 까닭은 막강 때문이란 것을.

그러나 사실 막강 때문이라 하기엔 문제가 있었다. 막강은 자신에게 아무런 행동도 취한 적이 없기 때문이다.

마음에 담은 것도 그녀이고, 잊지 못하고 그리워하는 것도 그녀인 것이다.

'도대체 왜 못 잊고 바보같이 구는 것이냐!', '첩이라도 되겠다는 속셈이냐!' 하며, 스스로 자신을 질책한 것도 여러 번이다.

하지만 마음은 어쩔 수가 없었다. 그래서 어느 때인가부터는 그냥 자신의 마음을 가는 대로 놓아두었다.

그랬더니 오히려 억지로 돌리려 할 때보다 편안해지는 것을 느꼈다. 그리고 그것에 조금씩 익숙해지는 자신을 발견하게 되었다.

'그래도 이곳엔 이제 그만 올라와야겠어. 진짜 병이 되기 전에……'

진소천은 마음을 다잡으며 발걸음을 돌리려 하였다. 어차피 이틀 후면 이곳에 올라오고 싶어도 그럴 수가 없었다. 의천맹 총단을 떠나기 때문이다.

조직 개편에 의해 그녀는 탕마삼대의 이조장 직을 맡게 되었다. 하지만 그것은 허울뿐이었고, 실제 그녀가 배속된 곳은 탕마오대였다.

아직까지 전혀 실체가 없는 탕마오대.

그곳의 대원 중 하나가 바로 그녀였던 것이다.

그녀 외에 다른 대원은 누가 있는지 그녀조차 알지 못했다. 그저 잠시 때를 기다리라는 추심언의 언질만 받았을 뿐이다.

그리고 바로 얼마 전 드디어 추심언에게서 기별이 왔다. 조용히 형산파로 가라는… 이유는 가면 알게 된다고 하였다.

하필이면 형산파라니…….

그 때문에 더욱 마음이 심란해질 수밖에 없었지만, 다행히 어렵게 진소천은 마음을 추스를 수 있었다.

그렇게 그녀가 막 신형을 돌렸을 때였다.

"오랜만입니다, 진 소저."

"……?"

어느 새인가 그녀의 눈앞에 한 사내가 버티고 서 있었다.

그녀를 향해 환하게 웃고 있는 사내는 다름 아닌 효운비였다. 그가 걸친 백의는 하얀 눈과 어울려 더욱 돋보였다.

효운비를 본 진소천은 크게 당황하지 않고 인사 대신 다른 말을 꺼낸다.

"또다시 이렇듯 갑자기 나타나다니, 효 공자는 여인을 놀래키는 것이 취미신가요?"

그녀의 음성에 약간의 불쾌함이 묻어나는 것을 느낀 효운비가 어색한 미소로 넘어가려 했다.

"아… 미안합니다. 미리 기척을 내었어야 했는데, 사색에 잠긴 진 소저의 모습에 흠뻑 취하다 보니 그만……."

감언으로 살짝 상황을 무마하려는 그를 보며 내심 조소를 머금은 진소천이 다시 입을 연다.

"제가 여기에 있는 것은 어떻게 아셨죠? 설마 이번에도 우연이란 말로 넘어가려는 것은 아니시겠죠?"

"하하, 소저와 제가 만난 것이 고작 세 번인데 벌써 제가 어떤 말을 할지를 파악하고 있다니, 진 소저의 관심에 몸 둘 바를 모르겠습니다."

"……."

소리 내어 웃던 효운비는 진소천의 눈빛이 차가워지자 한 차례 헛기침을 하며 말을 잇는다.

"흠, 사실은 얼마 전부터 진 소저가 이곳을 즐겨 찾는다는 것을 알고 있긴 했습니다만……."

"많이 한가하신가 보군요. 여인네의 생활에 이토록 관심이 많으신 걸 보니."

그녀의 말에 효운비의 얼굴엔 서운한 빛이 떠오른다.

"이거 너무 몰아세우시니 얼굴이 다 빨개질 지경입니다. 조금만 제게 여유를 주실 수는 없으신지?"

금방이라도 울 듯한 그의 표정을 대한 진소천은 내심 실소를 머금으면서도 자신이 너무 쌀쌀맞게 대한 것을 인정하며 살짝 얼굴에 긴장을 풀었다.

"좋아요. 그 이야기는 이만 하도록 하죠. 그럼 저를 찾아오신 용건이 무엇인지 물어도 될까요?"

그러자 효운비의 얼굴이 금세 미소로 바뀐다.

"나비가 꽃을 찾아오는 것에 별다른 이유가 있겠습니까? 지난번 형산에서 만나 제대로 이야기도 나누지 못한 것이 두고두고 아쉬웠는지, 소저의 옥용이 자꾸만 눈앞에서 아른거려 이렇게 또 박대를 당할 각오를 하고 찾아온 것이지요."

"……."

그가 자신에 대한 마음을 노골적으로 드러내자 진소천은 살짝 당황했지만, 이내 옅은 미소를 머금으며 입을 열었다.

"꽃과 나비라… 훗, 어쨌든 효 공자와 같은 분이 저를 그렇게까지 생각해 주셨다니 고맙군요. 하지만 어쩌죠? 지난번에 말씀드렸듯이 저는 이미 신비에 싸여 있는 사내에게 끌릴 만큼 어리지가 않답니다."

"하하, 이거야 원. 언제나 한번 진 소저께 좋은 말을 들어 보려는지. 약점만 콕콕 찌르시니, 아프기가 그지없군요. 하지만 제가 그렇게 신비에 싸여 있는 것만은 아닙니다. 이름도 밝혔고, 출신도 밝혔고, 아 거기다가 이젠 확실하게 신분이 보장된 대형산파의 장문인과 친구를 먹은 사이란 것도 아실 테고, 무엇보다 소저를 향한 마음을 환히 들어내어 보이지 않았습니까?"

그의 말에 진소천의 미소가 조금 짙어졌다.

"처음 보았을 때부터 느낀 것이지만, 효 공자는 마치 함께 놀 사람이 없어 안달이 난 어린아이와 같군요. 지금도 저와 말장난을 하려고 애를 쓰시는 걸 보면 말이에요.”

그녀의 말을 들은 효운비가 싱긋 웃는다.

“조금 부끄럽긴 하지만, 부인하진 않겠습니다. 그런 모습으로라도 진 소저와 가까워질 수 있다면야… 하하.”

“…….”

밝게 웃는 효운비를 보며 진소천은 잠시 묵묵히 그를 쳐다본다.

웃음 속에 엿보이는 그의 모습은 조금도 꺼려할 만한 것이 없었다. 거짓이 보이지 않는다는 말이다.

또한 적어도 자신을 상대로 장난을 치거나 희롱을 하려는 의도가 없다는 것 정도는 이미 알 수 있었다. 게다가 효운비의 말대로 막강이 그와 친구라는 점이 어느 정도 그녀로 하여금 그에 대한 경계심을 풀게끔 만든 것도 사실이다.

진소천에게서 즉각적인 대꾸가 없자 효운비가 옅은 미소와 함께 넌지시 한마디를 건넸다.

“강이 그 녀석과 저처럼, 진 소저와 저도 친구가 될 수 있을까요?”

“……?”

“사실 강이 그 친구가 대뜸 벗이 되자고 했을 때는 과연 이 녀석과 내가 친구가 될 수 있을까 하는 의구심이 들기도 했지만, 막상 되어보니 재미있는 일이 많더군요. 그래서 이번엔 제가 진 소저에게 친구가 되자고 제안하는 겁니다. 분명 진

소저도 저만큼이나 재미있는 일이 있을 겁니다.”

“재미있는 일이라… 그 재미있는 일이란 것은 어떤 것을 말함이지요?”

진소천은 살짝 눈을 빛내며 물었다.

“으음, 예를 들자면 무작정 친구를 기다리는 일 같은……?”

“……?”

“후후, 사실 일전에 그 친구가 꼭 저를 한번 만나러 오겠다고 장담을 했었지요. 덕분에 그때까지 아무 일도 하지 못하고 이렇게 그 친구가 올 때만 기다리고 있습니다.”

“아무리 막 장문인이 효 공자를 찾아가겠다고 말했다지만, 친구라면 누가 먼저 찾아간들 이상한 일이 아니라고 생각해요. 무작정 기다리는 것보다는 효 공자가 먼저 형산파로 가는 것도 좋지 않을까요?”

그녀가 의문스럽게 묻자 효운비는 가볍게 고개를 젓는다.

“물론 그러고 싶은 마음이야 크지만, 제가 그 친구를 먼저 찾아가면 재미가 없어져 버립니다. 게다가 지금은 형산파를 찾아간다고 해도 아마 그 친구를 만나지는 못할 겁니다.”

“막 장문인을 만나지 못한다니, 무슨 말이죠?”

“그 친구가 형산파에 없을 것이기 때문이죠.”

“네? 막 장문인이 형산파에 없을 거라고요?”

진소천은 그럴 리가 없다는 표정으로 반문했다.

　분명 막강은 보름 전 이곳에 와서 추심언을 만난 후 다시 형산파로 돌아갔음을 그녀를 포함한 많은 사람들이 목도한 바 있었다.

　거리상 이미 형산파에 당도하고도 남을 시일이 지났으니, 막강이 형산파에 없을 거라는 효운비의 말이 선뜻 받아들여지지가 않는 것이다.

　그때 효운비의 담담한 음성이 그녀의 귀에 들려왔다.

　"제가 알기론 분명 어딘가로 잠시 떠났을 겁니다."

　"어디를 말인가요?"

　"그것까지는 잘……."

　자신의 대답을 기다리는 진소천을 향해 싱긋 웃어 보이는 효운비.

　"그렇군요… 몰랐던 사실이네요."

　진소천은 고개를 끄덕이며 대수롭지 않게 넘겼다. 더 이상 이야기하다간 의천맹 내부의 사정까지 효운비에게 발설할지도 모른다는 생각에서였다. 효운비에게 굳이 얼마 전 막강이 이곳을 방문했다가 돌아갔다는 사실을 말해줄 필요는 없었다.

　하지만 내심 의문을 가지지 않을 수 없는 그녀다.

　'이 사람이 굳이 내 앞에서 거짓말을 할 이유는 없어보이는데……. 효 공자의 말이 사실이라면, 막 장문인도 없는 형산파엔 왜 가라고 하신 것일까?'

추심언의 지시를 떠올리자 더욱 의문은 커졌다. 만일 막강이 정말로 형산파를 떠나 어딘가로 갔다면, 그 사실을 추심언이 모를 리가 없을 것이기 때문이다.

'어쨌든 일단 가보면 알게 되겠지.'

생각을 마무리한 그녀는 시간이 꽤 지체되었음을 깨닫고 효운비를 향해 작별을 고했다.

"그럼 이만 저는 돌아가 봐야 할 것 같군요."

"아… 또 이렇듯 짧은 만남밖에 가지질 못하는 겁니까."

아쉬운 듯 말하는 효운비.

그런 그를 향해 진소천이 한마디를 던진다.

"막 장문인의 친구로서의 만남이라면 굳이 거절하진 않겠어요. 저 역시 막 장문인과는 친구와 다름없으니까요. 그럼……."

그 말을 끝으로 그녀는 신형을 돌렸다.

이를 보는 효운비의 얼굴은 환하게 변해 있었다.

"그 말은 곧 이제부터 진 소저와 저는 친구라는 뜻이겠지요?"

"……."

조금씩 멀어지는 진소천에게선 아무런 대답도 없었다.

하지만 효운비는 흐뭇한 표정으로 중얼거린다.

"여인의 침묵은 긍정이라더니, 그 말을 오늘에야 확실히 알게 되는군? 후후……."

　시선을 돌려 하얗게 변한 형산의 전경을 내려다본 그의 입
이 다시 열린다.

　"강호제일인의 꿈은 잘 진행이 되고 있는지 모르겠군. 어
쨌든 너무 오래 기다리게 하진 말라고 친구. 그러면 골치 아
픈 일들이 자꾸 생겨나거든."

＊　　　　＊　　　　＊

　휘익!

　세 번째 물줄기를 돌아나간 우맹달의 신형이 재빨리 네 번
째 물줄기를 향해 쏘아져 나갔다.

　기우뚱!

　오른발을 꼬아 왼쪽 발 뒤쪽으로 옮기려던 우맹달은 그만
중심을 잃고 비틀거리고 말았다.

　"아아!"

　형의 모습을 지켜보고 있던 우영달과 우봉달의 입에서 동
시에 안타까움에 젖은 탄성이 터져 나왔다.

　우맹달은 이미 물줄기에 흠뻑 젖은 자신의 옷을 보며 시무
룩한 표정을 지었다.

　'결국 오늘도 네 번째를 통과하지 못하고 말았어!'

　그런 그를 향해 구공산이 버럭 소리를 질렀다.

　"멀뚱히 서서 뭐 하는 거야! 죽었으면 어서 나오지 않고!"

누구를 닮았을까? 199

죽는다는 것은 이곳에서 표풍무영보를 연습하며 절로 통하게 된 그들끼리 하는 말이었다.

"아! 예! 작은 사숙!"

"끄응!"

작은 사숙이란 말에 한차례 이를 악문 구공산.

하지만 어쩌겠는가? 큰 사숙의 이름을 걸고 붙은 싸움에서 단고립에게 지고 만 것을.

한 번 정해지면 절대 바꾸는 것이 없기로 싸우기 전에 이미 맹세를 한 탓에 이제는 듣기 싫어도 자신의 귀를 막을 수밖에는 도리가 없는 것이다.

하지만 작은 사숙이 된 설움은 얼마든지 다른 방법으로 해소할 수는 있었다. 바로 이렇게 말이다.

"맹달 이 녀석! 어떻게 오 일이 넘도록 네 번째 물줄기 하나를 못 통과하는 거야! 그러고도 네가 형산파의 제자냐! 너 어제 몇 시진이나 잤어?"

"두, 두 시진이요……."

"뭐라구! 내가 한 시진만 자고 연습하라고 했냐, 안 했냐? 오호라! 니가 지금 내가 작은 사숙이라고 우습게 여기는 거냐? 그런 거야?"

"아! 아닙니다! 절대 그런 것은……!"

우맹달은 기겁을 하며 양손을 휘저었다.

"아니기는 뭐가 아……! 윽!"

“비켜.”

구공산은 우맹달을 더욱 몰아세우려다 말고 그 자리에서 튕겨 나가듯 주춤거렸다.

뒤에 서 있던 단고립이 그를 살짝 밀치며 앞으로 나섰던 것이다.

“너, 이 자식!”

구공산이 두 눈을 까뒤집으며 자신을 쏘아보자 단고립이 슬쩍 고개를 돌리며 말했다.

“내, 내 차례다, 시제.”

“크윽!”

두 주먹을 불끈 쥔 채 부들부들 떠는 구공산을 보며 단고립의 입꼬리가 살짝 떨린다.

“헉! 너 지금 나 비웃은 거냐?”

“……..”

하지만 단고립은 물줄기 양쪽에 둘러친 밧줄을 자신의 체구에 맞게 조정할 뿐 아무런 대꾸도 하지 않았다.

이에 더욱 기가 찬 구공산이 다시 한 번 고성을 내지른다.

“지금 나 비웃은 거냐고!”

“……..”

여전히 대꾸 없이 관절을 돌리며 준비 운동을 하는 단고립.

“이 자식이! 이젠 무시까지 해?”

분기탱천한 구공산이 단고립을 향해 성큼 나서려는 순간!

타앗!

단고립의 거대한 신형이 첫 번째 물줄기를 향해 돌진했다.

평소의 뻣뻣한 모습과는 정반대로 흐느적거리며 전진한 그는 어느새 세 번째 물줄기를 통과하고 우맹달이 실패한 네 번째 물줄기 앞에 이르러 있었다. 웬만한 고수라도 집중하지 않으면 제대로 파악하기 어려운, 실로 놀라운 속도였다.

그 순간 그의 신형이 멈칫거렸다. 보는 이로 하여금 마치 시간이 정지한 것만 같은 착각을 불러일으키는 동작이었다.

그러나 곧.

"앗!"

우맹달의 입에서 흘러나온 탄성과 함께 그의 몸은 멈춘 것만큼이나 빠르게 쏘아져 나가기 시작했다.

네 번째, 다섯 번째, 여섯 번째, 일곱 번째!

삽시간에 네 개의 물줄기를 꿰뚫은 단고립은 여전히 멈추지 않았다. 오히려 처음보다 더욱 빠른 속도로 여덟 번째 물줄기를 향해 돌진해 나갔다.

지켜보는 모두가 숨을 죽였다.

이 여덟 번째 물줄기야말로 아직 단고립이 통과하지 못한 것이기 때문이다.

'설마 저 녀석 저대로 그냥 돌진을……?'

구공산도 이미 단고립의 움직임에 잔뜩 빠져든 상태.

하지만 그는 내심 고개를 갸웃거린다.

분명 나름대로 밤사이에 무슨 고민을 했는지 단고립의 방식은 어제와는 완전히 달랐다. 그리고 그 고민의 효과를 증명하듯, 일곱 번째 물줄기까지 거침없이 통과해 버리는데 성공했다.

달달달 형제는 모르고 있지만, 구공산은 단고립이 어떻게 단숨에 네 개의 물줄기를 통과할 수 있었는지 알고 있었다. 각 물줄기의 물방울이 떨어지는 간격을 계산한 후 그 간격이 한데 맞물리는 순간에 맞춰 전력으로 돌진했던 것이다.

그것은 어찌 생각하면 쉬운 듯하지만, 정확한 판단과 짧은 간격에 맞춰 물줄기를 통과할 수 있는 실력을 갖추고 있지 않다면 시도조차 할 수 없는 방법이었다.

그것을 단고립은 해냈고, 또 계속해서 해내려 하고 있었다.

그러나 구공산의 판단에 여덟 번째까지 단숨에 통과하는 것은 무리였다. 여덟 번째부터는 떨어지는 물방울의 속도가 급격히 빨라짐과 동시에 물줄기가 떨어지는 범위도 두 배 이상으로 넓어지기 때문이었다.

아니나 다를까?

구공산의 눈에 단고립의 어깨에 닿을 듯 낙하하는 물방울이 보였다. 이제 곧 그 물방울이 단고립의 어깨를 적시면 단고립은 죽을 것이라고 믿어 의심치 않았다.

하지만 바로 그때였다.

'음?!'

구공산의 두 눈이 크게 뜨였다.

물방울이 어깨를 적시려는 순간, 단고립의 상체가 흐느적거리더니 한차례 작게 떨리는 것이 아닌가?

그 떨림으로 인해 여덟 번째 물줄기는 결국 단고립의 몸에 아무런 흔적을 남기지 못했다.

'이럴 수가! 저 곰탱이가……!'

하지만 단고립의 신형은 아홉 번째 물줄기를 지나 곧 멈춰섰다. 그의 등 쪽은 이미 흠뻑 젖어 있었다.

"으음. 여, 역시 장문 사형 따라하는 건… 히, 힘들다."

잠시 뒤를 돌아보며 큰 머리를 갸웃거린 단고립은 곧 출발점으로 되돌아왔다.

그러자 그런 그를 보고 있던 우씨 삼형제가 환호를 하며 그를 반겼다.

"와아! 큰 사숙 드디어 여덟 번째를 넘으셨어요!"

"대단해요! 큰 사숙!"

"큰 사숙! 멋지다!"

쏟아지는 찬사에 단고립의 표정이 멋쩍게 변했다.

"고, 고맙다 사질들. 흐으."

한편 구공산은 그들이 하는 양을 그저 말없이 지켜보았다.

사실 그에게는 단고립이 여덟 번째 물줄기를 통과했다는 사실이 제법 충격이 아닐 수 없었다.

자신의 판단으로 분명 통과하지 못할 거라 여겼는데, 그것을 비웃기라도 하듯 단고립은 통과를 해버린 것이다. 게다가 여덟 번째는 아직 그도 통과해 보지 못한 것이었기에 충격은 더욱 컸다.

'어쩌다 운이 좋았던 거야!'

애써 스스로를 위로해 보지만, 왠지 자신이 초라해진 것 같은 기분은 쉽게 떨쳐지지가 않았다.

'그래! 까짓것 나도 통과하면 될 거 아니야!'

오기가 치민 구공산은 곧 한차례 자신의 가슴을 두드리곤 앞으로 나섰다.

"그까짓 것 한 번 운 좋게 통과한 거 가지고 난리들은! 잘 봐라! 내가……! 응?'

호언장담을 하려던 그는 뭔가 이상함을 느끼고 주위를 두리번거렸다.

그리고 그는 곧 그 까닭을 알 수 있었다. 그곳엔 이미 그 말고 아무도 없었던 것이다.

시선을 돌려보니 우씨 삼형제를 양옆에 끼고 저만치 산을 내려가고 있는 단고립의 우람한 등이 보였다.

"이 자식들아! 어딜 가는 거야! 내 차례 아직 남았잖아! 야! 니들 거기 안 서!"

동굴을 새어 나온 구공산의 고성이 곳곳에 메아리쳤다.

어느새 태양은 중천을 향해 나아가고 있었다.

그 시간 즈음.

유삼을 걸친 청년 하나가 자개봉을 향해 오르고 있었다.

청년의 행색은 말끔하고 매우 단정해 보였다.

그런데 가만히 보니 청년의 얼굴이 그다지 낯설지가 않았다. 구정물을 조금 묻혀놓고 거적을 살짝 걸쳐 놓으면 염장팔로 오해하기 딱 좋은 얼굴이 아닌가?

"젠장! 하필이면 왜 그 자식들이 있는 형산파로 가라는 건데? 그것도 뜬금없이 변장을 하고 가라니! 쳇!"

염장팔은 추심언의 얼굴을 떠올리며 연방 투덜거렸다.

그러던 그의 눈에 무언가가 잡혔다.

저만치 앞서 가는 한 사람을 발견한 것이다.

짐승의 가죽을 걸치고 활과 큰 칼을 어깨에 멘, 전형적인 사냥꾼의 모습이었다.

하지만 그의 산만한 덩치와 떡 벌어진 양어깨를 본 염장팔은 곧 자신이 아는 누군가의 얼굴을 떠올렸다.

'저건 산이 형님 아니야? 허! 설마 저 위인도……?'

불길한 예감에 주춤거리는 찰나, 돌연 그의 어깨에 누군가 손을 얹었다.

"너는 장팔이가 아니냐?"

흠칫한 염장팔은 황급히 뒤를 돌아봤다.

"누구……?"

"하하, 맞구나. 이렇게 꾸며 놓으니 하마터면 못 알아볼 뻔

했구나.”

염장팔은 자신의 어깨에 손을 올린 채 미소를 그리고 있는 청년, 아니 거지를 보며 눈을 가늘게 떴다. 누구인지 언뜻 생각이 나질 않는 것이다.

그러자 거지가 더욱 짙은 미소와 함께 재차 말을 이었다.

“녀석, 형님을 못 알아보는 것이냐?”

“혀, 형님……? 혹시 현이 형님?”

“이제야 알아보는군.”

거지가 남궁현임을 안 염장팔은 눈을 크게 뜨며 입을 연다.

“아니! 그 준수하신 형님께서 이게 무슨 꼴입니까? 설마 형님도……?”

“그럼 너도……?”

서로를 가리키며 묻는 두 사람.

염장팔은 탄성을 발하며 다시 뒤를 돌아봤다. 앞서 봤던 덩치 큰 사냥꾼을 가리키기 위함이었다.

하지만 그는 순간 꼼짝도 못한 채 양팔을 버둥거려야만 했다. 어느새 지척으로 다가온 덩치 큰 사냥꾼의 우람한 팔이 그의 목을 감아왔기 때문이다.

“윽!”

“하하! 이 녀석들! 너희들도 그렇다 이 말이지? 이거 이제야 탕마오대의 대원들이 누구인지 대강 짐작이 가는걸?”

“산이 형님이시군요. 그럼 저희 말고도…….”

"그렇겠지 뭐. 일단 나하고 아우를 포함한 칠신룡 중 다섯은 모두 배정됐을 것 같군."

"으음, 그렇겠군요."

진산이 칠신룡 중 다섯이라 한 것은 종적을 전혀 알 수 없는 무명기협과 지난 사천 대혈겁 때 목숨을 잃은 섬전수 당하명을 제외했기 때문이다.

"오호! 근데 아우, 은근히 거지 복장이 잘 어울리는군? 가끔 심심할 땐 이 녀석이랑 같이 거지 노릇을 해도 되겠는걸?"

진산의 농담에 남궁현이 맞받아쳤다.

"하하, 형님은 앞으로는 사냥꾼 복장은 삼가시는 게 좋겠습니다."

"왜? 전혀 안 어울리나?"

"그런 게 아니라, 웬만한 동물들은 형님을 보고 대웅(大雄)으로 오해하여 십 리 밖에서도 도망을 칠 것 같아서 하는 말입니다."

"뭐야? 하하! 이거 되려 한 방 먹었는걸? 하하!"

진산이 한바탕 크게 웃는 통에 자신의 목을 조인 팔에 힘이 들어가자 염장팔이 기겁을 하며 소리를 질렀다.

"아이구! 이것 좀 놔줘요! 목 졸라 죽일 작정입니까!"

"아 참! 반가운 마음에 이 녀석을 깜빡했군."

진산은 염장팔의 목을 감은 팔을 살짝 풀더니 그의 전신을 이리저리 훑어보며 입을 열었다.

“장팔 이 녀석도 이렇게 꾸며놓으니까 제법 사람 같은 걸?”

그러더니 돌연 코를 가져다 대며 냄새를 맡는 진산. 그의 얼굴이 곧 살짝 찡그려졌다.

“쿵쿵! 크으! 그래도 찌든 거지 냄새는 별수없나 보구나! 쉰내가 여전한 걸 보면.”

“쳇! 그럼 천생 거지가 어디 갑니까! 저도 이거 입고 있으려니 갑갑해서 미칠 지경이라구요!”

두 사람이 하는 양을 잠자코 지켜보던 남궁현이 미소를 머금으며 입을 연다.

“하하, 농담은 이만 하시고, 여기서 이럴 게 아니라 어서 형산파에 당도하여 남은 이야기를 하는 게 좋을 것 같습니다. 이미 도착하여 우리를 기다리는 사람도 있을 듯하니.”

그 말에 진산도 고개를 끄덕였다.

“아우 말이 맞군. 자! 그만 가자, 이 녀석!”

그러면서 그는 또다시 염장팔의 목을 감싸 쥐며 산 위로 걸음을 옮겼다.

“아야! 이것 좀 놓고 가면 안 됩니까?”

염장팔이 살짝 눈을 치켜뜨며 말하자 진산은 짐짓 찔끔한 표정을 짓는다.

“에고! 지금 아우님이 형님한테 반항을 하시는 겁니까? 이거 아우님 무서워서 어디 장난이나 치겠습니까? 그나저나 그간 몸은 튼튼히 단련은 해놓고 개개시는 거겠죠? 아우님?"

진산의 눈빛이 음흉스럽게 변하자 이번엔 염장팔이 찔끔한 표정이 된다. 물론 진산과는 달리 그의 반응은 진심에서 우러나왔으리라.

"반항이라뇨? 그저 숨만 쉴 수 있게 살짝만 힘을 좀 빼주시면 안 되겠냐는… 뭐 그런 순수한 간청의 의미로다가…….".

금세 꼬리를 내리며 비굴한 미소를 짓는 염장팔을 보며 뒤따라 걷던 남궁현의 입가엔 절로 미소가 번졌다.

두문충은 회의실로 들어서는 세 사람을 보며 빈자리를 권했다.

"어서들 오게. 일단 자리에 앉지."

그는 이미 이들이 올 줄 알고 있었는지 태연한 모습이었다.

회의실에는 이들 말고도 이미 이남이녀가 앉아 있었는데, 두 여인은 진소천과 황보설이었고, 두 사내 중 한 명은 사비영, 그리고 나머지는 당당한 체구를 지닌 이십대 후반의 청년이었다.

서로를 본 그들은 이미 어느 정도 예상을 했는지 당황하지 않고 묵묵히 눈짓을 주고받을 뿐이었다.

그들을 잠시 둘러보던 두문충의 입이 다시 열렸다.

"이제 모두 모인 것 같으니, 즉각 본론으로 들어가겠네. 나는 두문충이라 하고, 사사롭게는 막 장문인의 작은할아버지

뻴쯤 되는 사람이네."

이미 그에 대해서는 모두들 알고 있었기에 별다른 반응을 보이지 않았다.

"며칠 전 여기 사비영이란 사람이 찾아와 내게 익영단주의 전갈을 보여주었네. 바로 오늘 의천맹 탕마오대의 대원들이 이곳에 모일 것이니 그들을 맞아주라더군."

"……."

그 말에 사비영을 제외한 여섯 사람은 서로의 눈치를 보며 두문충의 다음 말을 기다렸다.

"그리고 그 이유와 앞으로 해야 할 일들에 관하여도 소상히 알려주었네. 그에 대해서는 지금부터 여기 사비영이 직접 말을 해줄 것이네."

두문충의 말이 끝나자 그를 향해 살짝 고개를 숙여 보인 사비영이 곧 좌중을 향해 입을 열었다.

"일단 모두 오시느라 고생하셨습니다. 아시다시피 여러분은 모두 탕마오대에 배속된 분들입니다. 단주님께서는 맹의 조직 개편을 단행하시기 전부터 탕마오대의 창설을 계획하고 계셨습니다. 물론 처음과는 그 성격과 존재 의의가 크게 달라지긴 했지만 말입니다."

그의 말을 듣고 있던 육 인 중 당당한 체구를 지닌 청년이 잔뜩 의문 섞인 표정으로 사비영을 향해 물었다.

"존재 의의가 달라지다니, 그 까닭이 무엇이오?"

그의 음성은 고저가 또렷하지 않았는데, 한눈에 보아도 그가 매우 냉정한 심성을 지녔음을 짐작케 했다.

무정도 팽무혁.

하북팽가의 가주 팽연강의 장남이자 칠신룡 중 나머지 일인이 바로 그였다.

진산과 동갑인 그는 성정이 매섭기로 소문난 팽가의 가풍을 그대로 이어받은 데다가 냉철함까지 지녀 무정도라 불릴 정도로 그 손속이 매우 독했다.

"존재 의의가 달라진 것은 오대주께서 탕마오대에 처음 부여되었던 임무를 거절하셨기 때문입니다."

"오대주……? 그게 누구란 말이오? 지금 이 자리에 있소?"

재차 묻는 팽무혁을 향해 사비영은 고개를 저어 보였다.

"오대주께서는 지금 이 자리에 계시지 않습니다."

그러자 이번엔 남궁현이 담담한 어조로 묻는다.

"그렇다면 오대주는 혹… 형산파의 막 장문인인 것입니까?"

모두가 사비영의 대답을 주시하는 찰나, 사비영의 고개가 끄덕여졌다.

"짐작하신 대로입니다. 탕마오대의 대주는 형산파의 막 장문인이십니다."

"으음……."

좌중에서 일시에 침음성이 흘러나왔다. 예상은 했었지만,

직접 듣고 보니 또다시 생각할 거리가 생기는 것이다.

"납득할 수 없는 처사군. 비록 이름을 좀 알렸다고는 하나 아직까진 애송이에 불과하지 않소? 그런 자를 우리의 책임자로 세우다니, 추 단주께서 뭔가 큰 판단 착오를 하신 듯하오."

돌연 팽무혁이 냉소 어린 음성으로 거침없이 말을 내뱉었다. 그러자 순간적으로 좌중의 분위기가 크게 경직되었다. 두문충의 표정이 굳어졌음을 모두가 본 까닭이었다.

이에 진산이 황급히 팽무혁을 제지하고 나섰다. 두문충이 먼저 나선다면 자칫 일이 커질 수도 있음이었다.

"무혁, 말을 가려서 하게. 아무리 기분이 상하더라도 일파의 장문인이 아닌가."

비록 최악의 사태를 막기 위해 어쩔 수 없이 나선 것이지만, 진산은 말을 하면서도 크게 기대는 하지 않았다. 팽무혁의 성정상 자신의 잘못을 즉각 인정하지도 않을 것이며, 무엇보다 그와 팽무혁의 관계는 옛적부터 그리 좋은 편이 아니었기 때문이다.

그것을 증명하듯 팽무혁에게선 한 층 날선 음성이 흘러나온다.

"그럼 자네는 그 애송이를 대주로 모시는 것이 아무렇지도 않다는 말인가?"

또다시 그가 거침없이 말하자 모두가 상석에 앉은 두문충의 눈치를 살폈다.

두문충은 잔뜩 굳은 표정으로 가만히 두 눈을 감고 있었다. 모든 상황을 감안하고 최대한 인내하려는 듯한 기색이 엿보였다.

진산이 뭐라 더 말을 하려는 찰나, 사비영이 먼저 팽무혁을 향해 입을 연다.

"팽 소가주의 기분은 충분히 이해가 갑니다만, 이 일은 이 대주이신 팽 가주께서도 이미 아시고 동의를 하신 사안이니, 팽 소가주께서는 이만 받아들여 주셨으면 합니다."

"……!"

자신의 아버지가 이미 동의를 했다는 말에 팽무혁의 눈빛이 살짝 흔들리는 것을 알아챈 사비영이 한마디를 덧붙인다.

"만일 끝까지 받아들이실 수 없다면, 오대주께서 이 자리에 지금 계시지 않으니, 단주님의 명을 받은 제가 직권으로 맹규에 따라 처리할 수밖에 없을 것입니다."

그의 말은 단호했다.

팽무혁은 한차례 그를 쏘아보았으나, 더 이상 그에 대한 언급은 하지 않았다. 아버지 팽연강의 이름뿐만 아니라 맹규까지 거론된 마당에 더 이상 반발하는 것은 의천맹을 떠나겠다는 뜻밖에 되지 않는 것이다.

하지만 그는 마지막 자존심은 지키려는 듯 한마디를 잊지 않았다.

"흥! 형산파의 장문인께서 그토록 신임을 얻는다니, 어디 그럴 만한 자격이 있는지 나중에 확인해 보면 될 일이로군."

그가 일단 한 발짝 물러서자 사비영을 비롯한 나머지 사람도 더 이상 대응하지 않았다. 하지만 팽무혁이 내뱉은 마지막 말을 떠올리며 내심 조소를 머금지 않을 수 없는 염장팔이다.

'큭, 산이 형님도 상대가 안 되는데, 네가 그 녀석의 상대가 될 것 같냐! 얼마 안 있어 저 오만한 얼굴이 와락 구겨지는 모습을 볼 수 있겠군. 흐흐.'

평소 팽무혁을 싫어했던 염장팔이었기에 그가 막강에게 덤비다가 큰 창피를 당하는 모습을 상상하자 절로 얼굴에 미소가 그려졌다.

"그렇다면 탕마오대를 비밀리에 만든 처음 목적은 무엇이었습니까?"

분위기가 본래대로 돌아오자 남궁현이 즉각 끼어들었다.

"단주님께서는 본래 멸천교의 위협과 회유에 의해 본맹에서 탈퇴한 중소문파들을 감시하고 제거하기 위해 탕마오대를 비밀리에 조직하고자 하셨습니다. 어차피 그들은 잠재적인 본맹의 적이 되리란 판단에서였지요. 하지만 오대주로 내정된 막 장문인께서 이를 거절하신 겁니다. 이에 단주님께서는 계획을 수정하셨습니다."

"막 장문인은 왜 거절하신 건가요?"

지금까지 입을 열지 않던 황보설이 궁금한 듯 물었다. 그녀는 지난번 강북 지부에서 당했던 부상에서 회복된지 얼마 되지 않은 상태였다.

"그것은 저도 그 자리에 있지 않아 잘은 모르겠습니다."

"뻔하죠 뭐. 그 임무를 하다 보면 자연히 한두 명 죽이는 일은 예사가 될 텐데, 물러터진 그 녀… 아니, 대주가 그 일을 하겠다고 할 리가 있겠어요."

불쑥 끼어든 염장팔은 마지막에 슬쩍 두문충의 눈치를 살피더니 곧 안심한다. 하마터면 막강을 가리켜 '그 녀석'이라고 할 뻔했던 것이다.

어쨌든 그의 말에 황보설과 팽무혁을 빼놓곤 나머지 모두는 수긍하는 듯 고개를 끄덕였다. 자신들이 아는 막강이라면 충분히 그랬으리란 생각이 드는 것이다.

좌중의 반응을 지켜보던 사비영이 곧 자세를 바로 하며 입을 연다.

"그럼 질문은 잠시 뒤로 미루도록 하고, 지금부터는 정작 궁금해하실 것들을 말씀드리겠습니다. 일단 탕마오대가 이곳에 모인 이유는 두 가지입니다. 오대주께서 이곳 형산파의 장문인이란 것이 그 첫째 이유이고, 이곳에 은밀히 모여 수행할 임무가 있다는 것이 그 둘째 이유입니다."

"그 임무가 대체 뭡니까?"

염장팔이 참지 못하고 물어왔다.

"그것 역시 두 가지입니다. 우선은 오대주께서 자리를 비우신 동안에 있을지 모를 만약의 사태를 대비하기 위함이고,

둘째는……."

"……?"

잠시 말끝을 흐린 사비영이 모두를 한번 둘러보더니 계속해서 말을 잇는다.

"이곳에 모인 각자가 서로를 감시하기 위함입니다."

"……?!"

사비영의 말에 모두의 눈이 동시에 커졌다.

"서로를 감시하다니? 그게 무슨 뜻이오?"

팽무혁이 날카로운 눈빛을 날리며 물었다.

하지만 그의 시선을 받고도 사비영은 여전히 담담했다.

"말 그대로입니다. 여기 계신 여러분은 이제부터 형산파를 벗어날 수 없으며 이곳에 머무는 동안 서로를 감시하며 의심이 가는 행동을 발견하면 즉각 제게 기별을 주셔야 할 것입니다."

"의심이라니? 무엇을 의심하며 무엇을 감시한단 말이오?"

팽무혁이 다시 한 번 다그치듯 묻자 사비영은 표정을 약간 굳히며 대답한다.

"저희 단주님께서는 이미 오래전부터 멸천교에서 본맹에 심어놓은 간자가 있다는 것을 짐작하고 계셨습니다."

"간자라고요……?"

놀란 염장팔이 자신도 모르게 큰 소리로 되물었다.

그를 향해 작게 고개를 끄덕인 사비영은 계속 말을 잇는다.

"그리고 최근에 한 가지 결론을 얻으셨는데, 그것은 바로 맹의 핵심 세력 중에 간자가 숨어 있다는 것이지요. 여기 모인 여러분은 모두 본맹의 주축을 담당하시는 분들의 자제입니다. 단주님께서는 이 중에서 분명 간자이거나, 자신의 사문이 간세인 자가 섞여 있을 것이라고 확언하셨습니다. 따라서 앞으로 여러분은 바로 그 간자를 찾아내셔야 합니다."

"으음!"

누구나 할 것 없이 심각한 표정으로 침음을 삼키는 육 인.

자연히 분위기는 급격히 가라앉았다.

하지만 그것은 오히려 추심언이 의도한 바였다. 즉, 이미 이들의 임무는 시작되었다고 볼 수 있었다.

서로의 눈치를 살피는 가운데, 남궁현이 조심스럽게 말을 꺼낸다.

"추 단주님의 뜻은 이해가 가지만, 과연 이러한 방법이 최선인지는 의문입니다. 이렇듯 공개적으로 밝혀 당장 모두의 관계가 어색해져 버리는 상황보다는 좀 더 나은 방법이 있지 않았을까 싶군요. 또한 기왕에 이곳에서 각자가 서로의 감시를 시작한다고 하더라도, 그것이 어느 정도 실효를 거둘지도 의문입니다. 추 단주님의 말씀대로 이곳에 간자가 있다면, 그는 어떤 식으로든 자신의 정체가 드러나지 않도록 조심할 것이며 외부와의 연락도 은밀히 행할 수 있을 터인데, 그러한 것들을 세세히 감시하는 것은 이 정도의 인원으로는 분명 한

계가 있다는 게 제 생각입니다."

그의 말이 매우 설득력이 있었는지 다른 오 인도 고개를 끄덕이며 사비영의 대답을 기다렸다.

"남궁 소협의 말씀은 일리가 있습니다. 하지만 그에 대한 충분한 대답을 해드리지요. 맹 내에 적의 간자가 숨어 있다는 사실은 입 안에 독을 물고 있는 것처럼 위태로운 형국이란 것이 단주님의 생각이십니다. 이런 말이 있지요. 내부의 적이 더욱 무섭다는……. 왜냐면 내부의 적은 서로의 불신을 초래하고, 불신은 결국 분열로 나아가기 때문입니다. 하지만 분열이 무섭다고 썩은 살을 도려내지 않을 수는 없는 일이지요. 단주님께서는 이것을 드러내되 출혈을 최소화하기 위하여 지금의 방법을 택한 것입니다. 맹 전체의 불신을 조장하기보다는 맹 전체의 축소판이라 할 수 있는 조직을 따로 만들어 그것을 해결하려 하신 것이지요. 즉, 간자를 색출하기 위해 공론화는 반드시 필요했고, 최선의 방법은 바로 탕마오대였습니다."

"으음, 그렇군요. 거기까진 미처 생각하지 못했습니다."

남궁현은 그에 대한 의문점이 해결된 듯, 고개를 끄덕이며 입을 열었다.

"그렇다면 이 방법이 실효성을 거둘 수 있도록 달리 세운 방안이라도 있는 것입니까?"

"물론 있습니다. 그전에 먼저 한 가지 알려드리면, 조금 전

제가 여러분이 이곳을 벗어날 수 없다고 말씀드린 것은 단순한 지침이 아닙니다. 이미 형산파를 중심으로 반경 오십 장 내에는 우리 익영단원들의 이목이 집중되어 있습니다. 단언컨대, 작은 들짐승 한 마리도 우리의 눈을 피할 수 없을 겁니다.”

“……!”

그의 말에 모두가 놀란 듯 사비영의 얼굴을 직시했다. 전혀 생각지도 못한 것이기 때문이다. 그 말은 곧 자신들은 사실상 형산파에 갇힌 것이며, 외부와의 접촉은 절대 불가능하다는 뜻이었다.

각자가 나름대로 생각에 잠겼으나, 사비영은 이에 개의치 않고 계속해서 말을 잇는다.

“하지만 그럼에도 여러분 중에 있는 간자는 어떻게든 외부와의 접촉을 시도할 수밖에 없을 겁니다. 왜냐면 그는 탕마오대의 임무가 처음 계획했던 대로 본맹을 탈퇴한 중소문파를 제거하는 것인 줄 알고 있었기 때문입니다.”

“그 말은 곧, 추 단주님께서 탕마오대의 임무가 바뀐 것을 아무에게도 말씀하지 않으셨다는 뜻입니까?”

남궁현이 침중한 어조로 물었다.

“그렇습니다. 수뇌급 회의에서도 이에 대한 이야기는 일절 하지 않으셨지요.”

“으음…….”

남궁현을 비롯한 모두는 새삼 추심언의 치밀함에 혀를 내두르지 않을 수밖에 없었다.

그렇다면 지금 이 중에 있는 간자는 속이 새까맣게 타들어가고 있을 것이다. 이미 추심언이 자신들의 존재를 짐작하고 있다는 사실과 자신이 이곳에서 어떠한 상황에 처했는지를 서둘러 그 일당에게 알려야 할 터인데, 그것마저 막혔으니 말이다.

시간이 갈수록 그는 초조해질 수밖에 없다.

사람인 이상 냉정을 유지하는 것엔 분명 한계가 있기 때문이다.

그러다 보면 그는 자신도 모르게 허점을 노출시킬 것이다.

여기서 중요한 것은 초조해지는 사람이 그뿐만이 아니라는 점이다.

외부에서 그의 연락을 기다리는 자들 또한 오랫동안 그의 연락이 두절된다면 불안과 초조에 휩싸일 수밖에 없을 터였다.

그렇게 되면 분명 자신들이 이쪽으로 어떻게든 연락을 취하려고 할 것이고, 그것은 형산파의 주변을 에워싼 익영단원들에 의해 발각이 되고 말 것이다.

바로 이것이 추심언이 의도한 것이었으리라…….

모두의 머릿속이 그와 같이 정리가 되는 순간, 회의실의 분위기는 마치 바위를 얹어놓은 듯 무겁게 변해 버렸다.

그때 회의실의 문이 벌컥 열리며 두 사람이 안으로 성큼 들어왔다.

"우리가 조금 늦었나 보네?"

그들은 다름 아닌 동굴에서 지금 막 내려온 구공산과 단고 립이었다.

두 사람을 본 모두의 눈에 동시에 이채가 떠올랐다. 두 사람의 갑작스런 등장도 등장이지만, 그들을 놀라게 한 것은 바로 구공산이 내뱉은 한마디에 있었다. 마치 이 회의에 처음부터 참석했어야 할 사람처럼 말을 했던 것이다.

아니나 다를까?

곧 흘러나온 사비영의 음성은 혹시나 했던 그들의 짐작을 사실로 만들어주었다.

"인사들 나누시지요. 두 분 역시 탕마오대의 대원입니다."

"뭐라구요?!"

모두의 눈이 또 한 번 커졌지만, 그중 유독 크게 놀란 사람은 바로 염장팔이었다.

그런 염장팔을 향해 구공산은 자신의 뻐드렁니를 살짝 드러내 보이며 손을 들어 올렸다.

"잘 지내보자구 웬수. 호호……."

"크윽……!"

염장팔의 얼굴은 그 어느 때보다도 잔뜩 구겨져 있었다.

*   *   *

"에구 허리야… 에구 팔이야……."

언년은 밀린 빨래를 몽땅 해치우고 방으로 들어와 쓰러지듯 누웠다.

그녀의 눈앞에서 쌍둥이가 뽀얀 얼굴을 드러낸 채 쌔근대며 자고 있었다.

그 모습을 보자 힘든 것이 조금은 가시는 듯했다.

갑자기 늘어난 식구로 인해 밥이며 빨래며, 궂은일이 세 배 이상 늘었다. 거기다 쌍둥이까지 수시로 신경을 써야 하니 몸이 열 개라도 모자랄 판이다.

다행히 진소천이 짬이 날 때마다 도와주는 것이 위안이라면 위안이었다.

"치잇! 집은 다 내팽개치고 혼자 잘도 떠났다 이거지?"

괜스레 막강이 원망스러워지기 시작하는 언년이다.

막강이 강호제일인이 되어서 돌아오겠다며 형산파를 떠난 지도 벌써 한 달이 다 되어간다.

예전에 금가장에 있을 때도 한 달 이상 보지 못 할 때가 있었지만, 지금은 그때와는 기분이 조금 달랐다. 하는 일 자체가 달라졌기 때문이다.

그때는 상단을 지키는 일이었다면, 지금은 멸천교를 상대하기 위해 길을 떠난, 몇 배나 더 위험한 일이었다. 적어도 그녀에겐 그렇게 생각이 되었다.

"소소야, 아빠 별일없겠지?"

언년은 자고 있는 소소의 앙증맞은 손을 살짝 쥐며 중얼거렸다.

그런데.

찌찍!

반응은 엉뚱한 데서 나타났다.

이불 속에 숨어 있던 소소가 자기를 부르는 줄 알고 슬며시 기어나왔던 것이다.

"훗, 너 부른 거 아닌데?"

큰 눈을 끔뻑이며 머리를 갸웃거리는 소소.

이를 보며 언년은 살짝 아미를 찌푸린다.

"음… 확실히 헷갈리긴 하겠는걸? 지금이라도 이름을 바꿔볼까?"

잠시 고민하던 그녀는 갑자기 좋은 생각이 떠올랐는지 표정이 밝아졌다.

"옳지! 그러면 되겠는걸! 소소, 이리 와봐."

언년이 손을 내밀자 눈치를 보던 소소가 냉큼 그녀의 손바닥 위로 뛰어올랐다.

"자아, 지금부터 내 말 잘 들어야 돼? 너도 우리 소소랑 이름이 같아서 헷갈리지?"

찌찍!

소소는 마치 무슨 말인지 알아들은 것 마냥 즉각 소리를 내었다.

"좋아, 그래서 내가 좋은 수를 생각해 냈어. 이제 앞으로 넌 '소오소~' 야. 어때? 이름이 바뀌지도 않고, 구별도 되고, 괜찮지 않아? 소오소~"

언년은 입술을 쭉 내빼고 소소란 두 글자를 길게 늘여 부르기를 반복했다.

그러자 소소는 그런 그녀의 얼굴을 빤히 쳐다보더니 곧 뒷발로 몸을 세우더니만 그 자리에서 빙글 돌기 시작했다.

그 같은 행동이 기분이 좋다는 표시임을 알고 있는 언년도 덩달아 기분이 좋아져 계속해서 소오소란 이름을 불러주었다.

"호호, 이름에 높낮이가 있어서 꼭 노래 부르는 거 같다. 그치? 그래서 너도 좋아하는 거지? 소오소~"

그렇게 그녀가 힘든 것을 잊고 잔뜩 신이 나 있을 때쯤, 밖에서 누군가의 기척이 들려왔다.

"커흠, 쌍둥이 모친은 안에 있는 감?"

음성은 다름 아닌 소유길의 것이었다.

그리고 그의 음성을 들은 언년의 얼굴에선 미소가 싹 사라졌다.

"무, 무슨 일이시죠?"

잔뜩 경계 섞인 목소리로 묻는 그녀.

"무슨 일은, 그저 고 녀석들 어디 아픈 데는 없나 하고… 잠시 들어가 봐도 되겠는가?"

반면 소유길의 음성은 평소 그답지 않게 매우 조심스럽고 유순하기 그지없었다.

그런데 무슨 일인지 들어가 봐도 되겠냐는 소유길의 말에 언년은 기겁을 하며 고성을 내질렀다.

"아, 안 돼요!"

"……!"

순간 어색한 분위기가 흐르고.

자신도 모르게 큰 소리를 지른 언년은 잘못을 깨닫고 황급히 기어들어 가는 목소리로 말했다.

"죄, 죄송해요. 아이들을 재운지 얼마 안 돼서……."

"그, 그런가? 그렇다면야 어쩔 수 없지……."

잔뜩 맥이 빠진 음성으로 대꾸하는 소유길.

그렇게 잠시 아무 말 없이 서 있던 그는 아쉬움이 잔뜩 묻어나는 한마디를 남긴 채 발걸음을 돌렸다.

"그럼 잘 자게. 내일 다시 오도록 하지."

"안, 안녕히 가세요."

언년은 소유길이 사라지자 한차례 길게 한숨을 내쉬었다.

"휴우… 어쩌지?"

기실 그녀가 이토록 소유길을 경계하는 데엔 이유가 있었다.

처음부터 그녀가 지금처럼 소유길을 경계했던 것은 아니었다. 쌍둥이를 가졌을 때부터 자신의 몸을 보살펴 주기도 했고, 또 아이들을 먹이라고 영약까지 준 소유길이었기에 함께 지내는 것에 별다른 거리낌은 없었다.

하지만 보름 전에 있었던 일 이후로 사정은 완전히 달려져 버렸다.

당시 소유길은 두문충을 만나러 형산 모옥에 있는 자신의 거처를 나와 형산파로 들어섰는데, 그때 마당에서 등에 소소를 업고 집안일로 분주하게 움직이는 언년을 보게 된다.

역시 그를 본 언년이 다가가 인사를 하자 소유길은 묵묵히 고개를 끄덕이더니 언년의 등 뒤에 업혀 있는 소소를 눈여겨보게 되었다. 그가 소소를 눈여겨본 이유는 소소가 먼저 그를 빤히 쳐다보았기 때문이다.

좌우간 갓난아이답지 않은 소소의 눈빛에 호기심이 일은 소유길은 잠시 소소를 이리저리 살펴보며 진맥을 하게 됐었다. 그러더니 그는 곧 이 아이는 하늘이 내린 신체를 타고났다는 둥, 크면 반드시 여걸이 될 거라는 둥 하며 호들갑을 떨지 않겠는가?

그날부터 소유길은 하루에도 두세 번씩 꼬박 형산파를 찾아와 탐심 가득한 눈으로 소소를 살피고 가곤 했다.

그리고 며칠 후, 그런 소유길의 행동을 이상히 여긴 구공산이 언년에게 그 이유를 넌지시 물었고, 언년이 대수롭지 않게 사실대로 대답해 주자 구공산은 크게 놀라며 언년으로선 생각지도 못한 엄청난 말을 들려주었다.

"조심하세요 형수! 저 노인네에 대한 소문 중엔 갓난아이를 잡아다가 피를 뽑아 독을 만들었다는 소문도 있다구요!"

허거걱!

바로 그때부터인 것이다. 언년이 소유길을 사신(死神)을 보듯 잔뜩 경계하기 시작한 것이.

온갖 핑계를 대며 절대 쌍둥이를 그에게 보여주지 않으려 한 것은 물론이고, 그의 그림자만 보여도 종종걸음으로 꽁무니를 뺐다.

하지만 조금 미안한 생각이 들기도 했다.

소소를 보지 못하고 돌아설 때 소유길의 모습이 매번 너무 안쓰러워 보였던 것이다. 구공산의 말대로 그렇게 무섭고 나쁜 사람이면 강압적으로라도 소소를 보려고 할 터인데, 사정만 할 뿐, 전혀 그런 모습을 보이지 않았던 것이다.

다만 항상 하는 말이, 자신이 앞으로 소소를 잘 보살펴 고금제일의 신체로 만들어주겠다는 식의 말만을 늘어놓을 뿐이었던 것이다.

"그래도 무서운 걸 어떡해……."

평온한 얼굴로 자고 있는 소소의 얼굴을 쓰다듬은 언년이 울상이 되어 중얼거렸다.

"그런데 확실히 우리 소소는 특이한 것 같기도……. 울지도 않고, 항상 웃기만 하니까."

가만히 소소의 얼굴을 살피던 그녀가 돌연 깜짝 놀랐다.

"어머!"

자던 소소의 눈이 스륵 떠진 것이다.

잔뜩 하품을 한 소소는 눈앞에 엄마가 있음을 확인하자 곧 희미한 미소를 그려 보인다.

"이것 봐, 형산이 같으면 깨자마자 울기 바쁠 텐데. 얘는 이렇게 웃기만 한다니까? 그래도 누나라고 엄마 힘든 줄 아는 건가? 훗……."

언년은 그런 소소가 신기하기도 하고 대견하기까지 했다. 얌전한 소소 덕분에 혼자 쌍둥이를 키우고 있음에도 힘이 덜 들었던 것이다.

"누구를 닮았을까?"

유씨의 말로는 형산이를 보면 딱 어릴 적 자기란다. 즉, 소소는 자신을 닮지 않았다는 뜻이었다. 그렇다면……?

"아빠를 닮았다는 얘긴데……."

사실 소소의 미소를 보고 있으면 곧 막강의 웃는 얼굴이 떠오를 때가 참 많았다.

하지만 언년은 그런 생각을 억지로 떨쳐 버리려는 듯 고개를 세차게 저었다.

"아니야! 그 사람이 이렇게 얌전했을 리가 없어! 절대! 흥!"

씨익.

순간, 그런 그녀의 모습을 본 소소의 미소가 더욱 짙어졌다. 이에 언년은 입술을 빼쭉 내밀며 입을 연다.

"고만 좀 웃어. 자꾸 웃으니까 아빠가 더 보고 싶어지잖니. 응?"

다시금 드러누운 언년은 팔을 뻗어 두 아이를 자신이 품에 끌어안고 눈을 감았다.

봄을 코앞에 둔, 평온하기 그지없는 밤이었다.

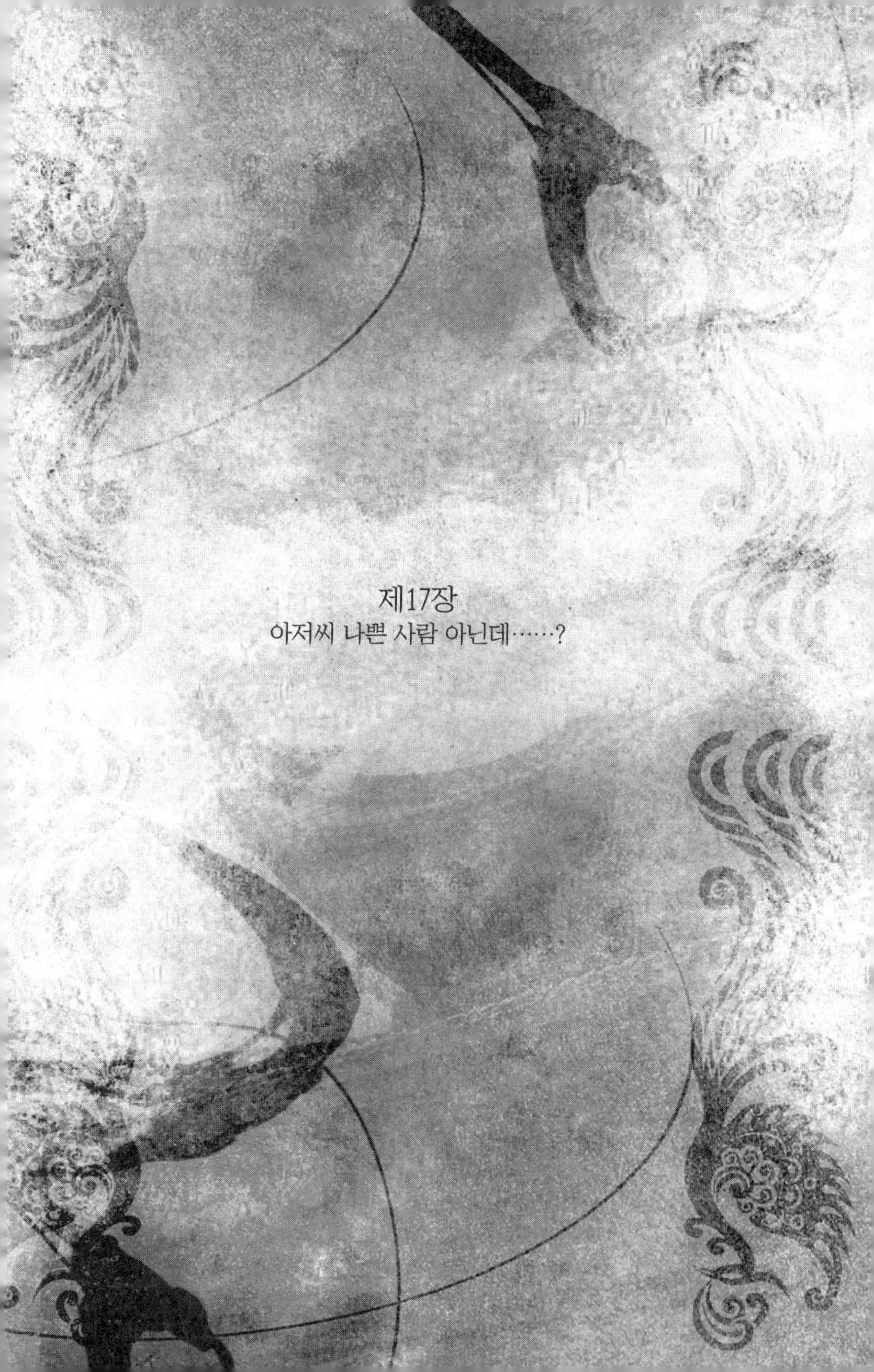

제17장
아저씨 나쁜 사람 아닌데……?

열흘 전 감숙성에 들어선 막강은 난주를 지나 주천(酒泉)에 이르렀다.

이름 두 글자에 한무제 때의 명장인 곽거량의 기사(奇事)를 고스란히 간직한 주천은 서역을 왕래하는 대상단의 행렬이 끊이지 않았다.

그 광경을 보며 잠시 금가장에서 지냈던 때를 떠올렸던 막강은, 길 가던 중년인 하나를 붙잡고 물었다.

"여기서 기련산(祁連山)까진 얼마나 걸립니까?"

막강의 행색을 한차례 살핀 중년인은 제법 친절하게 대답을 해준다.

“보아하니 초행길 같은데 기련산까진 꼬박 하룻길이니 오늘은 여기서 묵고, 내일 아침 동이 트면 그때 출발하시오. 무슨 일로 가는지는 모르겠으나, 길이 험하니 단단히 대비해야 할 거요.”

“아! 정말 고맙습니다.”

중년인을 향해 깍듯하게 인사한 막강은 곧 입가에 한가득 미소를 그렸다.

“하루라… 이제 드디어 흑무곡에 도착하겠구나! 하하!”

“기련산으로 가게. 기련산 줄기에서 서쪽으로 천 리쯤 가다 보면 용곡촌(龍谷村)이란 작은 마을이 보일 걸세. 그곳의 촌장을 만나 흑무곡의 위치를 알려 달라하게…….”

한 달여 전 주심언이 해준 말을 떠올린 막강은 들뜬 마음을 간신히 달래고 하루 묵을 곳을 찾았다.

외지인이 많이 드나드는 터라 주천에서 묵을 곳을 찾는 것은 그리 어려운 일이 아니다.

대로에 길게 늘어선 객잔 중 한곳으로 걸음을 옮기던 막강은 입구 한쪽 구석진 곳에 쪼그려 앉아 있는 한 아이를 보곤 잠시 걸음을 멈추었다.

아이는 추운 듯 온몸을 오들오들 떨며 얼굴을 무릎 사이에 파묻고 있었다.

"꼬마야, 너 여기서 뭐 해?"

"……?"

막강이 말을 걸자 아이가 슬쩍 고개를 쳐들었다.

사오 세쯤 되어 보이는 아이는 귀여운 용모였지만, 아이답지 않게 지친 모습이었고, 눈빛도 꺼져 가는 촛불마냥 흐릿했다.

아이가 잠시 자신을 응시하다가 이내 다시 힘없이 고개를 숙이자 막강은 의아한 표정으로 재차 아이를 향해 입을 연다.

"흐음, 이상한 걸? 너희 부모님은 어디 가신 거야?"

그러자 아이가 머리를 숙인 채로 천천히 고개를 끄덕였다.

"어디 가셨는데?"

이번엔 고개를 좌우로 흔들어 보이는 아이.

"모른다고? 그럼 지금 여기서 부모님 기다리고 있는 거야?"

끄덕.

"으음……."

막강은 그제야 아이가 부모를 잃고 혼자되었다는 것을 눈치 챘다.

"얼마나 여기서 이러고 있었던 거니?"

"……."

아이는 더 이상 대답하지 않았다.

하지만 막강은 개의치 않고 아이 앞에 몸을 숙이며 손을 내밀었다.

"안에서 아저씨랑 같이 기다리자. 여기서 이러고 있으면 감기 들지도 몰라."

그 말에 다시 고개를 든 아이는 막강의 미소 띤 얼굴을 쳐다보더니 드디어 입술을 떼었다.

"싫어요."

"싫어……?"

막강은 아이의 작지만 단호한 음성에 눈을 끔뻑였다.

"왜에? 아저씨 나쁜 사람 아닌데……?"

"그때 그 아저씨도 그랬어요. 나쁜 사람 아니라고."

아이는 막강을 잔뜩 경계의 눈초리로 쳐다보며 또박또박 말했다.

"그 아저씨라고? 그게 누군데?"

"아빠 찾아주겠다면서 저 데리고 간 아저씨요."

"누가 너를 데리고 갔었다고? 그 아저씬 지금 어디 있지?"

"도망갔어요. 다른 사람들한테 저 팔아먹고."

"……!"

막강은 크게 놀라며 입을 쩌억 벌렸다.

"와! 진짜 나쁜 아저씨구나! 근데, 널 산 사람들은 누구야? 그 사람들도 널 버리고 도망간 거야?"

아이는 고개를 저었다.

"아니에요. 제가 도망친 거예요. 도망친 다음에 다시 여기로 온 거예요."

"아! 여기가 아빠랑 헤어진 곳이구나?"

"네."

"음, 그렇군. 근데 너 이름이 뭐야? 난 강인데, 막강."

아이는 즉각 대답하지 않고 망설이는 듯하더니, 자신을 향한 막강의 해맑은 미소를 보고는 곧 입을 연다.

"저는… 홍이에요. 설홍(雪弘)."

"홍이… 이야! 이름 좋은걸! 홍아, 나는 진짜 나쁜 아저씨 아니거든? 그러니까 나랑 같이 안에 들어가자. 응?"

하지만 설홍은 아직 완전히 막강에 대한 경계심을 풀지 못한 듯 선뜻 고개를 끄덕이지 않았다.

이에 억지로는 설홍의 마음을 움직일 수 없겠다고 판단한 막강은 미소를 그리며 설홍의 볼을 손가락을 살짝 매만졌다.

"훗, 녀석. 뭐, 못 믿겠다면 어쩔 수 없지. 그럼 아저씨 먼저 들어가 있을 테니까. 추우면 꼭 안으로 들어와야 한다. 알았지?"

설홍은 여전히 대꾸하지 않았지만 막강이 마지막까지 자신을 챙겨주는 것이 의외인 듯, 두 눈을 반짝이며 뒤돌아가는 막강의 등을 가만히 응시했다.

그렇게 막강이 객잔의 입구로 이제 막 들어가려던 찰나였다.

"대장! 그 꼬마 놈 여기 있어요!"

"뭐? 영악한 놈 같으니라고! 잠시 한눈을 파는 새에 감히 도망을 쳐?"

험하게 생긴 장한 다섯이 돌연 설홍 앞에 나타났다. 한눈에 보기에도 이 근방에서 힘 꽤나 쓰는 무리들인 듯했다.

다섯 중 하나가 쪼그려 앉은 설홍의 뒷덜미를 거칠게 잡아채며 위로 들어 올렸다.

"이 새끼! 내가 네놈 몸값으로 얼마를 썼는데! 돌아가면 다시는 못 도망가게 다리를 분질러 주마!"

이에 설홍은 허공에 매달린 채 버둥거리며 소리를 내지르기 시작했다.

"아악! 왜 이래요! 나는 여기서 아빠 기다려야 한단 말이에요! 이거 놔요! 놓으라고요!"

"아니! 이 새끼가 미쳤나! 이잇!"

설홍의 뒷덜미를 잡아챈 장한이 다른 쪽 손을 들어 올리며 주먹을 말아쥐었다. 당장이라도 설홍을 향해 주먹을 휘갈길 태세다.

하지만 그는 미처 주먹을 내뻗지 못하고 고통스런 신음을 흘리며 그대로 동작을 멈춰야 했다.

"윽!"

무언가 그의 주먹을 붙든 채 움직이지 못하게 한 것이다.

"당신들은 뭐지?"

어느새 나타난 막강이 장한의 손을 부여잡고 입을 열었다.

그러자 막강이 가까이 온 것을 전혀 눈치 채지 못하고 있던 장한들은 기겁을 하며 동시에 뒤로 물러섰다.

"으아악! 이! 이것 좀 제발!"

막강에게 손을 제압당한 장한은 어느새 설홍을 바닥에 내려놓은 채 고통스럽게 부르짖었다.

"아! 너무 세게 잡았나 보네."

막강이 슬쩍 손을 놔주자 장한은 온몸을 부들부들 떨며 바닥에 털썩 주저앉았다.

그 모습을 본 나머지 네 사람은 막강을 잔뜩 경계하며 함부로 움직이지 못했다. 자신들의 대장이 맥없이 당해 버렸으니 그들로서는 감히 나설 수가 없는 것이다.

'내공을 익힌 무림인이 틀림없다!'

그들의 머릿속에 동시에 떠오른 생각이었다.

그때 막강의 음성이 그들의 귀에 다시금 들려왔다.

"아하! 혹시 당신들이 홍이를 어떤 사람한테 돈을 주고 샀다는 사람들?"

"……!"

막강이 자신들의 정체를 알아내자 더욱 놀란 그들은 서로 눈치만 보며 대꾸할 생각을 못했다.

그런 와중에 간신히 몸을 추스른 그들의 대장이 막강을 향해 비굴한 미소를 지으며 입을 연다.

"저, 저기 저희는 이 꼬마 놈, 아니, 이 아이가 집도 절도 없는 고아인 줄로만 알고 이 아이를 데리고 있던 자한테 돈을 주고 산 죄밖에는 없습니다! 그러니 오해는 하지 마시고……!"

"얼마 주고 샀죠?"

"예에?"

"홍이를 얼마 주고 샀냐구요."

"아, 그것이… 오, 오십 문을 주고……."

막강은 고개를 끄덕이더니 즉각 품에서 은자 한 냥을 꺼내 무리의 대장을 향해 건넸다.

"자, 이거면 되겠죠?"

"헉!"

얼떨결에 그것을 건네받은 그들은 어쩔 줄을 몰라 하며 막강을 향해 넙죽 허리를 숙여 보였다.

"고! 고맙습니다, 공자!"

"뭘요, 그만 가 봐요. 나도 들어가 봐야 하니까."

"아! 예! 예! 그럼!"

연방 허리를 굽실거린 그들은 행여나 막강이 붙잡을세라 황급히 그 자리를 떴다.

그들이 사라진 것을 확인한 막강은 곧 넘어져 있는 설홍을 일으켜 주었다.

"괜찮니?"

고개를 끄덕인 설홍이 대답했다.

"고, 고마워요. 돈은 꼭 갚을 게요."

또래 아이답지 않은 인사였지만 막강은 크게 신경 쓰지 않고 넌지시 묻는다.

"지금도 아저씨 나쁜 사람 아닌 거 못 믿겠어?"

설홍은 고개를 젓는다.

"아니요."

"그럼 같이 들어갈까?"

천천히 고개를 끄덕이는 설홍.

막강은 활짝 웃으며 설홍을 번쩍 안아 들었다.

"으차!"

설홍과 눈이 마주친 막강은 짐짓 장난스런 표정을 지어 보였다.

신형을 돌린 막강은 그대로 객잔의 입구를 향해 성큼 걸음을 옮겼다.

그렇게 막강의 모습이 객잔 안으로 사라지고 잠시 후.

스윽.

그곳에서 십여 장 떨어진 전각의 지붕 위에서 한 인영이 슬쩍 모습을 드러냈다.

인영은 막강이 설홍과 함께 들어간 객잔을 잠시 응시하는 듯하더니, 곧 허깨비처럼 그 자리에서 사라져 버렸다.

객잔 안으로 들어간 막강은 작은 방 하나를 잡고 설홍과 함께 간단하게 저녁을 주문하여 먹었다.

저녁을 먹는 동안 이런저런 이야기를 나누다 보니 막강은 설홍과 조금 더 친해질 수 있었다.

사정을 들어보니 설홍의 아버지는 감숙성에서 서역과 중원 상인들 사이에서 물건을 잠시 맡아놓는 일을 하는, 일종의 창고업자였다.

그런데 얼마 전 창고에 불이 나 맡아놓았던 다른 상인들의 물건이 모두 전소되어 버리자, 이를 배상하느라 전 재산을 잃고 말았다.

설상가상으로 세 아이를 키우던 설홍의 어머니마저 병으로 죽고, 홀로 아이들을 키우는 것이 막막해진 설홍의 아버지는 막내인 설홍만을 남기고 첫째와 둘째를 모두 먼 친척에게 보내 버렸다.

하지만 한 달 전, 잠시 일자리를 알아보러 간다며 이곳 객잔에 설홍을 남기고 떠난 그는 아직까지 돌아오지 않고 있었다.

설홍은 자신의 아빠가 꼭 돌아올 거라고 믿고 있었지만, 막강은 그렇게 되긴 어려울 거란 생각을 하지 않을 수 없었다. 처음부터 돌아올 거였다면 무려 한 달 동안이나 아무 기별도 없이 설홍을 혼자 두지는 않았을 거란 생각이 든 것이다.

막강은 설홍을 어찌할까 고민하다가 결국 형산파로 데려

가기로 결심했다. 흑무곡을 찾아가야 하기 때문에 지금 당장
은 어려웠지만, 일단 용곡촌까지는 데려갈 심산이었다.

그곳 사람들에게 부탁하여 설홍을 잠시 맡겨두고, 흑무곡
에서 돌아오는 길에 다시 설홍을 데리고 형산파로 가기로 마
음을 굳힌 것이다.

"막내 봉달이가 동생 생겼다고 좋아하겠는걸? 헤헤."

추위에 떨어 고단했는지 저녁을 먹고 곧바로 골아 떨어진
설홍을 보며 막강은 헤죽거렸다.

"그럼 나도 이만 자볼까?"

사실 그리 피곤하지도, 잠이 오지도 않았다.

감숙성에 들어서서부터는 열흘 동안 밥 먹는 시간을 빼곤
잠시도 쉬지 않고 달려왔지만, 이상하게도 전혀 지치지 않고
있었다.

막패 덕분에 자신의 내공이 심후한 것은 익히 알고 있지만,
얼마 전만 해도 이 정도까지는 아니었던 것이다.

기분 같아서는 지금 당장 기련산으로 달려가고도 남을 것
같았다. 가히 주체할 수 없는 무언가가 내부를 꽉 채우고 있
어, 그것을 가만히 느끼고 있기만 해도 왠지 모르게 기분이
좋아졌다.

"괴의할아버지가 준 약 때문인가? 그 약을 먹어서 내공이
두 배나 강해졌을 거라고 하셨는데, 정말 그렇게 된 건가? 흐
음……."

한차례 고개를 갸웃거린 막강은 곧 자신의 침상에 누워 눈을 감았다. 진짜 두 배나 늘었으면 좋은 것이고, 아니어도 별 상관은 없었기에 막강으로선 깊이 생각할 필요가 없는 것이다.

그렇게 가만히 잠을 청하던 막강의 신형이 어느 순간 침상에서 사라져 버렸다.

실로 보는 이의 눈을 의심하지 않을 수 없을 정도로 그야말로 찰나지간에 일어난 일이었다.

그리고 거의 그와 동시에.

콰직!

막강이 누워 있던 침상이 순식간에 반으로 갈라져 버렸다.

잽싸게 반대편 침상으로 몸을 날려 설홍의 몸을 낚아챈 막강은, 곧바로 창문 틈으로 신형을 날렸다.

하지만 창문을 막 빠져나가려는 그때 눈앞에서 은빛 광채가 번뜩였다.

"차압!"

어느새 묵룡을 꺼내 든 막강은 나아가던 속도 그대로 전방을 향해 일 검을 날렸다.

채앵!

"윽!"

나직하게 들리는 신음 소릴 뒤로하고 설홍을 안은 막강의 신형이 객잔 뒤편 마당에 내려섰다.

그러자 칼을 빼 든 일단의 무리가 순식간에 막강의 주위를 에워쌌다.

그들은 모두 열둘이었는데, 그중 한 명은 붉은 요대로 고정된 묵포를 걸쳤고, 나머지는 모두 흑의를 입고 있었다.

흑의인들 중 하나는 오른손에 작지 않은 검상을 입은 상태였는데, 아마도 그가 객잔의 창문에서 막강에게 당한 자인 듯 보였다.

당장이라도 끊어질 듯한 팽팽한 긴장감이 주변에 흐르는 가운데, 묵포인 등을 쓸어보던 막강의 입이 열린다.

"당신들… 멸천교 사람들이지?"

묵포인 등에게선 아무런 대답이 없었지만, 그들의 기세가 한층 강해지는 것을 느낀 막강은 자신이 추측이 맞음을 확신했다.

안고 있던 설홍을 조심스럽게 등에 업은 막강은 이미 깨어 있는 설홍을 향해 미소를 그리며 말했다.

"홍아, 잠깐만 눈 좀 감고 있을래? 내가 이 아저씨들 좀 혼내줘야 하거든. 금방 끝날 거야."

설홍은 묵포인 등이 내뿜는 흉흉한 안광을 감히 마주하지 못하고 미미하게 몸을 떨며 고개를 끄덕였다.

막강은 어린 설홍이 지금과 같은 상황에서도 울지 않는 것을 대견하게 여기며 다시금 묵포인들을 마주했다.

"근데 내가 여기 있는 줄은 어떻게 안 거지? 추 대협이 시킨 대로만 하면서 왔는데……?"

사실 추심언은 혹시라도 따라붙을 멸천교의 이목을 따돌리기 위해 막강이 형산파를 떠나 감숙성까지 오는 동안의 행로를 세세하게 일러준 바 있었다.

그 행로 중엔 막강으로 분장한 익영단원 여럿이 실제 행로와는 다른 길로 움직인 일도 있었고, 전혀 엉뚱한 길목으로 들어서서 며칠을 그곳에서 숨어 지낸 일도 있었다.

물론 그 때문에 가는 길이 많이 지체되긴 했지만, 막강은 추심언의 지시를 모두 충실히 이행하며 이곳에 당도했던 것이다.

그렇게 지금껏 아무런 일이 없는 것을 보며 안심하고 있던 차에, 이렇듯 목적지를 하루 남겨놓고 불청객들이 찾아왔으니 막강은 씁쓸하지 않을 수 없었다.

한편, 묵포인은 막강의 질문에 비릿한 조소를 머금으며 입을 연다.

"본 교를 무시하는 것이냐? 제법 머리를 썼다만, 그따위 술수로 본 교의 이목을 따돌릴 순 없다."

그의 말에 막강은 살짝 미소를 머금는다.

"그래? 멸천교가 대단하긴 대단한가 보네. 근데 당신들이 전부인가? 더 없어?"

"……!"

막강의 말을 듣곤 묵포인의 눈빛이 더욱 싸늘하게 변했다.

"네놈 따위를 없애는 일에 우리 열둘이 움직인 것도 과분한 일이다."

하지만 막강은 고개를 갸웃거리며 말했다.

"그럴까? 내 생각엔 부족할 거 같은데……."

순간.

꿈틀!

묵포인의 얼굴이 구겨지며 눈가에 작은 경련이 일었다.

"후후, 감히 우리 십이검마단(十二劍魔團)을 우습게 생각하다니! 네놈에게 과연 그럴 만한 실력이 있는지 기대해 보겠다. 하지만 한 가지는 명심해라. 우리는 지금껏 네놈이 보았던 본 교의 다른 사람들과는 근본부터 다르다는 것을."

"십이검마단……?"

막강은 묵포인의 말을 들으며 예전에 호남 지부를 들쑤셔 놓았던 철궁마단을 떠올리지 않을 수 없었다. 당시 그들에 의해 얼마나 많은 사람들이 목숨을 잃었던가?

그 일 후에 듣게 된 이야기로는 멸천교엔 분명 철궁마단 외에도 몇 개의 마단이 더 존재할지도 모른다고 했는데, 오늘 드디어 막강 앞에 또 하나의 마단이 등장한 것이다.

검마단주 등청(鄧請)은 나머지 십일 인을 향해 마황십이검(魔皇十二劍)의 기수식을 취해 보였다. 그러자 그것을 신호로 십일 인이 천천히 걸음을 옮기며 제각기 자세를 잡기 시작했다.

“마룡검진(魔龍劍陣)을 펼쳐라!”

그의 입에서 짧은 고성이 터져 나옴과 동시에 열두 명이 사방으로 분산되기 시작했다.

그러던 그들은 각각 네 방위에서 세 사람씩 짝을 이루더니만, 곧 일렬로 늘어서 막강을 향해 검을 날려왔다.

쉬학! 슈욱!

조금의 시간 간격도 없이 전후좌우에서 무시무시한 검기가 막강의 전신을 압박했다.

이에 묵룡의 손잡이를 틀어쥔 막강의 발이 슬쩍 반보 정도 뒤로 움직였다.

그리고 곧 좌우로 꺾이는 막강의 손목.

묵룡의 검신이 손목의 움직임에 따라 허공에서 춤을 춘다.

치칫! 채채앵!

막강을 공격했던 네 개의 검은 묵룡에 의해 모두 막혔다. 하지만 막강을 압박하던 기세는 여전했다.

첫 번째로 나섰던 자들의 공격이 막히자 그 뒤에 꼬리를 이루고 있던 자들의 공격이 조금의 틈도 없이 연이어지고 있었던 것이다.

‘이런!’

이렇듯 빨리 다음 공격이 이뤄질지 예상치 못한 막강은 살짝 미간을 찌푸렸다.

이대로라면 제자리에서 손쉽게 방어하기가 어려웠다. 어

느 한쪽의 방어가 미진해질 수가 있는 것이다. 그렇게 되면 등에 업은 설홍의 안위를 장담할 수 없을지도 몰랐다.

'셋씩 짝을 이뤄 사방에서 번갈아 공격을 하는 것이군……'

그제야 막강은 마룡검진의 특징을 파악할 수 있었다.

한 사람을 향해 동시에 공격을 감행할 수 있는 곳은 여덟 곳, 즉 팔방(八方)이 기본이다. 하지만 그 팔방도 따지고 보면 전후좌우, 네 곳에서 파생된 것이므로 결국 동시타격이 가능한 곳은 사방이라 할 것이다.

마룡검진은 바로 그 사방을 점하는 동시에, 각 방위 당 삼인 일조가 되어 꼬리를 물고 쉼없이 공격을 퍼붓는 것을 기본으로 하는 검진이었다.

이를 완벽하게 펼치기 위해서는 열둘의 실력에 큰 차이가 있어서는 안 된다. 네 곳 중 어느 한곳이 부실했다간 그곳이 상대에게 집중 공략 대상이 될 우려가 있기 때문이며, 또한 어느 한쪽의 힘이 약하면 동시 공격의 효과가 반감될 것이 뻔하기 때문이다.

열둘의 실력이 비슷해서 만도 안 된다. 반드시 그 열둘의 실력이 절정 이상이어야 한다.

마룡검진의 묘리는 단 한 치의 오차 없는 동시타격과 찰나의 시간적 틈도 허락지 않는 연속 공격에 있었다.

그것이 가능하려면 무공이 절정에 이르러야 했다. 그런 자라야 그 두 가지를 행할 능력이 되기 때문이다.

그런 자들이 펼치는 마룡검진이야말로 네 마리의 용이 사방에서 달려드는 듯한 위력을 내뿜게 되는 것이다. 지금 막강의 눈앞에서 움직이는 십이검마단이 단원들처럼 말이다.

쉐쉥!

섬뜩한 파공성이 막강의 귓전을 파고들었다.

더 이상의 생각할 시간은 없었다. 서둘러 결정을 내려야 했다.

'그렇다면……!'

타앗!

마음을 정한 막강의 신형이 네 마리의 용 중 전방에서 달려드는 용을 향해 돌진했다.

동시에 위로 고개를 든 묵룡이 그대로 땅으로 떨어져 내렸다.

우릉!

지축을 울리는 거대한 압력이 전방의 삼 인을 덮쳤다. 건곤삼검 제일식, 붕천악이 펼쳐진 것이다.

막강의 움직임에 제일 앞에서 막강을 공격해 가던 검마단원의 눈빛이 크게 흔들렸다. 그는 이를 악물며 자신을 억누르는 거대한 압력에 맞섰다.

물러설 수는 없었다. 그랬다가는 뒤에 있는 동료들까지 위험해질 것이며, 나아가 마룡검진 자체가 위태로워질 수도 있기 때문이다.

"크압!"

퍼엉!

검과 검의 부딪침에 때아닌 폭음이 터져 나왔다. 그와 동시에 막대한 경풍이 막강의 주변을 휩쓸고 지나갔다.

뿌연 흙먼지가 가라앉고 달빛 아래 격돌의 결과가 드러났다.

막강은 어느새 신형을 돌린 채 나머지 아홉 명을 향해 묵룡을 겨누고 있었다. 충격의 여파로 옷가지와 머리가 약간 흐트러져 있을 뿐, 아무런 타격을 입지 않은 듯 보였다.

반면 막강과 마주 선 검마단원들은 경악에 찬 눈빛으로 그런 막강을 바라보고 있었다. 그들의 시선에 오 장 뒤 객잔 건물에 처박힌 동료들의 처참한 모습이 들어왔다.

'이, 이런 말도 안 되는……!'

검마단주 등청은 입을 다물지 못했다.

마룡검진이 무너진 것이다. 그것도 단 한 번의 공격에 의해.

눈앞에서 버젓이 일어난 일이건만, 그는 쉽게 믿을 수가 없었다.

마룡검진은 약점이 없다.

자신들의 교주도 마룡검진 앞에선 어느 정도 고전을 면치 못하리라!

적어도 그는 그렇게 믿었다.

마룡검진이 무엇인가? 바로 팔대마공 중 하나인 마황십이검으로 펼치는 검진이었다. 그들 열둘은 마황십이검의 열두 검식을 나눠 절정으로 익힌 자들이었다.

개개인의 실력으로 따져도 웬만한 문파의 수장급들은 우스울 정도였다. 그런 자들이 힘을 합쳐 한 사람을 공격했다. 그것도 마룡검진이라는 무적의 검진을 펼쳐서 말이다.

그런데 무너졌다. 약점을 읽혀서가 아니다. 애초에 마룡검진에 약점은 없는 것이다. 그저 아무 기교도 없이 휘두른 일검에 무너져 버렸다.

그 누가 있어 감히 힘으로 마룡검진의 한곳을 무너뜨릴 생각을 할 수 있을까?

그런 생각을 한다는 것 자체가 기이한 일이거늘, 그것을 현실로 이뤄낸 것은 또 뭐란 말인가!

'저놈은 괴, 괴물이다!'

그의 눈에 막강은 그렇게 보였다.

지금 그 괴물이 그를 쏘아보며 포효하고 있었다.

"계속 싸울 거야?"

"……!"

"마룡검진인가 뭔가도 무너졌는데, 그냥 싸우면 나한테 이기긴 더 힘들걸?"

막강은 나머지 검마단원들을 단 일 검에 쓸어버릴 듯, 더욱 강하게 기세를 내뿜었다.

이에 등청은 치욕에 입술을 깨물면서도 아무런 대꾸도 할 수가 없었다. 막강의 말이 사실이기 때문이다. 더 싸워봐야 소용이 없다는 것은 그가 더욱 잘 알고 있는 것이다.

한편, 막강은 싸움을 여기서 그치고 싶은 마음이 컸다.

아무래도 설홍이 마음에 걸렸다. 조심한다고 해도 격돌 중에 자칫 상처라도 입으면 큰일이기 때문이다.

게다가 이미 객잔의 건물이 부서지며 근방에서 자고 있던 사람들이 놀란 얼굴로 밖으로 뛰쳐나와 있었다. 검마단의 갑작스런 등장에 어쩔 수 없이 칼을 맞대긴 했지만, 처음부터 이곳은 싸움을 벌이기엔 적당치 않은 장소였던 것이다.

갈등하는 듯한 기색의 검마단원들을 향해 막강은 더욱 강한 어조로 압박했다.

"나는 죽이는 걸 별로 안 좋아하지만, 계속 싸우겠다면 단숨에 당신들을 죽여 버리겠어."

말을 마치며 막강은 그들을 향해 슬쩍 한 걸음을 내디뎠다.

"으음……!"

단순한 동작이었음에도 검마단원들은 숨이 턱하고 막히는 듯한 기분을 느껴야만 했다. 방금 전하고는 비교도 안 되는 압력에 절로 다리가 후들거릴 지경이었다.

'이 정도일 줄이야……!'

다시 한 번 막강의 실력에 놀란 등청은 머릿속이 하얗게 변하는 것을 느꼈다.

그런데 바로 그때였다.

'어엇!'

등청의 눈이 한없이 커지더니 곧 그의 몸은 딱딱하게 굳어 버렸다. 어느 순간 한줄기 바람이 불어와 그의 마혈을 제압해 버린 것이다.

그뿐만이 아니다. 나머지 검마단의 단원들도 그들 사이를 휘젓는 한줄기 표풍에 의해 모두 순식간에 몸을 움직일 수 없는 지경이 되고 말았다.

"성공이다!"

돌연 막강의 낭랑한 음성이 들려 왔다. 막강은 어느새 검마 단원들의 뒤쪽으로 이동한 상태였다.

"이렇게 해놓으면 내 앞에서 또 목숨을 끊는 일은 하지 못하겠지? 흐흐."

자신이 펼친 소음점혈에 제압당한 검마단원들을 보며 회심의 미소를 짓는 막강.

기실 처음부터 막강이 노린 것은 바로 이것이었다.

평소 막강답지 않게 공갈 협박(?)까지 해가며 검마단원들을 악박한 이유는 그들로 하여금 스스로 목숨을 끊지 못하게 하기 위함이었다.

정신을 빼놓은 후 재빨리 그들을 제압해 놓으면 손을 쓸 수 없을 것이기 때문이다. 이미 두 번이나 멸천교도들의 행태를 눈앞에서 지켜본 막강으로선 또다시 그런 모습을 보고 싶지 않았던 것이다.

"근데, 점혈이 풀린 다음에 목숨을 끊으면 어떡하지?"

그것까진 생각하지 못한 듯, 머리를 긁적이는 막강.

하지만 곧 입맛을 다시며 그에 대한 생각을 접는다.

"쩝, 뭐 어쩔 수 없지. 어쨌든 눈앞에서 죽는 걸 보지 않았으니 기분 나쁠 일은 없잖아?"

막강은 검마단주 등청의 어깨에 살짝 손을 얹고는 말했다.

"죽지 말고 멸천교주한테 가서 전해. 기다리고 있으라고. 내가 꼭 찾아가겠다고. 그러니까 이렇게 다시 부하들 보내지 말라고. 알았지?"

한차례 등청의 어깨를 두드린 막강은 곧 신형을 돌려 걸음을 옮겼다.

"오늘 밤 여기서 자기는 어려울 것 같으니 그냥 이 길로 기련산에나 가야겠다."

막강은 마음을 정하고 등에 업힌 설홍을 힐끔거린다. 설홍은 여전히 눈을 질끈 감고 자신의 등에 찰싹 달라붙어 있었다.

"하하, 말도 잘 듣고 착하네."

흐뭇한 미소를 머금은 막강은 곧 어둠 속으로 사라져 버렸다.

*   *   *

또로롱! 또로롱!

주둥이가 붉은 작은 새 한 마리가 나뭇가지에 앉아 애타게 울부짖고 있었다.

적어도 그것을 가만히 바라보는 효운비의 눈엔 그렇게 보였다.

"몇 번을 불러도 네 짝은 오질 않는구나. 그래도 계속 부를 거냐?"

또로롱! 또로롱!

"하하, 네 꼴이 꼭 나를 닮았는 걸?"

웃음을 머금은 그의 머릿속엔 진소천의 쌀쌀맞은 얼굴이 떠오른다.

"그래도 나는 이제 친구라도 되었지. 너는 완전 무시를 당하고 있구나?"

자랑하듯 중얼거린 효운비는 곧 기화이초가 만발한 너른 들로 시선을 옮겼다. 봄이 곧 코앞으로 왔다곤 하나 아직까지 이렇듯 꽃이 만발할 리는 없었다. 하지만 이곳은 마치 춘삼월을 맞은 세상처럼 따스하기 그지없었다.

사실 누구도 눈으로 직접 보기 전에는 이곳에 이런 곳이 있으리라곤 전혀 생각지도 못할 것이다. 왜냐면 이곳은 바로 멸천교의 근거지인 천마혈이기 때문이다.

정확히 말하자면 천마혈의 가장 뒤편 끝에 위치한 비처 중 한곳이었다.

사방을 둘러친 절벽 아래 위치한 이곳은 저절로 차가운 한풍이 차단되었으며, 지면 아래에서 솟은 온천이 들판 주위를 흐르고 있어 일 년 내내 온화한 기후를 유지할 수 있었던 것이다.

스슥.

천마혈로 통하는 검은 굴에서 한 인영이 모습을 드러냈다. 그는 다름 아닌 색혈대주 구옥환이었다.

"교주를 뵙습니다."

그가 부복하자 효운비는 미미하게 고개를 끄덕이며 나뭇가지에 앉은 새를 가리켰다.

"저놈을 좀 보게. 꼴이 참 우습지 않은가?"

"……?"

구옥환이 의문을 띠고 새를 쳐다보자 효운비의 말이 이어진다.

"저놈의 짝은 얼마 전에 제 새끼를 지키려다 뱀에 잡혀 먹혔지. 하지만 저놈은 그것도 모르고 저렇게 울면서 제 짝을 찾고 있는 것이야. 불가능한 일에 저렇듯 시간과 기력을 낭비하고 있으니, 얼마나 어리석은 일인가?"

"……!"

그 말에 구옥환은 뜨끔하며 슬쩍 고개를 숙인다.

"죄송합니다, 교주."

"뭐가 말인가? 구 대주가 미안할 게 뭐 있다고. 구 대주야 시키는 대로 한 것뿐이 더 있나?"

"……."

구옥환이 침묵을 지키자 효운비의 입이 다시 열린다.

"그래 누굴 보냈던 거지?"

"십이검마단을 보냈습니다."

"호오! 그래도 할머님께서 꽤나 녀석을 높게 평가하셨군. 결과는?"

"셋은 큰 중상을 입었고, 나머지는 모두 마혈을 제압당해 버렸습니다."

"마혈을 제압당했다고? 하하! 과연 녀석다운 행동이군. 하하……."

효운비는 정말로 즐거운 듯 입을 벌려 크게 웃었다.

그의 웃음이 그치기를 기다린 구옥환이 조심스럽게 입을 연다.

"놈은 십이검마단이 펼친 마룡검진을 단 일 검에 무너뜨렸습니다. 모두의 생각보다 놈의 실력이 뛰어난 듯싶은데, 그럼에도 놈을 이대로 두고 보실 것인지……."

"모두의 생각이라……? 거기에 나도 포함되는 것인가?"

"……?"

구옥환은 효운비의 질문이 무슨 뜻인지 즉각 이해하지 못하고 고개를 든다.

"나는 분명 처음부터 쓸데없는 일이라 했었지."

"아! 죄송합니다, 교주. 제가 그만 실언을 하였습니다."

그제야 그 뜻을 이해한 구옥환이 황급히 머리를 조아렸다.

하지만 모든 것을 대수롭지 않게 여긴 효운비는 다시금 시선을 먼 곳에 두며 희미한 미소를 머금었다.

"뭐, 이제 할머님께서도 내 말이 옳았다는 것을 어느 정도는 인정하실 것이니, 결과적으로는 좋은 일이 되었군."

효운비가 지금 내뱉은 말을 곱씹은 구옥환은 막강에 대하여 효운비 앞에서 더는 거론하지 않기로 마음을 굳혔다.

"교주님의 뜻을 잘 알겠습니다."

그는 눈을 들어 효운비의 등을 바라보았다.

그 어느 때보다 주인의 등이 크고 넓어 보였다.

'모두가 잘못 생각한 것은 놈에 대해서가 아니라, 오히려 교주님에 대한 것이었을지도 모른다.'

사천을 장악한 효운비가 돌연 모든 계획을 잠시 멈추자고 했을 때, 누구를 막론하고 모두 그 결정에 반대했다.

거기엔 당연히 마후도 끼어 있었다. 그녀의 중원무림을 향한 복수의 일념은 능히 전 중원을 불태우고도 남음이 있을 정도였으니 말이다.

하지만 효운비의 뜻을 누구도 꺾을 수는 없었다. 결국 멸천교의 교주는 마후가 아니라 그였기 때문이다.

  그러나 효운비가 그러한 결정을 내린 까닭이 막강 때문인 것을 알게 된 마후는 즉각 막강을 없앨 생각을 갖게 되고, 이에 사대마군은 적극 동조했다.

  그리하여 마후는 공공연하게 막강을 없애라는 지시를 내려졌고, 효운비는 쓸데없는 일이 될 것이란 한마디만 마후에게 전달한 채 별다른 제지를 하지 않았던 것이다.

  그리고 결국, 모든 일은 효운비의 말대로 되고 말았다.

  효운비는 처음부터 막강이 그 정도로는 절대 당하지 않을 만한 실력을 갖추고 있음을 알고 있었던 것이다.

  '교주님께선 역시 놈을 유일한 맞수로 생각하고 계신 것인가?'

  천마대제에 필적한 유일한 인물인 수라혈존.

  그의 모든 것이라 할 수 있는 무공을 가진 형산파.

  천마대제의 절학을 익힌 자라면 형산파를 가만히 두고 볼 수만은 없을 것이다. 때문에 전대 교주 역시 가장 먼저 형산파를 목표로 중원 침공을 감행했던 것이다.

  그렇기에 구옥환은 막강과의 일전을 기대하는 효운비의 심정을 어느 정도 이해할 수 있었다.

  하지만 효운비의 경우는 조금 다른 점이 있었다.

  바로 그 막강과의 일전에 멸천교 전체의 운명을 걸었다는 것이다.

  이기면 계획대로 움직이고, 지면 그대로 물러선다는…….

그 때문에 마후와 사대마군이 강력하게 반대할 수밖에는 없었다.

어려서부터 멸천교를 지탱하는 신념인 마도천하에 적극적인 태도를 보이지 않던 효운비였기에 그들의 우려는 더욱 클 수밖에 없었던 것이다.

'결국 우리는 교주님을 믿지 못했던 것이다. 교주님의 의중을 정확히 파악할 수가 없다 보니, 부지중에 교주님이 지니신 실력에까지 의심을 품게 된 것이겠지. 천마대제의 무공인 천마뇌격신공을 대성하신 교주님의 실력을……'

구옥환이 막 상념에서 벗어나려 할 때쯤, 효운비가 슬쩍 그를 돌아보며 싱긋 미소를 그렸다.

"아미산에나 가볼까? 이곳도 오래 머물렀더니 조금씩 지루해지는군. 가서 적적하신 할머님께 말벗이나 해드려야겠어."

*　　　*　　　*

기련산의 험준함은 가히 천하제일을 다툰다.

구름을 뚫고 솟은 뾰족한 봉우리들은 하늘마저 뚫을 듯하다.

몽고족이 이 산을 가리켜 하늘이라 부른 까닭이 바로 여기에 있었다.

봉우리와 봉우리 사이에 깊게 난 좁고 험한 계곡은 초입부터 이곳을 찾는 자들의 발걸음을 절로 더디게 만들었다.

괴수의 이빨마냥 사방을 둘러쳐진 벼랑들로 인해 이미 아침이 밝았건만 계곡 길은 여전히 음산하기 그지없었다.

하지만 그러한 분위기에 전혀 구애받지 않는 사람들도 간혹 있었으니, 이틀 전에 기련산으로 들어선 막강이 바로 그런 자들 중 하나였다.

"하하! 정말이지? 정말 아저씨랑 같이 가겠다고 한 거다?"

"네."

막강의 등에 업힌 설홍은 고개를 끄덕이며 대답했다.

설홍은 의외로 형산파로 가자는 막강의 제안을 흔쾌히 받아들였다.

이유인 즉, 처음부터 막강을 만났던 그날 하루만 더 아빠를 기다려 보기로 마음을 먹었다는 것이다.

만일 그날도 아빠가 오지 않는다면 더 이상 기다리지 않고 어차피 그곳을 떠날 생각이었으니, 자신을 도와주고 나쁜 아저씨들로부터 빼내어주기까지 한 막강의 제안은 설홍으로선 달가운 일이었다.

"홍이가 가면 분명 모두들 좋아할 거야. 홍이도 정말 좋을걸? 거기엔 형들도 있고, 또 아주 어리고 귀여운 동생들도 있거든."

막강의 말에 설홍은 말없이 살짝 미소를 지어 보였다. 또래답지 않게 침착하고 또 좀처럼 자신의 감정을 쉽게 드러내는 법이 없는 설홍이었다.

　막강은 설홍의 그러한 성정이 그간 겪은 어려운 처지로 인해 생긴 것임을 이해하며 일부러 더욱 많은 이야기로 설홍에게 말을 걸었다.

　"대신 이 아저씨가 일을 끝내고 올 때까진 잠시 용곡촌이란 마을에서 잘 지내고 있어야 해. 알았지?"

　고개를 끄덕인 설홍은 돌연 막강을 향해 고개를 갸웃거리며 입을 연다.

　"근데 그 얘기 벌써 세 번째 하는 거 알고 있어요?"

　"어? 내가 그랬나? 하하, 알려줘서 고맙다, 홍아."

　"……?"

　막강의 대답에 설홍은 다시 한 번 고개를 갸웃거렸다. 막강의 본모습이 도대체 무엇인지 가끔 헷갈리는 것이다.

　어쩔 때는 듬직하고, 어쩔 때는 자상하고, 또 어쩔 때는…….

　'이상해…….'

　다섯 살짜리 꼬마가 떠올릴 수 있는 가장 알맞은 표현이라 할 수 있었다.

　"흐음, 근데 왜 이렇게 용곡촌이 안 보이는 거지? 분명 계곡을 따라서 서쪽으로 천 리쯤 가면 있다고 했는데, 이틀이나 왔는데도 사람 하나 보이지를 않네."

　설홍이 자신을 어찌 생각하고 있는지 전혀 관심도 없는 막강이 턱을 쓰다듬으며 중얼거렸다. 과연 기련산의 줄기는 끝도 없이 이어지고 있었다. 게다가 가도가도 똑같은 모습들만 계속되는 탓에 눈이 조금씩 질려가고 있었다.

"천 리면 아직 조금 더 가야될 거예요."

"응?"

설홍의 말에 막강이 고개를 살짝 돌리며 묻는다.

"더 가야한다고?"

"네, 한 백 리쯤 더 남았을 거예요."

"그래? 근데 그걸 홍이 네가 어떻게 알지?"

"아저씨 걸음걸이를 보면 알아요. 아저씨 걸음이면 한 시진에 구 리는 갈 수 있어요."

"구 리를 간다고?"

막강은 장담하듯 말하는 설홍을 의아하게 쳐다봤다.

"네, 어른들은 보통 걸을 때 한 걸음 간격이 석 자가 채 안 되는데, 아저씨는 키가 커서 넉 자쯤 되거든요. 거기다가 걷는 속도도 다른 사람보다 두 배 정도 빠르니까요. 아무튼 그래서 자는 시간이랑 밥 먹는 시간을 빼고 지금까지 열다섯 시진쯤 왔으니까 한 구백 리 정도를 온 거예요. 그러니까 천 리면 아직 백 리가 남은 거죠."

"우와!"

눈을 크게 뜨고 설홍이 하는 말을 듣고 있던 막강은 탄성을 발하며 등에 업고 있던 설홍을 냉큼 안아들었다.

“홍이 너 천재구나? 그런 걸 다 계산할 수 있다니! 하하!”

“천재는요… 그냥 예전에 서역에서 들어온 책을 보고 계산 방법을 익힌 거예요.”

“그러니까 천재지! 나는 책은 무공 서적밖에 이해할 줄 모르거든. 흐흐.”

막강이 돌연 두 눈을 반짝이며 자신을 뚫어지게 쳐다보자 설홍은 얼굴을 붉히며 시선을 피했다.

“왜, 왜 자꾸 쳐다봐요. 창피하게…….”

“응? 하하! 미안 미안! 너무 신기해서 그만!”

다시 설홍을 등 뒤로 옮긴 막강은 두 손을 번쩍 쳐들며 주먹을 불끈 쥐었다.

“이제 백 리다! 백 리!”

“……!”

설홍은 사방을 진동하는 메아리에 귀를 막을 수밖에 없었다.

그때 들려오는 막강의 음성.

“홍아, 지금부터 조금 더 속도를 낼 거니까 꽉 잡아야 돼. 만약에 무서우면 말하고. 알았지?”

설홍은 무심결에 고개를 끄덕였다.

‘진짜 이상해……. 웃!’

막강의 행동에 대해 다시 한 번 생각하려던 설홍은 황급히 막강의 옷자락을 감아쥐었다. 전과는 비교할 수 없는 속도로 사물이 눈앞에서 휙휙 지나가기 시작한 것이다.

한편, 설홍을 생각하여 지금까지 신법을 자제했던 막강은 얼마 남지 않았다는 설홍의 말을 듣곤 들뜬 마음에 아주 조금 진기를 이용하고 있었다.

달리면서도 막강의 머릿속은 설홍에 대한 생각으로 가득했다.

'홍이가 남자답고 머리까지 똑똑하다니! 나중에 우리 소소랑 혼인시켜줘야겠다! 헤헤.'

자신도 모르는 사이에 속도는 더욱 빨라졌고, 설홍은 어쩔 줄을 몰라 하며 두 눈을 질끈 감을 뿐이었다.

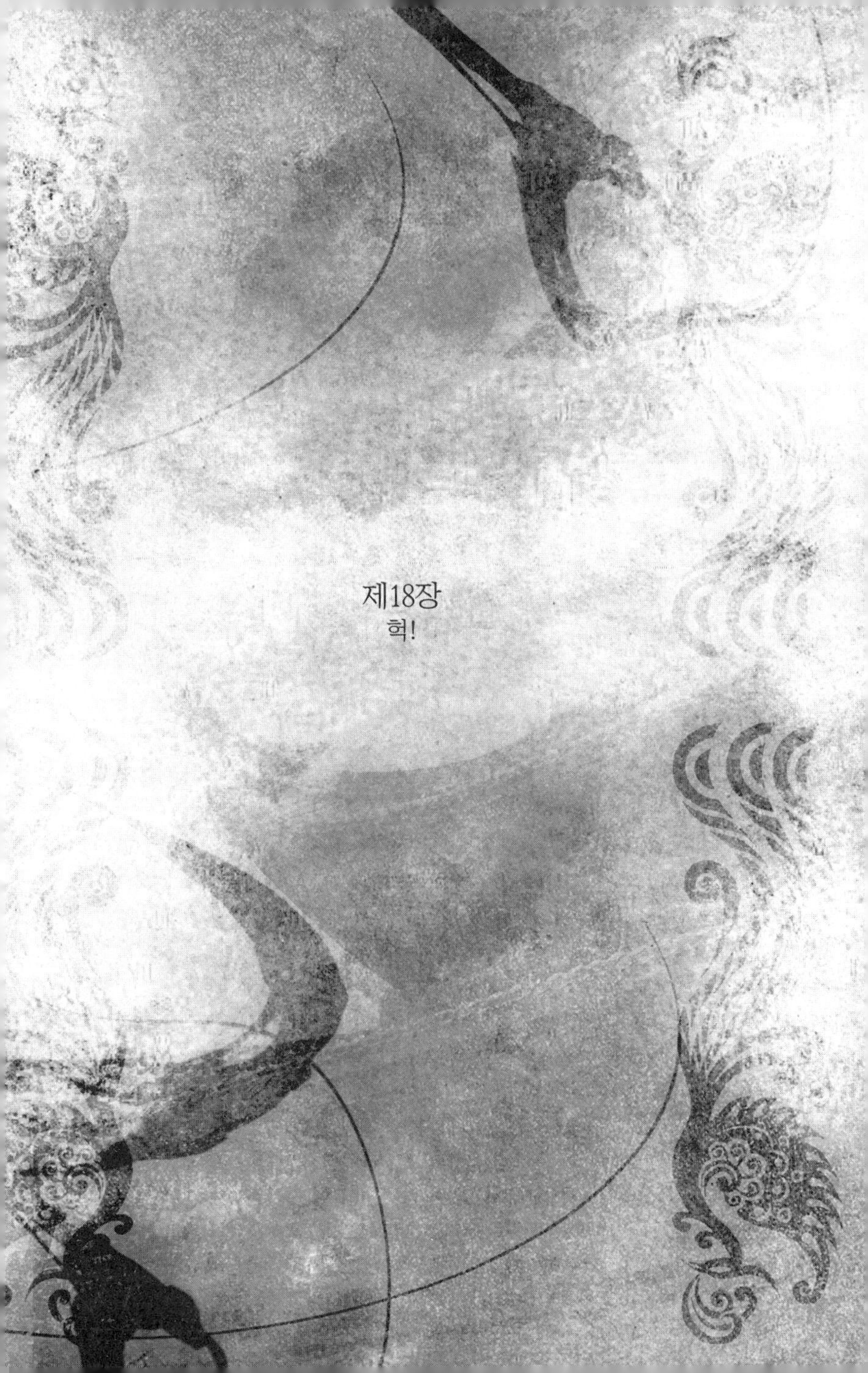

제18장
혁!

용곡촌주 감여령은 자신 앞에 서 있는 사내를 보며 눈살을 찌푸렸다.

"너, 뭐라고 했다. 지금?"

"응……?"

"흑무곡이 어디냐고 했다. 지금?"

"아! 내가 흑무곡이 어디냐고 했냐구?"

막강은 그제야 이해가 되는 듯 되물었다.

그러자 감여령은 두 눈에 불을 켜며 버럭 소리를 질렀다.

"내가 먼저 물었냐 지금! 너! 나 따라한다. 지금!"

"……."

막강은 그만 울상이 되어버리고 말았다.

무슨 말인지 도무지 이해가 되지 않았던 것이다.

설홍의 말대로 얼마 안 있어 용곡촌에 도착할 수 있었지만, 도착한 바로 그 순간부터 막강에겐 놀라움의 연속이었다.

우선 용곡촌은 막강이 상상하던 마을의 모습 자체가 없었다. 그저 근방의 절벽에 동굴을 뚫고 사는 것이 전부였다.

게다가 사는 사람이 얼마 되지도 않았다. 모습을 보이는 사람이라고 해야 고작 이십여 명에 불과했다. 그것도 남자는 전혀 보이지도 않고 여자만 있었다.

더욱 난감했던 것은 이 여자들이 하체만 살짝 가리고 상체는 버젓이 드러내놓고 산다는 것이었다. 막강이 이미 혼인을 했으니 망정이지, 그렇지 않았다면 아마도 기겁을 하고 도망을 갔을 터였다.

하지만 황당함은 거기서 그치지 않았다.

촌장에게 데려다 달라고 했더니만, 웬 소녀 앞에다가 자신을 끌고 가는 것이 아닌가?

그리고 그 십여 세밖에는 안되어 보이는 소녀가 바로 용곡촌의 촌장이라고 했다.

일단 수긍한 막강은 자신이 이곳에 온 이유를 말했다. 그리고 흑무곡이 어디 있느냐고 물었다.

그러나 자신의 이름이 감여령이라고 밝힌 소녀에게서 날아온 대답은 도무지 알아들을 수가 없는 어색한 한어였던 것이다.

‘에구, 어떡하지……?’

감여령은 막강이 난감한 표정으로 자신을 빤히 쳐다보자 표독스런 표정으로 고래고래 소리를 질러댔다.

“막깡! 너! 나 어리다고 무시한다? 흑무곡 안 가르쳐 주냐!”

“응? 흑무곡은 내가 가르쳐 달라고 한 건데…….”

막강은 머리를 긁적이며 기어들어 가는 목소리로 중얼거렸다.

그때 막강의 곁에서 잠자코 두 사람을 지켜보고 있던 설홍이 작은 목소리로 소근거렸다.

“아저씨, 내가 가만히 보니까 이 누나는 한어 중에서 질문하는 거랑 그냥 말하는 거를 잘 구별하지 못하는 것 같아요.”

“그래?”

“네, ‘어리다고 무시한다?’ 라고 하는 건, ‘어리다고 무시하냐?’ 라고 묻는 것이고, ‘흑무곡 안 가르쳐 주냐!’ 라는 건, ‘흑무곡을 안 가르쳐 주겠다!’ 라는 것 같아요.”

설홍의 설명에 막강은 무릎을 치며 탄성을 발한다.

“아! 정말 그런 것 같네? 홍이 이 녀석! 넌 역시 천재야! 하하!”

갑작스런 막강의 행동에 감여령이 의아한 시선으로 막강과 설홍을 번갈아 쳐다본다.

막강은 잠시 골똘히 뭔가를 생각하더니, 곧 그녀를 향해 손을 휘휘 저으며 입을 열기 시작했다.

"음……. 나 촌장 안 무시하냐? 그러니까 흑무곡 어딨는지 꼭 가르쳐 주냐? 헤헤!"

막강은 연방 고개를 숙이면서 어색한 미소를 날렸다.

그 모습을 지켜보는 설홍은 그만 할 말을 잃고 입을 쩌억 벌릴 뿐이다.

'아, 아저씨까지 그렇게 말할 필요는 없는데…….'

설홍은 불안한 마음에 감여령의 반응을 살핀다.

아니나 다를까?

막강이 정말로 자신을 무시한다고 여긴 감여령은 작은 몸을 부들부들 떨며 막강을 향해 삿대질을 하기 시작했다.

"막깡! 너! 나 무시하는 거 맞냐! 내가 흑무곡 어디 있는지 가르쳐 줄 거 같다? 안 가르쳐 주냐! 절대!"

"어라……? 화가 안 풀렸나 보네. 어쩌지……."

"간다! 빨리 우리 용곡촌 나가냐!"

감여령이 벌떡 일어서며 밖을 가리키자 막강은 더 이상 어찌할 방도를 모른 채 애꿎은 머리만 긁을 뿐이었다.

그러자 설홍은 감여령을 향해 작은 손을 흔들며 입을 연다.

"누나, 제 말 좀 들어봐요."

"……?"

감여령은 작은 꼬마가 자신을 누나라고 부르며 말을 걸자 살짝 표정을 풀며 설홍을 응시한다.

"이 아저씨는 나쁜 사람들한테 잡혀가려는 저를 구해주고, 또 아무도 없는 저를 데려가서 같이 살게 해준다고 할 정도로 정말 착한 아저씨예요. 지금 아저씨는 누나를 무시한 게 아니고, 누나가 하는 말을 잘못 알아들은 것뿐이니까, 예쁜 누나가 이해해 줘요."

어린 설홍이 앙증맞은 입술로 조목조목 이야기하자 감여령은 그 모습이 귀여운 듯 살짝 미소를 지으면서도 즉각 싸늘하게 얼굴을 굳히며 막강을 쏘아본다.

"너! 정말이다?"

"……?"

막강은 눈을 크게 뜨며 당황했지만, 이내 설홍이 자신의 옆구리를 콕콕 찌르자 짐짓 크게 웃으며 고개를 끄덕였다.

"아! 하하! 맞아! 정말이야! 진짜 무시한 거 아니라니까! 믿어줘!"

감여령은 여전히 의심스런 눈초리를 풀지 않았지만, 일단은 넘어가기로 한 듯 천천히 다시 자리에 앉았다.

이에 막강이 짧은 한숨을 내쉬며 가슴을 쓸어내리는 순간.

"막깡, 너!"

"응?!"

움찔한 막강을 향해 감여령의 날카로운 눈빛이 작렬한다.

"왜 반말한다? 나한테? 반말 안 하냐. 나한테. 알았다?"

"아… 미안! 이제 반말 안 할게. 아니, 안 할게요. 헤……."

"흥!"

감여령은 막강의 얼굴을 쳐다보기 싫다는 듯 콧방귀를 뀌며 고개를 홱 하고 돌렸다.

그렇게 얼마간의 침묵 후 감여령의 눈치를 보던 막강이 조심스럽게 입을 연다.

"저기… 촌장. 이제 흑무곡이 어딘지 좀 알려주면 안 될까요? 하루라도 빨리 거기 가야 하는데……."

그러자 여전히 냉랭한 시선으로 막강을 힐끔 바라보는 감여령.

"흑무곡엔 왜 가려고 한다?"

"천통자를 만나려고요."

"천통자?"

감여령은 고개를 갸웃거리며 묻는다.

"그거 사람이다?"

막강은 고개를 끄덕였다.

"흐음, 천통자 흑무곡에 없냐. 거기 사람 안 사냐."

"에? 사람이 안 산다고요? 그럴 리가… 분명 추 대협이 거기에 산다고 했……!"

"막깡! 너!"

또다시 벌떡 일어선 감여령.

"내 말 안 믿는다 지금?"

"아! 믿어요! 믿는데… 그게……. 에휴! 머리 아프다."

막강이 힘이 빠진 듯 풀이 죽은 모습이 되자 감여령도 슬쩍 한발 물러서며 말했다.

"뭐 어쨌든!"

"……?"

"흑무곡 가르쳐 줄 거냐."

"진짜요? 그럼 빨리 좀……."

"단!"

"……?"

"우리랑 같이 싸우냐."

"싸, 싸워?"

같이 싸우자는 말에 막강은 황당한 표정이 되고 만다.

"내일 싸울 거냐."

"내일 싸운다고요? 누구하고……?"

감여령의 표정이 순간 딱딱하게 굳는다.

"사곡촌(蛇谷村)!"

"……?"

기련산에서 가장 깊고도 인적이 드물다고 알려진 단결봉(團結峰).

그곳을 사이에 두고 용곡촌과 사곡촌이라 불리는 두 마을이 대대로 터전을 잡고 살았다.

그런데 두 마을 모두 매우 기이한 점이 하나씩 있었는데,

그것은 바로 용곡촌엔 여자만 살고, 사곡촌엔 남자만 산다는 것이었다.

언제부터 그렇게 되었는지는 아무도 알 수 없었지만, 아무튼 그리하여 두 마을은 어쩔 수 없이 서로 간에 혼인을 하며 종족을 유지시켜 나갔다.

이렇듯 서로 상부상조할 수밖에 없는 처지였지만, 사람 사는 곳이라면 어디든지 문제가 있듯, 두 마을 사이에서도 문제가 발생이 되었다.

평상시엔 서로 각자의 마을에 아무 상관도 하지 않고 살았지만, 혼인만 이루어지면 꼭 문제가 터졌던 것이다.

일단 가장 먼저 문제되었던 것은 '혼인을 하면 과연 두 사람이 어느 마을에서 살 것인가?' 였다.

이 문제로 두 마을 간엔 치열한 싸움이 있었고, 그 결과 사곡촌이 승리하여 용곡촌의 여자는 혼인과 동시에 사곡촌의 남자를 따라 사곡촌에서 사는 것으로 결정되었다.

그러나 문제는 곧 또다시 터졌다. 혼인한 부부가 낳은 자식을 과연 어느 마을의 식구로 인정할 것인지에 대하여 다툼이 일어났던 것이다.

사곡촌에서는 자기 마을에서 낳았으니 당연히 아이도 자기 마을의 식구라고 우겼고, 용곡촌은 그렇게 되면 용곡촌은 곧 씨가 마를 것이라며 절대 수긍하지 않았다.

결국 둘 사이에는 또다시 싸움이 일어났고, 싸움은 한 달이

가도 결판이 나질 않았다. 그리하여 두 마을은 서로 타협점을 찾기에 이르렀으니, 곧 태어난 아이가 사내아이면 사곡촌에, 계집아이면 용곡촌의 식구로 삼기로 하였던 것이다.

그렇게 모든 갈등이 해소되는 듯했으나, 어느 날 누구도 뜻하지 않은 일이 발생하게 된다. 사곡촌에 외지인 하나가 들어와서 살게 되면서부터 그를 통해 이혼이라는 관념이 생겨나게 되었고, 이에 한 여자가 자식을 못 낳는다는 이유로 이혼을 당하기에 이르렀던 것이다.

이에 용곡촌뿐만 아니라 사곡촌에 시집갔던 용곡촌의 여자들 모두 반발을 일으켰고, 급기야 그 여자들이 용곡촌을 떠나 사곡촌으로 돌아오면서부터 두 마을 간에 전쟁이 벌어지고 말았다.

지금으로부터 정확히 이 년 전에 시작된 이 전쟁은 전에 있었던 싸움과는 격이 달랐으며, 둘 중 누구도 물러서지 않고 포기하지 않는 끈질긴 싸움이 되고야 만 것이다.

쿵쿵! 쿵쿵!

때아닌 북소리가 골짜기 전체를 울리고 있었다.

긴 갈대숲에 몸을 숨긴 막강은 좌우를 돌아보며 난감한 표정을 지었다.

"휴우, 진짜 싸워야 하나……?"

감여령으로부터 모든 사정을 들은 막강은 지난밤 고민을 거듭한 끝에 싸움에 참가하기로 결심했다. 같이 싸우지 않으면 절대 흑무곡의 위치를 가르쳐 주지 않겠다고 하니, 그야말로 울며 겨자 먹기 식이었던 것이다.

그것도 그렇지만, 기본적으로 막강은 두 마을 간의 싸움이 언뜻 이해가 가질 않았다.

이번 전쟁으로 벌써 열 명이나 되는 사람들이 다치거나 죽었다고 했다. 그 수는 얼핏 적은 듯했지만, 두 마을의 주민을 모두 합친 수가 고작 칠십인 것을 고려하면 참으로 큰 피해였던 것이다.

그렇기에 막강으로선 이런 막무가내 식의 싸움을 왜 하는지 이해하기 어려운 것이다.

그런데 한편으로는 궁금한 것도 있었다.

도대체 어떻게 여자로만 구성된 용곡촌이 남자들만 있는 사곡촌을 상대로 이렇듯 전쟁을 치를 수가 있는 것인지…….
그것도 전혀 밀리지 않고 팽팽하게 말이다.

'뭐, 그거야 직접 보면 알 수 있겠지. 그럼 일단 지켜보기로 할까?'

하지만 이미 한 가지 확인한 것이 있었다. 그것은 바로 촌장인 감여령의 능력이었다.

막강은 올해 십삼 세인 그녀가 어떻게 촌장을 할 수 있는지 의문이었으나, 오늘 있을 싸움을 준비하며 치밀한 계책과 그에 따른 지시를 각 마을 여인들에게 세세히 지시하는 것을 보며 어느 정도 고개를 끄덕이게 되었던 것이다.

그래서 과연 이들이 이번 싸움에서 어떻게 싸울 것인지 내심 기대를 갖고 있는 막강이었다.

쿵쿵! 쿵쿵!

다시금 북소리가 들렸다. 그것은 용곡촌이 아니라 사곡촌의 사내들이 울리는 소리였다.

막강은 그 북소리가 조금씩 가까워지고 있으며, 상대가 이미 십오 장 내로 들어왔음을 알 수 있었다.

'십사 장… 십삼 장… 십이, 십일 장…….'

계속해서 다가온 적은 드디어 십 장 내에 근접했다.

하지만 용곡촌의 여인들은 여전히 움직이지 않았다. 이에 막강은 의아한 생각이 들었다. 이대로 있으면 선제공격을 당할 수밖에 없었던 것이다.

염려스런 마음이 있었지만 막강은 움직이지 않았다. 이미 별도로 신호가 있을 때까진 이곳에서 꼼짝도 하지 말라는 감여령의 당부가 있었던 것이다.

그렇게 적의 기척이 이제 막 십 장 안으로 진입했을 때였다.

"찍!"

무슨 뜻인지 알 수 없는 낭랑한 목소리가 갈대숲 사이에서 터져 나왔다. 드디어 감여령이 명령을 내린 것이다.

그러자 바위 틈 곳곳에 숨어 있던 용곡촌의 여인들이 동시에 고개를 들었다. 그녀들의 양손엔 뜻밖에도 활과 화살이 쥐어져 있었다.

디잉! 딩! 딩!

작은 파공성과 함께 십여 개의 화살이 일제히 시위를 떠났다.

퍼퍼퍼퍽……!

"크윽!"

화살이 나무에 박히는 소리와 작은 비명이 연이어 터져 나왔다.

그때 또다시 감여령의 찢어질 듯한 고성이 들려왔다.

"니!"

쩌억!

십 장 앞에 있는 땅이 갑자기 아래로 꺼져 버렸다.

"으아악!"

너비 이 장에 이르는 커다란 구덩이로 사곡촌의 사내들 셋이 속수무책으로 빨려 들어갔다.

하지만 그뿐, 사곡촌의 사내들은 이미 그와 같은 함정에 잔뜩 대비하고 있었던 듯 당황하지 않고 계속해서 조금씩 전진하고 있었다.

반면 이를 본 용곡촌 여인들의 표정엔 실망감이 스쳐 지나갔다. 두 차례의 공격으로 그녀들이 기대한 만큼의 성과를 보지 못한 것이다.

하지만 그런 그녀들의 실망도 잠시.

"쏨!"

다시금 감여령에게서 명령이 떨어졌다.

위잉! 윙!

갈대숲 주변에 듬성듬성 뿌리를 박고 있던 나무들로부터 날카로운 무언가가 사곡촌의 사내들을 덮쳤다.

밧줄에 매달린 그것들은 사람 몸통만 한 나무토막이었는데, 거기엔 날카로운 비수 같은 것들이 촘촘히 박혀 있었다.

사곡촌의 사내들은 황급히 바닥에 엎드려 그것을 피하려 했다.

바로 그 순간 감여령은 다음 신호를 보냈다.

"쒸이!"

그와 동시에 갈대숲에 숨어 있던 용곡촌의 모든 여인들이 몽둥이와 갖은 농기구를 들고 함성을 내지르며 일제히 달려나가기 시작했다.

"와아아!"

한편, 그 모습을 본 막강은 그 시기적절한 공격에 내심 감탄하지 않을 수 없었다. 사곡촌 사내들이 엎드린 지금이야말로 기습 공격을 감행하기에 가장 좋은 때였던 것이다.

"대단한 걸! 언제 이런 준비를 다 해놓은 걸까?"

그제야 막강은 용곡촌 여인들이 어떻게 사내들을 상대로 지금껏 꿋꿋이 버틸 수 있었는지 알 수 있었다. 결국 그녀들은 머리를 씀으로써 어쩔 수 없는 힘의 열세를 극복하고 있었던 것이다.

그때 넋을 놓고 있던 막강의 귀에 한줄기 날카로운 고성이 파고들었다.

"막깡! 뭐 해! 너도 싸우냐! 어서!"

"……!"

흠칫한 막강은 황급히 몸을 일으키며 용곡촌 여인들과 함께 신형을 날렸다.

하지만 사곡촌 사내들이 있는 쪽으로 이동하면서도 막강의 갈등은 계속되었다.

아무리 흑무곡의 위치를 아는 것이 중요하다 한들, 아무 상관없는 자신이 사곡촌의 사내들에게 해를 입힐 수는 없는 노릇이었다.

그렇다고 싸우지 않을 수도 없는 처지.

결국 용곡촌의 여인들이 이번 싸움에서 이기게끔 해주면서도 사곡촌 사내들을 다치지 않게 할 수 있는 방법이 필요했다.

'어쩔까나……?'

고민하던 막강은 곧 한 가지 방법을 생각해 냈다.

가만히 보니 두 마을 사람들 모두 무공을 익히지 않은 듯했던 것이다.

"좋아! 그렇다면……!"

타앗!

막강은 즉각 땅을 박차며 허공으로 몸을 날렸다.

"아아……!"

막강이 새처럼 하늘을 나는 모습을 본 용곡촌의 여인들은 물론이고, 엎드려 있는 사곡촌의 사내들까지 놀라 입을 다물지 못했다.

순식간에 사곡촌 사내들 앞에 당도한 막강은 곧바로 양손에 진기를 잔뜩 끌어 모아 전방을 향해 한차례 크게 휘젓기 시작했다.

그러자 주변 공간이 출렁이며 몸을 가눌 수 없을 정도의 거대한 바람이 사곡촌 사내들을 향해 불어나갔다.

위잉! 쏴쏴쏴쏴쏴아!

바람에 부딪친 갈대가 모두 쓰러지고, 주변 나무들이 뿌리채 뽑혀 날아갔다.

뿌연 흙먼지가 하늘로 솟아올랐으며, 결국 엎어져 있던 사곡촌의 사내들은 바람의 압력을 이기지 못하고 모두 낙엽처럼 맥없이 뒤로 날아가 버렸다.

"으으악!"

날아간 그들이 다다른 곳은 바로 조금 전 그들의 동료 셋을 삼킨 커다란 구덩이였다.

삼십 명이 넘던 그들 모두가 구덩이로 떨어진 것을 확인한 막강은 곧 손을 거두며 짧은 한숨을 내쉬었다.

"휴우! 이 정도면 되겠지?"

사방은 태풍을 만난 것처럼 아수라장이 되었고, 구덩이 아래는 사곡촌 사내들의 아우성으로 넘쳐 나기 시작했다.

일단 한쪽은 모두 정리되었음을 확인한 막강은 슬쩍 뒤를 돌아보았다. 용곡촌 여인들의 반응을 살피기 위함이었다.

다행히 그녀들도 막강의 기대와 크게 다르지 않은 반응을 보이고 있었다. 여전히 입을 다물지 못하고 멍하니 자신을 바라보고 있었던 것이다.

'헤… 일단 성공인가?

막강은 천천히 감여령이 서 있는 곳으로 걸음을 옮겼다. 이제 싸움도 끝났으니 약속대로 흑무곡의 위치를 가르쳐 달라고 할 생각이었다.

그러나 그녀에게 가까이 갈수록 막강은 뭔가 이상한 기분이 드는 것을 느꼈다. 처음에는 왜 그런 것인지 몰랐으나, 곧 그 이유를 알게 되었다.

이유는 바로 자신을 바라보는 감여령의 눈빛이었다.

그녀의 눈빛은 다른 용곡촌 여인들의 것보다 더욱 몽롱한 상태였다.

막강은 이상한 기분을 애써 외면하며 감여령이 자신의 무공에 크게 놀란 것이라 치부하고 그녀의 앞에 섰다.

"저기… 이제 싸움도 끝났으니까……!"

하지만 막강은 하려던 말을 다 마칠 수가 없었다. 감여령의 입술이 돌연 먼저 열린 것이다.

"막깡 너… 세냐……."

"……?"

"머, 멋있냐!"

"에? 내가 멋있다고요? 엇!"

막강이 흠칫 놀라는 순간 갑자기 감여령이 껑충 뛰어 오르며 막강을 와락 껴안았다.

"왜, 왜 이래요?"

"여령, 힘 센 사람 좋냐!"

"헉!"

막강은 감여령이 더욱 찰싹 달라붙는 통에 어쩔 줄을 몰라 했다.

비록 아직 어린 소녀이기 하나, 감여령 또한 다른 용곡촌의 여인들처럼 상반신에 아무것도 걸치지 않은 상태였던 것이다.

'에고, 큰일이네 이거!'

일이 이상하게 꼬이는 듯하자 막강의 표정은 다시금 착잡하게 변했다. 하지만 상황이 어떻든 목적은 달성해야겠다는 생각이 간절한 막강이다.

"하하… 내가 좋다니 고마워요. 알았으니까 이제 흑무곡의 위치 좀 가르쳐 주면 안 될까요……?"

"흑무곡?"

매미처럼 매달린 감여령은 고개만 슬쩍 들며 되물었다.

“헤헤, 네. 흑무곡이요.”

“알았냐! 흑무곡 가르쳐 주냐! 꼭!”

“아! 고마워요. 자, 그럼 어서……!”

“먼저 밥 먹는 거다. 여령 배고프냐!”

“……!”

감여령의 말에 다시금 맥 빠진 표정이 되고 마는 막강.

하지만 감여령은 뭐가 그리 좋은지 연신 방실대며 용곡촌 여인들을 향해 뭐라고 큰 소리로 외친다.

그러자 여인들이 하나둘 마을 쪽으로 걸음을 옮기기 시작했다.

이에 하는 수 없이 그녀들을 따라 걸음을 옮기는 막강.

“촌장, 진짜 가르쳐 줄 거죠?”

“응! 여령 약속 꼭 지키냐!”

이젠 아예 양팔과 다리를 모두 자신의 몸에 감은 채 절대 떨어지지 않으려 하는 감여령을 보며 막강은 하늘을 향해 시선을 들었다.

한데, 하얀 구름 사이로 돌연 언년의 얼굴이 떠오르는 것은 왜인지…….

“흑… 용서해 줘, 색시야…….”

울먹이며 나직하게 중얼거린 막강.

뒤이어 감여령의 천진한 웃음이 골짜기 가득 울려 퍼졌다.

“야호! 까르르르!”

다음날 새벽.

막강은 자신에게 주어진 동굴에서 일어나 서둘러 짐을 꾸렸다.

곁에서 함께 잤던 설홍도 일찌감치 일어나 막강이 하는 양을 도왔다.

"정말 저도 아저씨랑 같이 가는 거예요?"

"그래."

"왜 갑자기 생각이 바뀌신 거예요?"

순간 움찔하는 막강.

"응… 새, 생각해 보니까 혼자 여기 두는 것보다 같이 가는 게 나을 것 같아서. 뭐, 흑무곡에도 홍이가 지낼 만한 곳이 있을 거야."

"……?"

설홍은 막강의 대답에서 뭔가 어색함을 느끼곤 빤히 막강의 얼굴을 쳐다본다.

이에 막강은 황급히 고개를 돌리며 벌떡 일어섰다. 차마 어린 설홍에게 감여령이 무서워서 그런 것이라고 말하기가 꺼려졌던 것이다.

어제 하루 종일 감여령에게 시달린 막강은 설홍을 이곳에 맡겨두고 갈 생각을 접었다. 왜냐면 그렇게 하면 설홍을 데리러 다시 용곡촌에 들러야 하기 때문이다.

용곡촌에 들르면 자연히 감여령을 다시 만날 수밖에 없었다. 막강은 그것을 피하고 싶었던 것이다.

감여령은 용곡촌에 돌아오자마자 대뜸 용곡촌의 모든 여인들 앞에서 막강과 혼인을 하겠다며 떼를(?) 썼다.

이에 기겁을 한 막강은 이미 자신은 혼인을 했고 아이가 둘씩이나 있다며 고백했으나 감여령은 꿈쩍도 하지 않았다.

다른 용곡촌의 여인들도 막강이 외지인인 데다가 이미 혼인까지 했다는 말을 듣고는 극구 반대했으나, 감여령은 울며불며 막무가내였다.

그런 그녀의 모습이 귀엽기도 하고, 안쓰럽기도 했던 막강은 결국 그녀를 달랠 수밖에 없었다.

물론 달래지 않고는 감여령에게 흑무곡이 어디에 있는지 들을 수 없을 것이란 압박이 더욱 컸던 게 사실이었다.

막강은 감여령에게 동생 중에 자신보다 훨씬 덩치도 크고 힘도 센 남자가 있다고 이야기하며, 자신이 나중에 흑무곡에서 나와 집으로 돌아가면 그 동생을 이곳으로 보내겠다고 말해주었다.

이에 막강보다 힘이 세다는 말에 솔깃한 감여령은 막강의 말을 반신반의하며 조건을 내걸었다.

막강이 흑무곡에서 나와 집으로 떠난 후 일 년 안에 반드시 그 동생을 용곡촌으로 보내야 한다는 조건이었다. 만일 그렇지 않으면 자신이 막강이 있는 곳으로 찾아가겠다는 말도 덧붙였다.

그 말을 들은 막강은 속으로 '힘 센 동생' 의 얼굴과 미안한 마음을 동시에 떠올리며 감여령의 조건을 수락했다.

아무튼 많은 우여곡절 끝에 드디어 막강은 감여령에게서 흑무곡의 위치가 어디인지 들을 수 있었다.

이제 그곳으로 떠나기만 하면 되는 것이다.

이곳에서 구한 음식 등, 짐을 모두 꾸린 막강은 벌떡 몸을 일으켰다.

"홍이, 그만 갈까?"

설홍도 고개를 끄덕이며 막강을 따라 동굴 밖으로 나섰다.

동굴 밖에는 감여령을 비롯한 용곡촌의 모든 여인들이 미리 나와 막강을 기다리고 있었다.

다른 여인들은 모두 미소로 막강을 맞이했지만, 오직 한 사람 감여령만은 두 눈에 눈물을 글썽이면서 막강을 맞이했다.

"막깡!"

거세게 막강의 이름을 부른 그녀는 그대로 쪼르르 달려와 막강의 품에 안겼다.

이에 막강은 최대한 당황하지 않고 감여령의 등을 다독여 주었다.

"꼬마 촌장님, 잘 있어."

"웅! 막깡도 잘 간다."

"그래."

감여령은 더 이상 질문하듯이 한어를 쓰지 않았다. 아예 모든 말을 평서문 형태로 쓰게 만드는 것이 알아듣기에 좋겠다는 판단을 한 막강이 어제 집중적으로 가르친 결과였다.

잔뜩 울먹이며 막강의 얼굴을 쳐다본 감여령은 재차 막강의 품을 파고들었다.

“막깡!”

“응?”

“여령과 한 약속 꼭 지킨다.”

“……!”

이에 어색한 미소로 대답하는 막강.

“그, 그럼! 당연히 지켜야지!”

하지만 속으로는 다시 한 번 ‘힘 센 동생’의 얼굴을 떠올릴 수밖에 없는 막강이다.

‘여령이는 귀엽고 예쁘니까 고립이도 좋아하겠지? 음… 좋아할 거야. 틀림없이…….’

스스로 결론지으며 생각을 마무리한 막강은 곧 감여령을 떼어놓으며 설홍과 함께 걸음을 옮겼다.

감여령을 비롯한 모두는 마을 어귀까지 막강과 설홍을 배웅했고, 마지막까지 그들을 향해 크게 손을 흔든 막강은 드디어 최종 목적지인 흑무곡으로 향했다. 기련산의 최고봉인 단결봉을 향해서 말이다.

위이이잉!

칼날 같은 한풍이 몰아닥쳤다.

산을 오를수록 바람의 기세는 더욱 매서워졌다.

막강은 등에 설홍을 업고 피풍의로 그 몸을 덮은 채 산을 올랐다.

그럼에도 설홍의 몸은 추위를 이기지 못하고 계속해서 떨리고 있었다.

"으음, 형산의 겨울하고는 비교도 되지 않게 춥네. 이럴 줄 알았으면 홍이를 데리고 오지 않는 건데."

막강의 걱정 어린 말을 들었는지 설홍이 꼼지락거리며 입을 연다.

"저는 괜찮아요. 그러니까 신경 쓰지 마세요. 아저씨."

설홍의 의연한 말에 막강은 흐뭇한 미소를 머금는다.

"정말 괜찮은 거야? 추우면 말해. 아저씨가 더 따뜻하게 해 줄 수 있으니까."

설홍은 가만히 고개를 흔들었다.

"아니에요. 이 정도는 얼마든지 견딜 수 있어요."

"하하, 우리 홍이 멋지다! 이제 조금만 가면 될 거야. 꼬마 촌장님이 분명히 봉우리가 하나에서 두 개로 보일 때 큰 낭떠러지가 나올 거라고 말했거든."

그러고 보니 정상에 솟은 봉우리가 차츰 하나에서 둘로 보이기 시작했다.

실제로 하나가 두 개로 나뉜다는 것이 아니라, 바라보는 각도가 조금씩 틀려지면서 처음에 감추어 있던 봉우리 하나가 서서히 모습을 드러내고 있었던 것이다.

그렇게 잠시 후.

정상을 얼마 남겨두지 않고 드디어 기대하던 광경이 눈에 들어왔다.

두 봉우리 사이에 놓인 까마득한 낭떠러지가 나타난 것이다.

빽빽한 구름과 안개에 가려 그 깊이가 어느 정도인지 도무지 짐작할 길이 없었다.

"…낭떠러지 보면 긴 밧줄 있다. 그거 타고 내려가면 흑무곡 나온다고 했다."

"밧줄이라……."

감여령이 해준 말을 떠올린 막강은 곧 재빨리 주변을 두리번거렸다.

하지만 아무리 찾아보아도 밧줄은 물론이고 그 비슷한 것도 찾을 수 없었다.

"흐음, 없나 보네?"

그러나 막강은 아직 실망하지 않았다.

밧줄이 없을 것을 대비하여 역시 감여령이 해준 말이 있었기 때문이다.

"…밧줄 없다? 그럼 그냥 내려간다."

"그냥 내려가라고?"
막강은 낭떠러지 끝에 서서 아래를 이리저리 살폈다. 그냥 내려가라는 뜻이 무엇인지 언뜻 이해가 가질 않는 것이다. 물론 이에 대하여 감여령에게 재차 질문도 던져 보았으나 감여령의 대답은 한결 같았다.

"…여령도 안 내려가 봐서 모른다."

"음, 설마 그냥 절벽을 타고 내려가라는 건 아니겠지?"
아래턱을 매만지며 심각한 고민에 빠진 막강.
밧줄이 있기만을 내심 기대했는데, 결국 상황은 자신의 기대와는 반대로 흘러간 것이다.
그런데 갑자기 막강의 머릿속에 자신이 방금 내뱉은 말이 반복적으로 떠오르기 시작했다.
'그냥 절벽을 타고 내려가라는 건……. 그냥 절벽을… 내려가라는 건……. 그냥… 내려가라는 건……. 그냥… 내려가라……? 헉!'
막강은 눈앞에서 불꽃이 튀는 듯한 충격에 휩싸였다. 감여

령의 말은 말 그대로 그냥 낭떠러지를 타고 내려가라는 뜻이
었던 것이다.

"이런! 어쩌지……?"

울상이 된 채 다시 한 번 낭떠러지 아래를 응시하는 막강.

아무리 안력을 돋워보아도 그 끝이 도무지 보이지가 않았
다. 게다가 당장이라도 모든 것을 얼려 버릴 듯한 거센 한풍
이 낭떠러지 곳곳에 소용돌이치고 있었다.

"와… 정말 무시무시한 걸?"

담이 튼튼한 막강이라도 절로 혀를 내두를 수밖에 없는 상
황이었다.

"그래도 어쩌겠어? 여기까지 왔는데 안 내려갈 수도 없잖
아?"

한차례 머리를 긁은 막강은 곧 입맛을 다시며 준비운동을
시작했다. 내려가기로 결정을 한 것이다.

이리저리 근육과 관절을 풀던 막강은 이내 자신이 입은 장
삼의 아랫단을 길게 찢어 그것으로 등에 업힌 설홍과 자신의
몸을 단단히 동였다.

"홍아, 지금부터 이 아래로 내려가 볼 거야. 무서울 테니까
아래는 내려다보지 말고. 알았지?"

"네."

설홍은 고개를 끄덕였지만, 내심 겁이 났는지 얼굴에 긴장
한 표정이 역력했다.

“후웁! 하아……!”

한차례 길게 심호흡을 한 막강은 낭떠러지 중에서도 가장 울퉁불퉁한 곳을 찾아 그 위에 섰다. 울퉁불퉁해야 그나마 손으로 잡기가 수월할 것이기 때문이다.

천천히 자세를 낮춰 낭떠러지 아래로 발을 디딘 막강.

드디어 절벽에 찰싹 달라붙은 막강의 몸은 조금씩 하강하기 시작했다.

위이이이잉!

강력한 한풍이 마치 손님을 반기듯 막강의 전신을 때렸다.

하지만 그것은 곧 불어닥친 무시무시한 선풍(旋風)에 비하면 아이들의 장난 수준에 불과했다.

쉬쉬쉬쉬쉿!

먹이를 노리듯 매섭게 막강을 향해 달려든 선풍!

“윽!”

그 무지막지한 힘에 하마터면 절벽에서 손을 놓칠 뻔한 막강은 황급히 옥청건곤심공을 끌어올려 진기를 양손에 집중시켰다.

퍼억!

순식간에 푸르게 변한 막강의 손가락이 그대로 절벽 깊숙이 파고들었다.

금세 몸의 균형을 잡은 막강은 스스로 찾아낸 방법이 만족스러운 듯 희색이 되었다.

"음! 이런 식으로 계속 내려가면 되겠구나!"

하지만 곧 막강은 단단한 바위를 뚫을 수 있을 정도로만 진기를 알맞게 조절했다. 왜냐면 절벽을 언제까지 내려가야 할지 지금으로선 전혀 알 수가 없었기 때문이다.

이미 추위로부터 몸을 지키기 위해 진기를 운용하고 있는 상황인지라, 제아무리 내공이 출중한 막강이라도 진기를 아끼지 않을 수 없는 것이다.

그렇게 막강은 진기를 이용하여 처음보다 빠른 속도로 절벽을 내려가기 시작했다.

약 일각쯤 되는 시간을 내려왔을 때, 문득 위를 올려다보니 운무에 가려 아무것도 보이지가 않았다. 이젠 완전히 절벽 한가운데에 들어서 버린 것이다.

하지만 여전히 흑무곡의 실체는 나타나지 않고 있었다.

"더 내려가야 하는 건가?"

막강은 약간 걱정이 되었다. 혹시 흑무곡이 작은 동굴이라 자신이 모르는 사이에 지나쳐 버렸거나, 아니면 쉽게 찾지 못하면 어쩌나 하는 생각이 든 것이다.

그런 걱정을 하지 않을 수 없었던 것이, 아래로 내려갈수록 바람의 압력은 거세졌고, 절벽 곳곳에 축축한 습기마저 잔뜩 어려 있어 몸을 움직이기가 더욱 힘들어지고 있기 때문이었다.

"무슨 다른 수가 없을까……?"

막강은 자신의 등 뒤를 힐끔 쳐다봤다. 설홍은 눈을 감고 쌔근거리며 잠이 들어 있었다. 절벽을 내려가는 일이 예상보다 길어질 듯하여 고민 끝에 잠시 수혈을 짚어놓은 것이다.

마음 같아서는 허공중으로 몸을 날려 양쪽 절벽을 차례로 박차며 내려가고도 싶었지만, 설홍이 등 뒤에 업혀 있는지라 그도 어려웠다.

그렇다고 다시 본래 있던 곳으로 올라가서 다른 방법을 찾는 것도 실질적으로 불가능하다고 생각한 막강은 어쩔 수 없이 다시금 손과 발을 놀려 아래로 움직이기 시작했다.

그런데 바로 그때였다.

삐이이익!

어디선가 찢어질 듯한 괴성이 들리더니 곧 커다란 그림자 하나가 질풍처럼 막강을 향해 달려들었다.

부웅!

"어엇!"

막강은 귓가를 스치는 그것에 크게 놀라며 황급히 안력을 돋워 그림자의 정체를 확인하려 했다.

허공을 선회한 그것은 다시금 막강을 향해 돌진하고 있었다.

"새……?"

그림자가 지닌 커다란 날개를 확인한 막강은 그것이 난생처음 보는 거대한 새임을 간파하고 잔뜩 긴장하지 않을 수 없었다. 놈의 생김새는 일반의 맹금류와 거의 흡사했으나, 그 몸집은 거진 두 배에 이르렀다.

삐이익!

소름끼치는 괴성이 또다시 울려 퍼졌다.

막강은 이 정체불명의 거조(巨雕)가 어떻게 이런 곳에 살고 있는지도 물론 궁금했으나, 그것보다 더욱 궁금한 것은 왜 갑자기 자신을 공격하느냐였다.

하지만 막강은 한가하게 의문이나 품고 있을 만한 여유가 없었다. 이미 거조의 날카로운 발톱이 지척에 이르러 있던 것이다. 이대로라면 자신보다 등에 업힌 설홍이 더욱 위험해질 수 있는 상황이었다.

'큰일인 걸!'

어찌할지 갈등하던 막강은 곧 사지를 이용해 절벽에서 허공으로 뛰어올랐다.

퍼억!

막강이 있던 자리가 거조의 발톱에 의해 속절없이 무너져 내렸다.

그 무지막지한 힘에 혀를 내두른 막강은 그대로 공중에서 신형을 뒤집어 반대편 절벽을 향해 날아갔다.

하지만 두 번의 실패를 맞본 거조는 그런 막강의 움직임을 허락하지 않으려는 듯 큰 날개를 펄럭이며 급격히 방향을 틀어 막강의 앞을 가로막았다.

“헙!”

그 쾌속한 움직임에 크게 놀란 막강.

“칫! 이렇게 되면 별수없다!”

더 이상 몸을 피하기는 어려웠다. 공중이라 운신의 폭이 제한됐기 때문이다.

진기를 배로 끌어올린 막강은 날아오는 거조의 발톱을 향해 소음전시의 수법으로 손을 내뻗었다.

살과 같은 속도로 뻗친 막강의 손은 거조가 미처 대응하지 못하는 사이 그대로 놈의 한쪽 발을 낚아챘다.

삐이이익!

한쪽 발이 붙들린 놈은 크게 울부짖으며 발버둥치기 시작했다.

큰 날개를 계속해서 펄럭이며 어떻게든 막강의 손에서 빠져나가 보려 하지만 역부족이었다.

“크웃!”

다급한 것은 막강도 마찬가지였다.

거조의 힘이 어찌나 센지 한 손으로 붙들고 있기가 여간 힘들지가 않은 것이다.

“합!”

막강은 즉각 다른 손을 뻗어 거조의 나머지 발도 잡아챘다.

삐익! 삐이익!

미친 듯이 저항하며 부리로 막강을 위협하는 거조.

하지만 놈은 부리가 닿지 않자 양 날개를 거세게 흔들며 화풀이를 해댔다.

"어이! 가만히 진정 좀 해보라구! 그래야 너도나도 같이 살 것 아니야!"

아니나 다를까?

거조의 힘이 처음보다 많이 빠졌는지 조금씩 아래로 떨어져 내리고 있었다.

이대로라면 위험했다. 모두가 함께 추락해 버릴 수 있는 것이다. 거조의 힘이 다 떨어지기 전에 어떻게든 다시 절벽으로 이동해야 했다.

더욱 다급해진 막강은 거조의 다리에 매달린 채 다리를 접었다 펴며 조금씩 앞뒤로 몸을 움직이기 시작했다. 반동을 이용하여 절벽을 향해 몸을 날리려는 생각이었다.

그러나 놈은 막강이 뭔가 자신에게 위해를 가하려는 줄 알고 마지막 남은 힘을 이용하여 더욱 거칠게 발버둥질을 쳐댔다.

그 때문에 균형을 잃은 막강의 생각은 물거품이 되고 말았다.

"으윽! 이놈! 왜 갑자기 나한테 달려들어서는!"

막강은 어쩔 수 없이 최후의 수단을 쓰기로 마음먹었다. 이렇게 된 이상 놈을 죽이는 수밖에는 도리가 없었다.

놈을 죽임과 동시에 떨어지는 놈의 몸을 발판 삼아 절벽으로 몸을 날리면 되는 것이다.

결정을 내린 막강은 곧 놈의 급소로 생각되는 곳을 향해 손가락을 겨눴다. 탄지소음으로 한순간에 목숨을 끊기 위함이었다.

그렇게 막강이 막 거조를 향해 손가락을 튕기려는 찰나.

삐익! 삐익!

골짜기 저편 어둠으로부터 이미 익숙한 괴성이 막강의 귀에 들려왔다.

"이 소린?!"

분명 거조의 소리다.

그리고 가만히 들어보니 한 마리가 아닌 듯싶었다.

절로 소리가 들려온 쪽으로 고개를 돌린 막강은 입을 쩌억 벌렸다. 우려가 현실이 되고 만 것이다. 처음 나타난 것과 똑같이 생긴 거조 두 마리가 커다란 날개를 잔뜩 펴고 자신을 향해 돌진하고 있었다.

"이크! 친구들도 있었다니!"

막강은 눈앞이 캄캄해지는 것을 느꼈다.

이렇게 되면 발을 붙잡고 있는 거조를 죽여도 소용이 없었다.

순간.

쐐액!

지척으로 다가온 거조 두 마리 중 하나가 발톱을 세우며 막강을 몸을 할퀴듯 지나갔다.

"윽!"

막강은 황급히 몸을 비틀었지만 미처 다 피하지 못하고 등이 발톱에 길게 긁히는 상처를 입고 말았다.

"이 녀석들이 진짜!"

쓰라린 통증에 이를 악다문 막강은 거조의 발을 더욱 세게 움켜쥐더니 조금씩 위로 올라가기 시작했다.

삐이이이익!

부웅! 부웅!

막강의 행동에 거조는 날개를 퍼덕이며 미친 듯이 반항했지만, 막강은 이에 아랑곳하지 않고 필사적으로 거조의 몸통을 향해 올라가기를 계속했다.

잠시 후 거조의 배에 돋은 깃털을 손으로 잡는데 성공한 막강.

"하나… 두울… 으차!"

그대로 반동을 이용해 거조의 날개 위로 차올랐다.

하지만 그 순간.

"어엇!"

허공을 선회한 다른 거조 한 마리가 이제 막 날개에 착지하려는 막강을 향해 부리로 공격을 가해왔다.

이에 그것을 피하느라 순간적으로 중심을 잃은 막강은 날개 위에 착지하지 못하고 그만 발을 헛딛을 수밖에 없었다.

"크윽!"

크게 놀란 막강은 머리가 쭈뼛 서는 것을 느끼며 본능적으로 거조의 날개 한쪽을 향해 손을 뻗었다.

삐익! 삐익!

그렇게 막강에 의해 날개 중 한쪽이 붙들리게 되자 이번엔 그만 거조가 균형을 잃고 말았다.

한동안 막강을 떨치기 위해 갖은 애를 쓰던 놈은 곧 모든 힘이 다했는지, 그대로 서서히 아래로 추락하기 시작했다.

이에 막강은 다급해졌다.

이대로 거조와 함께 떨어지면 그야말로 거조와 함께 운명을 같이해야 할 판이었던 것이다.

한데 그때 아래를 향하고 있던 막강의 두 눈이 반짝거렸다.

'좋아!'

그러더니 갑자기 막강은 잡고 있던 거조의 날개에서 손을 놓아버렸다.

놓친 것이 아니었다. 일부러 놓은 것이었다.

그대로 아래로 하강하기 시작하는 막강의 신형.

하지만 막강의 몸은 더 이상 아래로 떨어지지 않았다. 또 다른 거조의 날개 위에 사뿐히 내려섰던 것이다.

기실 막강은 주위를 맴돌며 자신을 공격할 기회를 노리고 있던 다른 두 마리 중 한 놈이 막 자신의 아래쪽으로 지나가려 하는 것을 보고 때맞춰 손을 놓았던 것이다.

"좋았어!"

막강은 거조의 날개 위에 바짝 엎드리며 쾌재를 불렀지만, 불식간에 자신의 날개 위를 점령당해 버린 거조는 이리저리 날개를 치며 막강을 떼어놓으려고 안간힘을 써댔다.

그러나 아예 작정을 한 막강은 마치 거조와 일체가 된 듯 놈의 목을 꽉 부여잡은 채 꿈쩍도 하지 않았다.

그사이 먼젓번의 거조는 힘없이 까마득한 절곡 아래로 사라져 버렸고, 또 다른 한 놈은 어쩔 줄을 모르며 막강에게 붙잡힌 놈의 주위를 계속해서 돌고 있을 뿐이었다.

"이제 그만 좀 하자! 나도 힘들고 너희들도 힘들잖아!"

답답한 마음에 막강은 고함을 내질러보지만, 그것을 놈들이 알아들을 리 만무하다.

오히려 막강의 고성에 자극을 받았는지 주위를 선회하던 놈이 작정한 듯 막강이 있는 곳을 부리로 쪼기 시작했다.

"이크!"

이에 놀란 막강은 신속하게 자세를 바꿔가며 놈의 날카로운 부리 공격을 요리조리 피해냈다.

그리곤 잠시 후.

빼애애액!

막강을 등에 태우고 있던 놈이 돌연 고통스럽게 울부짖었다. 막강을 공격하던 거조가 놈의 등을 그만 부리로 잘못 쪼아버렸던 것이다.

"그것 봐! 그러니까 내가 그만 하자고 했잖아! 가만히만 있으면 난 그냥 절벽 타고 조용히 내려갈……! 이크!"

막강은 하고 싶은 말을 다 끝마치지 못하고 황급히 거조의 깃털을 더욱 세게 움켜쥐었다. 놈의 움직임이 돌변한 것이다.

재빨리 방향을 꺾은 놈은 다른 놈의 꽁무니를 쫓더니만, 그대로 그곳을 제 부리로 쪼아대기 시작했다. 실수로 제 몸을 쫀 것을 가지고 복수를 하려는 듯했다.

"허! 이놈들……."

그 모습을 본 막강은 어이가 없어 그만 입을 떠억 하고 벌릴 수밖에 없었다. 갈수록 태산이었던 것이다.

어떻게든 기회를 보아 놈들에게서 벗어나려고 했건만, 놈들은 급기야 지들끼리 싸우기를 시작한 것이다.

더욱 큰 문제는 놈들이 서로 싸우며 점점 위쪽으로 올라간다는 사실이었다.

이러다간 자칫 기껏 힘들게 내려왔던 모든 수고가 허사가 되어버릴 판이었던 것이다.

한데 바로 그때였다.

위이이이잉!

또다시 저 밑 끝없는 곡저(谷底)로부터 선풍이 불어왔다.

그것은 지금까지의 것과는 비교도 할 수 없는 강력한 바람이었다.

더욱 기이한 것은 그 바람이 눈에 보인다는 것이다.

바람은 뚜렷한 색깔을 띠고 있었다. 그것은 음산하기 그지없는 흑색이었다.

"으읍!"

검은 바람이 자신을 덮치는 순간, 막강은 그것이 다름 아닌 안개임을 알 수 있었다.

검은 안개…….

'흑무……?'

하지만 그것도 잠시.

막강은 갑자기 전신에서 모든 힘이 빠져나가는 듯한 기분을 느꼈다.

'뭐! 뭐지?'

그러나 생각 역시 오래가지 못했다. 정신마저 조금씩 혼미해지고 있었던 것이다.

'안개… 때문에……!'

스륵.

눈이 감김과 동시에 거조의 깃털을 굳게 부여잡고 있던 막강의 두 손도 힘없이 풀려 버렸다.

그렇게 설홍을 등에 업은 막강의 신형은 끝없는 절벽 아래로 추락하기 시작했다.

*　　　　*　　　　*

“합!”

“하압!”

넓찍한 연무장이 세 소년의 기합성으로 가득 찼다.

오전에 두 사숙과 함께 표풍무영보를 수련했던 우씨 삼형제는 한 달 전부터 구공산의 지시에 따라 표풍무영보 수련을 오후로 돌리고 오전엔 이처럼 셋이 함께 대련을 하면서 시간을 보냈다.

아직 막강에게서 배운 형산파의 무공이라곤 표풍무영보가 고작이기에, 세 사람이 주로 쓰는 무공은 어릴 때부터 익혔던 가전무공일 수밖에 없었다.

진산은 언제인가부터 이들 삼형제의 대련 모습을 곁에서 지켜보며 도움이 될 만한 것들을 가끔씩 지적해 주곤 했다.

그러는 까닭은 제법 열심인 세 소년이 귀여워서이기도 했지만, 무엇보다 딱히 시간을 보낼 만한 것이 없다는 게 가장 큰 이유였다.

“뭐라고?”

오늘도 어김없이 연무장 한편에 드러누워 우씨 삼형제의 대련 모습을 지켜보고 있던 진산은 돌연 눈을 크게 뜨며 거구를 벌떡 일으켰다.

“지금 뭐라고 한 것이냐? 다시 한 번 말해봐라.”

그의 곁에 앉아 있던 남궁현도 지금 막 자신들 앞에 달려온 염장팔을 보며 황급히 되물었다.

이에 염장팔은 마른침을 삼켜가며 그들을 향해 심각한 어조로 말했다.

"방금 말한 대로예요. 간밤에 누군가 형산파로 잠입하려다가 익영단원들에게 발각되어 붙잡혔다고 하네요."

"그게 진짜냐?"

"나 참, 자꾸 물으시기는!"

진산이 믿기지 않는 듯 거듭 묻자 염장팔은 짜증 섞인 음성으로 대꾸했다.

남궁현 역시 예상치 못한 일에 매우 놀란 듯, 심각한 얼굴로 입을 연다.

"그자는 살아 있는 것이냐?"

그의 질문에 염장팔은 가만히 고개를 젓는다.

"자세한 건 아직 저도 몰라요. 익영단원한테서 그 말만 전해 듣고 달려온 거니까요. 아무튼 지금 사비영이 모두를 기다리고 있다니까 일단 빨리 가보자구요."

"음!"

고개를 끄덕인 두 사람은 즉각 염장팔과 함께 정문 쪽으로 몸을 날렸다.

정문 앞에는 이미 나머지 탕마오대원들이 모두 모여 있었는데, 그들의 표정은 하나같이 딱딱하게 굳어 있었다.

진산 등이 도착하자 그들을 기다리고 있던 익영단원 하나가 모두를 재촉했다.

"자세한 사정은 사비영께 들으시고, 모두들 오셨으니 일단 함께 가시지요."

"하지만 두 녀석이 지금 자리를 비웠는데……."

이 자리에 있지 않은 구공산과 단고립을 떠올리며 염장팔이 말했다. 두 사람은 아침 일찍 표풍무영보를 수련한다며 동굴로 들어간 상태였다.

"그 두 분께는 따로 말씀을 드릴 것이니, 우선 여기 있는 분들이라도 가시는 게 좋을 듯합니다."

그렇게 말한 익영단원은 서둘러 산 아래로 신형을 날렸다.

이에 염장팔을 포함한 여섯 명도 황급히 익영단원의 뒤를 쫓았다.

익영단원이 그들을 이끌고 간 곳은 형산파에서 백오십여 장 정도 떨어진 수풀이었다. 거기엔 사비영이 다른 익영단원 둘과 함께 서 있었다.

"어서 오시지요."

탕마오대원들을 향해 짧은 인사를 건넨 사비영.

"놈은 어디에 있소?"

사비영이 서 있는 곳에 채 당도하지 않았음에도 팽무혁이 대뜸 물으며 달려왔다.

이에 사비영은 그들이 오자마자 살짝 자신의 뒤쪽을 가리키며 입을 열었다.

"그자는 여기 있습니다."

모두는 긴장과 호기심이 가득한 눈으로 사비영이 가리키는 곳을 향해 시선을 옮겼다.

그리고 곧 거의 동시에 찌푸려지는 그들의 눈.

"으음……!"

썩은 듯 역한 냄새가 모두의 코를 파고들었다. 이어서 그들의 눈에 보인 것은 상반신이 쭈글쭈글하게 녹아내린 한 구의 시신이었다.

형체를 분간하지 못할 정도로 훼손된 시신에선 아직까지도 끈적한 체액이 여기저기서 흘러나오고 있었다.

"이것이 오늘 우리 단원들에 의해 발각된 자의 시신입니다. 보시다시피 이자는 스스로 독을 먹고 목숨을 끊었습니다."

사비영의 말에 가만히 시신을 내려다보고 있던 팽무혁이 중얼거리듯 입을 연다.

"멸천교의 졸개로군!"

일 년여 전 강북 지부를 기습했던 멸천교의 마인들에 의해 숙부인 팽연종을 잃은 바 있던 그였기에 멸천교에 대한 적개심은 여기 있는 어느 누구보다 크다고 할 수 있었다.

"이로써 우리 중 멸천교의 간자가 있다는 추 단주님의 추측이 사실임이 확실해졌군요. 분명 이자는 이곳에 있는 누군가를 만나기 위해 잠입하려던 것이 틀림없을 테니까요."

"……!"

황보설이 약간 긴장이 섞인 듯하면서도 담담한 음성으로 말하자, 모두가 의미심장한 눈빛으로 그녀에게 시선을 돌렸다.

그녀의 말이 의외여서도, 동의할 수 없어서도 아니었다. 그녀가 내뱉은 말은 시신을 보는 순간 거의 동시에 모두의 뇌리를 때린 생각이었던 것이다.

다만 모두가 그녀를 의미심장한 눈으로 쳐다볼 수밖에 없었던 것은, 그 생각을 가장 먼저, 그것도 담담하게 입 밖으로 내뱉은 사람이 바로 그녀였기 때문이다.

지금과 같은 상황에선 서로 눈치를 보며 언행에 신경을 쓰는 것이 당연했다.

과연 누가 간자인지 아무도 모르는 상황.

경솔하게 입을 놀렸다간 자칫 모두의 의심을 사게 될 수도 있기 때문이다.

"황보 소저는 마치 이미 모든 것이 드러난 듯 말을 하는 군요? 우리 중에 간자가 있는지는 아직 아무 것도 밝혀진 것이 없는데……?"

평소 쌀쌀맞은 황보설을 별로 좋아하지 않던 염장팔이 슬쩍 떠보듯 입을 열었다.

이에 황보설은 의도가 훤히 보이는 염장팔의 말에 차가운 미소를 그려 보인다.

"그렇게 받아들였나요? 그랬다면 그건 염 소협이 가지고 있던 생각도 이미 나와 같았기 때문에 그렇게 들리지 않았을까 싶군요. 내 말이 틀린가요?"

그녀의 말에 염장팔의 두 눈이 가늘어진다.

"무슨 뜻으로 그런 말을 하는 거죠?"

"무슨 뜻인지 정말 몰라서 묻는 건가요? 우리가 형산파에 온 지 이미 두 달이 되었어요. 그사이에 저 형산파의 제자들을 제외하고 누구 하나 마음 편히 서로에게 말을 건네는 사람이 있었나요?"

"……."

직설적인 그녀의 말에 염장팔을 물론이고 다른 사람들도 두 눈에 이채를 띠며 그녀를 바라봤다.

아무도 자신의 말에 선뜻 대꾸하지 못함을 본 황보설은 모두를 쓸어보며 계속해서 말을 잇는다.

"만일 이런 상황에서 누군가 우리 중 한 사람을 간자로 지목한다면… 과연 어떤 일이 벌어질까요?"

"……!"

이번엔 모두의 표정이 일시에 굳었다.

"꽤나 재미있는 일이 벌어질 것 같다는 생각… 해보지 않았나요?"

"허! 이거 왠지 외줄을 타고 있는 기분인 걸? 금방이라도 떨어질 듯 오금이 저린 것이……."

가만히 듣고 있던 진산이 짐짓 과장된 투로 중얼거렸다.

그의 말은 어찌 보면 장난스럽기도 했고, 또 어찌 보면 상황의 핵심을 찌른 듯도 하여 듣는 이들을 매우 애매하게 만들었다.

하지만 확실한 것은 그의 한마디로 인하여 팽팽하게 당겨진 줄처럼 위태롭던 분위기가 단 한 순간에 느슨해져 버렸다는 사실이다.

황보설이 자신을 뜻 모를 눈빛으로 바라보자 진산은 가볍게 미소지으며 입을 연다.

"방금 황보 소저가 말한 대로 만일 그런 일이 생긴다면 꽤나 재미있는 일이 아니라, 꽤나 비극적인 일이 벌어질지도 모르오. 물론 황보 소저 역시 그것을 알면서도 비극이란 말을 재미로 살짝 바꾼 것이라 생각하지만 말이오."

"그게 무슨 말이죠?"

황보설은 시치미를 떼며 물었다.

이에 진산은 여전한 미소로 말을 잇는다.

"황보 소저의 말대로 우리는 지난 두 달간 서로 적당한 거리를 유지하며 지내왔소. 사실 우리 중 몇몇은 본래부터 별로 친한 사이가 아니긴 했지만… 뭐 아무튼, 그리 즐거웠던 기간은 아니었소."

"그런데요?"

"그런데 우리에겐 그렇게 서로 거리를 두고 조심스러워 할 수밖에 없었던 이유가 있었소."

“그렇지요. 말 한마디 잘못하다간 자칫 모두의 의심을 사
게 될 수 있으니까⋯⋯.”

황보설이 당연한 듯 말했지만, 진산은 고개를 젓는다.

“물론 그것도 이유라고 할 수 있지만, 그보다는 그 이후에
모두에게 일어날 일에 대한 막연한 염려가 더욱 컸기 때문이
라고 생각하오. 그때는 단순한 경계에서 그치는 것이 아니라,
그야말로 반목과 다툼이 벌어질 것이 당연하니까 말이오.”

황보설은 그 말에 긍정도 부정도 하지 않은 채로 진산의 눈
을 직시하며 묻는다.

“한데, 그런 말을 지금 제게 하는 의도가 무엇이죠?”

“그건 오히려 내가 황보 소저에게 묻고 싶은 말이오. 모두
가 조심스러워한 것을 굳이 지금 들추어낸 의도가 무엇이오?
나라면 우리 중 누가 간자인지 알아내기 전까지는 그런 말을
입 밖으로 내뱉지는 않을 것 같은데⋯⋯?”

진산은 말을 끝내며 황보설의 반응을 주의 깊게 살폈다. 그
리고 그것은 다른 사람도 마찬가지였다. 진산의 의문이 곧 그
들의 의문이었기 때문이다.

하지만 황보설은 별다른 반응을 보이지 않았다. 오히려 그
녀는 그런 질문을 기다렸다는 듯 엷은 미소를 입술에 머금었
다.

“진 소협의 말대로예요.”

“⋯⋯?”

“저 역시 우리 중 누가 간자인지 알아내기 전까진 지금처
럼 나서지 않았었죠.”

“그 말은… 지금은 누가 간자인지 알아냈다는 것이오?”

“물론이에요. 사실 저는 처음부터 우리 중 누가 간자인지
알고 있었지요.”

“……!”

모두의 눈이 둔기에 맞은 듯 크게 떠졌다. 특히 진산은 처
음보다 더욱 거침이 없어진 그녀의 태도를 보며 눈살을 찌푸
렸다.

‘뭔가 심상치 않아…….’

내심 긴장의 끈을 부여잡은 그는 황보설을 향해 넌지시 물
었다.

“처음부터 알고 있었다……? 그게 누구요?”

황보설 역시 진산을 응시했다.

음산하게 살짝 옆으로 벌어진 그녀의 입술이 천천히 열렸다.

“그건 바로…….”

순간.

파락!

황보설의 우수가 돌연 허공을 휘저었다.

“나예요!”

“……?!”

그러더니 곧 고운 백색가루 같은 것이 장내를 뿌옇게 뒤덮

어 버렸다.

이에 진산을 비롯한 탕마오대원 모두가 본능적으로 황급히 소매로 입을 막고 뒤로 몸을 빼려 하였다.

그러나 그때였다.

"크흑!"

갑자기 팽무혁이 신음을 흘리며 몸을 크게 휘청거렸다.

"네! 네 년이……!"

그는 경악에 찬 눈으로 자신의 옆구리에 단도를 꽂은 황보설을 노려보았다.

『쾌로막강』 4권에 계속…

1권 216쪽 19행의 ‘환 대협’을 ‘유 대협’으로 정정합니다.

1권 323쪽 16행의 ‘사대마공(四大魔功)’을 ‘팔대마공(八大魔功)’으로 정정합니다.

2권 247쪽 11행의 ‘천상설화(天上雪花)’를 ‘천향빙화(天香氷花)’로 정정합니다.

독자 여러분께 혼란을 일으켜 드려 대단히 죄송합니다.

고검추산

허담 新무협 판타지 소설
FANTASTIC ORIENTAL HEROES

두 사형제가 난세(亂世)를 헤치며 만들어 나가는
기이막측(奇異莫測)한 강호(江湖) 이야기!!

천하가 사패(四覇)의 대립으로 혼란스러운 시기,
세상이 혼탁해지자 강호(江湖)에는 온갖 은원(恩怨)이 넘쳐난다.
그러자 금전을 받고 은원을 해결해주는 돈벌레[黃金蟲]가 나타난다.
그런데… 비천한 황금충(黃金蟲) 무리 가운데 천하팔대고수(天下八大高手)가
나타나니…

천검(天劍) 능운백(陵雲白)!
천하팔대고수이자 강호제일 청부사의 이름이다.

그리고… 그가 두 제자를 들이니, 고검(孤劍)과 추산(秋山)이 그들이었다.
훗날 강호제일의 해결사가 되어 무림을 진동시킬 이들이었다.

저작권 보호!!
장르문학의 성장에 힘이 되어주십시오.

저작물의 무단 전재와 복제, 불법 다운로드!
이것은 관심이 아니라 무관심입니다!

작가님들은 창의적 열정과 시간을 투자해 자신의 꿈과 생계를 유지합니다.
한 권의 책을 만들어 많은 사람들은 자신의 인생과 미래를 설계합니다.

저작물 속에는 여러 사람의 노력과 희망이
담겨 있습니다!

저작물의 무단 전재와 복제, 불법 다운로드는 여러 사람들의 꿈과 생계를
위협함으로써 장르문학을 심각한 상황에 빠뜨리고 있습니다.

이제는 무관심이 아니라 관심으로 장르문학의
성장에 힘이 되어주세요.

[도서출판 **청어람**은 항시적인 저작권 보호를 통해 장르문학과
여러분의 희망을 지키겠습니다.]

도서출판 청어람

입소문을 통해 아는 분은 다 알고 계십니다!
올 한해 공인중개사 최고의 화제작!

1~2권 합본 | 이용훈 지음
3~4권 합본 | 이용훈 지음
5~6권 합본 | 이용훈 지음
용어해설 | 이용훈 지음

수험생 기본 필독서
만화 공인중개사

제목 : 만화공인중개사 쓰신 분에게 감사드립니다.

학원을 두 달 다녔어요. 근데 과연 그 숫자 외우기 그런 게 몇 문제나 나올까 생각을 했어요.
아니라는 생각이 드네요. 학원강의를 뒤로하고 서점을 갔어요. 내 머리에 가장 이해될 수 있는
책이 없나 하구요. 거기서 만화를 발견했어요. 무조건 세 번 봤어요. 3개월 걸렸어요. 문제집을 보라고
했는데 그건 시행을 못했어요. 근데 합격을 했네요.
어떻게 감사의 말을 해야 될지…….
도서관에서 만화책 들고 다니니까 사람들이 비웃더라구요. 만화책으로 공인중개사를 공부한다고
미친 사람처럼 보더라구요. 근데 그거 다 감수하고 했던 내가 자랑스럽습니다.
어떻게 감사의 말을 해야 할지… 정말 감사합니다.
부디 행복하세요. 제 나이 41살에 좋은 스승을 만난 것 같습니다.
엎드려 감사드립니다.

−본사 홈페이지에 독자분이 올린 메일 中 에서 발췌−